U0655425

危巢坠简

许地山 著

北方联合出版传媒(集团)股份有限公司
万卷出版公司

© 许地山 2015

图书在版编目（CIP）数据

危巢坠简 / 许地山著 . -- 沈阳：万卷出版公司，2015.6（2023.5 重印）
（轻阅读）
ISBN 978-7-5470-3616-7

Ⅰ . ①危… Ⅱ . ①许… Ⅲ . ①短篇小说 – 小说集 – 中国 – 现代 Ⅳ . ① I246.7

中国版本图书馆 CIP 数据核字 (2015) 第 068784 号

出 品 人：王维良
出版发行：北方联合出版传媒（集团）股份有限公司
万卷出版公司
（地址：沈阳市和平区十一纬路 29 号　邮编：110003）
印 刷 者：三河市双升印务有限公司
经 销 者：全国新华书店
幅面尺寸：150mm × 215mm
字　　数：167 千字
印　　张：16
出版时间：2015 年 6 月第 1 版
印刷时间：2023 年 5 月第 2 次印刷
责任编辑：胡　利
责任校对：张　莹
封面设计：王晓芳
内文制作：王晓芳
ISBN 978-7-5470-3616-7
定　　价：59.00 元
联系电话：024-23284090
传　　真：024-23284448

常年法律顾问：王　伟　版权所有　侵权必究　举报电话：024-23284090
如有印装质量问题，请与印刷厂联系。　联系电话：0316-3651539

序 言

年少读书，老师总以“生而有涯，学而无涯”相勉励，意思是知识无限而人生有限，我们少年郎更得珍惜时光好好学习。后来读书多了，才知庄子的箴言还有后半句：“以有涯随无涯，殆已！”顿感一代宗师的见识毕竟非一般学究夫子可比。

一代美学家、教育家朱光潜老先生也曾说：“书是读不尽的，就读尽也是无用。”理由是“多读一本没有价值的书，便丧失可读一本有价值的书的时间和精力”，可见“英雄所见略同”。

当代人的生活节奏越来越快，很多人感慨抽出时间来读书俨然成为一种奢侈。既然我们能够用来读书的时间越来越宝贵，而且实际上也并非每本书都值得一读，那么如何从浩瀚的书海中挑出真正适合自己的好书，就成为一项重要且必不可少的工作。于是，我们编纂了这套“轻阅读”书系，希望以一愚之得为广大书友们做一些粗浅的筛选工作。

本辑“轻阅读”主要甄选的是民国诸位大师、文豪的著作，兼选了部分同一时期“西学东渐”引入国内的外国名著。我们之所以选择这个时期的作品作为我们这套书系的第一辑，原因几乎是不言而喻的——这个时期是中国学术史上一个大时代，只有春秋战国等少数几个时代可以与之媲美，而且这个时代创造或引进的思想、文化、学术、文学至今对当代人还有着深远的影响。

当然，己所欲者，强施于人也是不好的，我们无意去做一个惹人生厌的、给人“填鸭”的酸腐夫子。虽然我们相信，这里面的每一本书都能撼动您的心灵，启发您的思想，但我们更信任读者您的自主判断，这么一大套书系大可不必读尽。若是功力不够，勉强读尽只怕也难以调和、消化。崇敬慷慨激昂的闻一多的读者未必也欣赏郁达夫的颓废浪漫；听完《猛回头》《警世钟》等铿锵澎湃的革命号角，再来朗读《翡冷翠的一夜》等“吴侬软语”也不是一个味儿。

读书是一件惬意的事，强制约束大不如随心所欲。偷得浮生半日闲，泡一杯清茶，拉一把藤椅，在家中阳光最充足的所在静静地读一本好书，聆听过往大师们穿越时空的凌云舒语，岂不快哉?

周志云

目 录

在费总理的客厅里

费总理的会客厅里面的陈设都能表示他是一个办慈善事业具有热心和经验的人。梁上悬着两块“急公好义”和“善与人同”的匾额，自然是第一和第二任大总统颁赐的，我们看当中盖着一方“荣典之玺”的印文便可以知道。在两块匾当中悬着一块“敦诗说礼之堂”的题额，听说是花了几百圆的润笔费请求康老先生写的。因为总理要康老先生多写几个字，所以他的堂名会那么长。四围墙上的装饰品无非是褒奖状、格言联对、天官赐福图、大镜之类。厅里的镜框很多，最大的是对着当街的窗户那面西洋大镜。厅里的家私都是用上等楠木制成。几桌之上杂陈些新旧真假的古董和东西洋大小自鸣钟。厅角的书架上除了几本《孝经》《治家格言注》《理学大全》和一些日报以外，其余的都是募捐册和几册名人的介绍字迹。

当差的引了一位穿洋服、留着胡子的客人进来，说：“请坐一会儿，总理就出来。”客人坐下了。当差的进里面去，好

像对着一个丫头说："去请大爷，外头有位黄先生要见他。"里面隐约听见一个女人的声音说："翠花，爷在五太房间哪。"我们从这句话可以断定费总理的家庭是公鸡式的，他至少有五位太太，丫头还不算在内。其实这也算不了怎么一回事，在这个礼教之邦，又值一般大人物及当代政府提倡"旧道德"的时候，多纳几位"小星"，既足以增门第的光荣，又可以为敦伦之一助，有些少身家的人不娶姨太都要被人笑话，何况时时垫款出来办慈善事业的费总理呢！

已经过一刻钟了，客人正在左观右望的时候，主人费总理一面整理他的长褂，一面踏进客厅，连连作揖，说："失迎了，对不住，对不住！"黄先生自然要赶快答礼说："岂敢，岂敢。"宾主叙过寒暄，客人便言归正传，向总理说："鄙人在本乡也办了一个妇女慈善工厂，每听见人家称赞您老先生所办的民生妇女慈善习艺工厂成绩很好，所以今早特意来到，请老先生给介绍到贵工厂参观参观，其中一定有许多可以为敝厂模范的地方。"

总理的身材长短正合乎"读书人"的度数，体质的柔弱也很相称。他那副玄黄相杂的牙齿，很能表现他是个阔人。若不是一天抽了不少的鸦片，决不能使他的牙齿染出天地的正色来！他表现出很谦虚的态度，对客人详述他创办民生女工厂的宗旨和最近发展的情形。从他的话里我们知道工厂的经费是向各地捐来的。女工们尽是乡间妇女。她们学的手艺都很平常，多半是织袜、花边、裁缝，那等轻巧的工艺。工厂的出品虽然很多，销路也很好，依理说应当赚钱，可是从总理的叙述上，他每年总要赔垫一万几千块钱！

总理命人打电话到工厂去通知说黄先生要去参观，又亲自写了几个字在他自己的名片上作为介绍他的证据。黄先生现出感谢的神气，站起来向主人鞠躬告辞，主人约他晚间回来吃便饭。

主人送客出门时，顺手把电扇的制钮转了，微细的风还可以使书架上那几本《孝经》之类一页一页地被吹起来，还落下去。主人大概又回到第几姨太房里抽鸦片去。客厅里顿然寂静了。不过上房里好像有女人哭骂的声音，隐约听见“我是有夫之妇……你有钱也不成……”，其余的就听不清了。午饭刚完，当差的又引导了一位客人进来，递过茶，又到上房去回报说：“二爷来了。”

二爷与费总理是交换兰谱的兄弟。实际上他比总理大三四岁，可是他自己一定要说少三两岁，情愿列在老弟的地位。这也许是因为他本来排行第二的缘故。他的脸上现出很焦急的样子，恨不能立时就见着总理。

这次总理却不教客人等那么久。他也没穿长褂，手捧着水烟筒，一面吹着纸捻，进到客厅里来。他说：“二弟吃过饭没有？怎么这样着急？”

“大哥，咱们的工厂这一次恐怕免不了又有麻烦。不晓得谁到南方去报告说咱们都是土豪劣绅，听说他们来到就要查办咧。我早晨为这事奔走了大半天，到现在还没吃中饭哪。假使他们发见了咱们用民生工厂的捐款去办兴华公司，大哥，你有什么办法对付？若是教他们查出来，咱们不挨枪毙也得担个无期徒刑！”

总理像很有把握的神气，从容地说：“二弟，别着急，先

叫人开饭给你吃，咱们再商量。”他按电铃，叫人预备饭菜，接着对二爷说，“你到底是胆量不大，一些小事情还值得这么惊惶！‘土豪劣绅’的名词难道还会加在慈善家的头上不成？假使人来查办，一领他们到这敦诗说礼之堂来看看，捐册、账本、褒奖状，件件都是来路分明，去路清楚，他们还能指摘什么？咱们当然不要承认兴华公司的资本就是民生工厂的捐款。世间没有不许办慈善事业的人兼为公司的道理，法律上也没有讲不过去的地方。”

“怕的是人家一查，查出咱们的款项来路分明，去路不清。我跟着你大哥办慈善事业，倒办出一身罪过来了，怎办，怎办？”二爷说得非常焦急。

“你别慌张，我对于这事早已有了对付的方法。咱们并没有直接地提民生工厂的款项到兴华公司去用。民生的款项本来是慈善性质，消耗了是当然的事体，只要咱们多划几笔账便可以敷衍过去。其实捐钱的人，谁来考察咱们的账目？捐一千几百块的，本来就冲着咱们的面子，不好意思不捐，实在他们也不是为要办慈善事业而捐钱。他们的钱一拿出来，早就存着输了几台麻雀的心思，捐出去就算了。只要他们来到厂里看见他们的名牌高高地悬挂在会堂上头，他们就心满意足了。还有捐一百几十的‘无名氏’，我们也可以从中想法子。在四五十个捐一百元的‘无名氏’当中，我们可以只报出三四个，那捐款的人个个便会想着报告书上所记的便是他。这里岂不又可以挖出好些钱来？至于那班捐一块几毛钱的，他们要查账，咱们也得问问他们配不配。”

“然则工厂基金捐款的问题呢？”二爷又问。

“工厂的基金捐款也可以归在去年证券交易失败的账里。若是查到那一笔，至多是派咱们‘付托失当，经营不善’这几个字，也担不上什么处分，更挂不上何等罪名。再进一步说，咱们的兴华公司，表面上岂不能说是为工厂销货和其他利益而设的？又公司的股东，自来就没有咱姓费的名字，也没你二爷的名字，咱的姨太开公司难道是犯罪行为？总而言之，咱们是名正言顺，请你不要慌张害怕。”他一面说，一面把水烟筒吸得哔罗哔罗地响。

二爷听他所说，也连连点头说：“有理有理！工厂的事，咱们可以说对得起人家，就是查办，也管教他查出功劳来。……然而，大哥，咱们还有一桩案未了。你记得去年学生们到咱们公司去检货，被咱们的伙计打死了他们两个人，这桩案件，他们来到，一定要办的。昨天我就听见人家说，学生会已宣布了你、我的罪状，又要把什么标语、口号贴在街上。不但如此，他们又要把咱们伙计冒充日籍的事实揭露出来。我想这事比工厂的问题还要重大。这真是要咱们的身家、性命、道德、名誉咧。”

总理虽然心里不安，但仍镇静地说：“那件事情，我已经拜托国仁向那边接洽去了，结果如何，虽不敢说定；但据我看来，也不致于有什么危险。国仁在南方很有点势力，只要他向那边的当局为咱们说一句好话，咱们再用些钱，那就没有事了。”

“这一次恐怕钱有点使不上罢，他们以廉洁相号召，难道还能受贿赂？”

“咳！二弟你真是个老实人！世间事都是说得容易做得

难。何况他们只是提倡廉洁政府，并没明说廉洁个人。政府当然是不会受贿赂的，历来的政府哪一个受过贿呢？反正都是和咱们一类的人，谁不爱钱？只要咱们送得有名目，人家就可以要。你如心里不安，就可以立刻到国仁那里去打听一下，看看事情进行到什么程度。”

“那么，我就去罢。我想这一次用钱有点靠不住。”

总理自然愿意他立刻到国仁那里去打听。他不但可以省一顿客饭，并且可以得着那桩案件的最近消息。他说：“要去还得快些去，饭后他是常出门的。你就在外头随便吃些东西罢。可恶的厨子，教他做一顿饭到大半天还没做出来！”他故意叫人来骂了几句，又吩咐给二爷雇车。不一会，车雇得了，二爷站起来顺便问总理说：“芙蓉的事情和谐罢？恭喜你又添了一位小星。”总理听见他这话，脸上便现出不安的状态。他回答说：“现在没有工夫和你细谈那事，回头再给你说罢。”他又对二爷说：“你快去快回来，今晚上在我这里吃晚饭罢。我请了一位黄先生，正要你来陪。国仁有工夫，也请他来。”

二爷坐上车，匆匆地到国仁那里去了。总理没有送客出门，自己吸着水烟，回到上房。当差的进客厅里来，把桌上茶杯里的剩茶倒了，然后把它们搁在架上。客厅里现在又寂静了。我们只能从壁上的镜子里看见街上行人的反影；其中看见时髦的女人开着汽车从窗外经过，车上只坐着她的爱犬。很可怪的就是坐在汽车上那只畜生不时伸出头来向路人狂吠，表示它是阔人的狗！它的吠声在费总理的客厅里也可以听见。

时辰钟刚敲过三下，客厅里又热闹起来了。民生工厂的庶务长魏先生领着一对乡下夫妇进来，指示他们总理客厅里的陈设。乡下人看见当中二块匾就联想到他们的大宗祠里也悬着像旁边两块一样的东西，听说是皇帝赐给他们第几代的祖先的。总理客厅里的大小自鸣钟、新旧古董和一切的陈设，教他们心里想着就是皇帝的金銮殿也不过是这般布置而已。

他们都坐下，老婆子不歇地摩挲放在身边的东西，心里有的是赞羡。

魏先生对他们说："我对你们说，你们不信，现在理会了。我们的总理是个有身家有名誉的财主，他看中了芙蓉就算你们两人的造化。她若嫁给总理做姨太，你们不但不愁没得吃的、穿的、住的，就是将来你们那个小狗儿要做一任县知事也不难。"

老头子说："好倒很好，不过芙蓉是从小养来给小狗儿做媳妇，若是把她嫁了，我们不免要吃她外家的官司。"

老婆子说："我们送她到工厂去也是为要使她学些手艺，好教我们多收些钱财；现在既然是总理财主要她，我们只得怨小狗儿没福气。总理财主如能吃得起官司，又保得我们的小狗儿做个营长、旅长，那我们就可以要一点财礼为他另娶一个回来。我说魏老爷呀，营长是不是管得着县知事？您方才说总理财主可以给小狗儿一个县知事做，我想还不如做个营长、旅长更好。现在做县知事的都要受气，听说营长还可以升到督办哪。"

魏先生说："只要你们答应，天大的官司，咱们总理都吃得起。你看咱们总理几位姨太的亲戚没有一个不是当阔差事的。小狗儿如肯把芙蓉让给总理，哪愁他不得着好差事！不说是营长、旅长，他要什么就得什么。"

老头子是个明理知礼的人，他虽然不大愿意，却也不敢违忤魏先生的意思。他说："无论如何，咱们两个老伙计是不能完全做主的。这个还得问问芙蓉，看她自己愿意不愿意。"

魏先生立时回答他说："芙蓉一定愿意。只要你们两个人答应，一切的都好办了。她昨晚已在这里上房住一宿，若不愿意，她肯么？"

老头子听见芙蓉在上房住一宿就很不高兴。魏先生知道他的神气不对，赶快对他说明工厂里的习惯，女工可以被雇到厂外做活去。总理也有权柄调女工到家里当差，譬如翠花、菱花们，都是常住在家里做工的。昨晚上刚巧总理太太有点活要芙蓉来做，所以住了一宿，并没有别的缘故。

芙蓉的公姑请求叫她出来把事由说个明白，问她到底愿意不愿意。不一会，翠花领着芙蓉进到客厅里。她一见着两位老人家，便长跪在地上哭个不休。她嚷着说："我的爹妈，快带我回家去罢，我不能在这里受人家欺侮。……我是有夫之妇。我决不能依从他。他有钱也不能买我的志向。……"

她的声音可以从窗户传达到街上，所以魏先生一直劝她不要放声哭，有话好好地说。老婆子把她扶起来，她咒骂了一场，气泄过了，声音也渐渐低下去。

老婆子到底是个贪求富贵的人，她把芙蓉拉到身边，细声对她劝说，说她若是嫁给总理财主，家里就有这样好处，那样好处。但她至终抱定不肯改嫁，更不肯嫁给人做姨太的主意。她宁愿回家跟着小狗儿过日子。

魏先生虽然把她劝不过来，心里却很佩服她，老少喧嚷过一会，芙蓉便随着她的公姑回到乡间去。魏先生把总理请出来，对他说那孩子很刁，不要也罢，反正厂里短不了比她好看的女人。总理也骂她是个不识抬举的贱人，说她昨夜和早晨怎样在上房吵闹。早晨他送完客，回到上房的时候，从她面前经过，又被她侮辱了一顿。若不是他一意要她做姨太，早就把她一脚踢死。他教魏先生回到工厂去，把芙蓉的名字开除，还教他从工厂的临时费支出几十块钱送给她家人，教他们不要播扬这事。

五点钟过了。几个警察来到费总理家的门房，费家的人个个都捏着一把汗，心里以为是芙蓉同着她的公姑到警察厅去上诉，现在来传人了。警察们倒不像来传人的样子。他们只报告说："上头有话，明天欢迎总司令、总指挥，各家各户都得挂旗。"费家的大小这才放了心。

当差的说："前几天欢送大帅，你们要人挂旗；明天欢迎总司令，又要挂旗，整天挂旗，有什么意思？"

"这是上头的命令，我们只得照传。不过明天千万别挂五色国旗，现在改用海军旗做国旗。"

"哪里找海军旗去？这都是你们警厅的主意，一会要人挂这样的旗，一会又要人挂那样的旗。"

"我们也管不了。上头说挂龙旗，我们便教挂龙旗；上头说挂红旗，我们也得照传，教挂红旗。"

警察叮咛了一会，又往别家通告去了。客厅的大镜里已经映着街上一家新开张的男女理发所门口挂着两面二丈四长、垂到地上的党国大旗。那旗比新华门平时所用的还要大，从远地看来，几乎令人以为是一所很重要的行政机关。

掌灯的时候到了。费总理的客厅里安排着一席酒，是为

日间参观工厂的黄先生预备的。还是庶务长魏先生先到。他把方才总理吩咐他去办的事情都办妥了。他又对总理说他已买了两面新的国旗。总理说他不该买新的，费那么些钱，他说应当到估衣铺去搜罗。原来总理以为新的国旗可以到估衣铺去买。

二爷也到了。从他舒展的眉目可以知道他所得的消息是不坏的。他从袖里掏出几本书来，对费总理说："国仁今晚要搭专车到保定去接司令，不能来了。他教我把这几本书带来给你看。他说此后要在社会上做事，非能背诵这里头的字句不成。这是新颁的《圣经》，一点一画也不许人改易的。"

他虽然说得如此郑重，总理却慢慢地取过来翻了几页。他在无意中翻出"民生主义"几个字，不觉狂喜起来，对二爷说："咱们的民生工厂不就是民生主义么？"

"有理有理。咱们的见解原先就和中山先生一致呵！"二爷又对总理说国仁已把事情办妥，前途大概没有什么危险。

总理把几本书也放在《孝经》《治家格言》等书上头。也许客厅的那一个犄角就是他的图书馆！他没有别的地方藏书。

黄先生也到了，他对于总理所办的工厂十分赞美，总理也谦让了几句，还对他说他的工厂与民生主义的关系。黄先生越发佩服他是个当代的社会改良家兼大慈善家，更是总理的同志。他想他能与总理同席，是一桩非常荣幸可以记在参观日记上头、将来出版公布的事体。他自然也很羡慕总理的阔绰。心里想着，若不是财主，也做不了像他那样的慈善家。他心中最后的结论以为若不是财主，就没有做慈善家的资格。

可不是！

宾主入席，畅快地吃喝了一顿，到十点左右，各自散去。客厅里现在只剩下几个当差的在那里收拾杯盘。器具摩荡的声音与从窗外送来那家新开张的男女理发所的留声机唱片的声音混在一起。

三博士

窄窄的店门外，贴着“承写履历”“代印名片”“当日取件”“承印讣闻”等广告。店内几个小徒弟正在忙着，踩得机轮轧轧地响。推门进来两个少年，吴芬和他的朋友穆君，到柜台上。

吴先生说：“我们要印名片，请你拿样本来看看。”

一个小徒弟从机器那边走过来，拿了一本样本递给他，说：“样子都在里头啦。请您挑罢。”

他和他的朋友接过样本来，约略翻了一遍。

穆君问：“印一百张，一会儿能得吗？”

小徒弟说：“得今晚来。一会儿赶不出来。”

吴先生说：“那可不成，我今晚七点就要用。”

穆君说：“不成，我们今晚要去赴会，过了六点，就用不着了。”

小徒弟说：“怎么今晚那么些赴会的？”他说着，顺手从柜台上拿出几匣印得的名片，告诉他们，“这几位定的名片都是今晚赴会用的，敢请您两位也是要赴那会去的吧。”

穆君同吴先生说：“也许是吧。我们要到北京饭店去赴留美同学化装跳舞会。”

穆君问吴先生说：“今晚上还有大艺术家枚宛君博士吗？”

吴先生说：“有他罢。”

穆君转过脸来对小徒弟说：“那么，我们一人先印五十张，多给你些钱，马上就上版，我们在这里等一等。现在已经四点半了，半点钟一定可以得。”

小徒弟因为掌柜的不在家，踌躇了一会，至终答应了他们。他们于是坐在柜台旁的长凳上等着。吴先生拿着样本在那里有意无意地翻。穆君一会儿拿起白话小报看看，一会又到机器旁边看看小徒弟的工作。小徒弟正在撤版，要把他的名字安上去，一见穆君来到，便说：“这也是今晚上要赴会用底，您看漂亮不漂亮？”他拿着一张名片递给穆君看。他看见名片上写的是“前清监生，民国特科俊士，美国鸟约克柯蓝卑阿大学特赠博士，前北京政府特派调查欧美实业专使随员，甄辅仁。”后面还印上本人的铜版造像，一顶外国博士帽正正地戴着，金穗子垂在两个大眼镜正中间，脸模倒长得不错，看来像三十多岁的样子。他把名片拿到吴先生跟前，说：“你看这人你认识吗？头衔倒不寒伧。”

吴先生接过来一看，笑说：“这人我知道，却没见过。他哪里是博士，那年他当随员到过美国，在纽约住了些日子，学校自然没进，他本来不是念书的。但是回来以后，满处告诉人说凭着他在前清捐过功名，美国特赠他一名博士。我知道他这身博士衣服也是跟人借的。你看他连帽子都不会戴，

把穗子放在中间，这是哪一国的礼帽呢？”

穆君说：“方才那徒弟说他今晚也去赴会呢。我们在那时候一定可以看见他。这人现在干什么。”

吴先生说：“没有什么事罢。听说他急于找事，不晓得现在有了没有。这种人有官做就去做，没官做就想办教育，听说他现在想当教员哪。”

两个人在店里足有三刻钟，等到小徒弟把名片焙干了，拿出来交给他们。他们付了钱，推门出来。

在街上走着，吴先生对他的朋友说：“你先去办你的事，我有一点事要去同一个朋友商量，今晚上北京饭店见罢。”

穆君笑说：“你又胡说了，明明为去找何小姐，偏要撒谎。”

吴先生笑说：“难道何小姐就不是朋友吗？她约我到她家去一趟，有事情要同我商量。”

穆君说：“不是订婚罢。”

“不，绝对不。”

“那么，一定是你约她今晚上同到北京饭店去，人家不去，你定要去求她，是不是？”

“不，不。我倒是约她来的，她也答应同我去。不过她还有话要同我商量，大概是属于事务的，与爱情毫无关系罢。”

“好吧，你们商量去，我们今晚上见。”

穆君自己上了电车，往南去了。

吴先生雇了洋车，穿过几条胡同，来到何宅。门役出来，吴先生给他一张名片，说：“要找大小姐。”

仆人把他的名片送到上房去。何小姐正和她的女朋友黄小姐在妆台前谈话，便对当差的说："请到客厅坐罢，告诉吴先生说小姐正会着女客，请他候一候。"仆人答应着出去了。

何小姐对她朋友说："你瞧，我一说他，他就来了。我希望你喜欢他。我先下去，待一会儿再来请你。"她一面说，一面烫着她的头发。

她的朋友笑说："你别给我瞎介绍啦。你准知道他一见便倾心么？"

"留学生回国，有些是先找事情后找太太的，有些是先找太太后谋差事的。有些找太太不找事，有些找事不找太太，有些什么都不找。像我的表哥辅仁他就是第一类的留学生。这位吴先生可是第二类的留学生。所以我把他请来，一来托他给辅仁表哥找一个地位，二来想把你介绍给他。这不是一举两得吗？他急于成家，自然不会很挑眼。"

女朋友不好意思搭腔，便换个题目问她说："你那位情人，近来有信吗？"

"常有信，他也快回来了。你说多快呀，他前年秋天才去的，今年便得博士了。"何小姐很得意地说。

"你真有眼，从前他与你同在大学念书的时候，他是多么奉承你呢。若他不是你的情人，我一定要爱上他。"

"那时候你为什么不爱他呢。若不是他出洋留学，我也没有爱他的可能。那时他多么穷呢，一件好衣服也舍不得穿，一顿饭也舍不得请人吃，同他做朋友面子上真是有点不好过。我对于他的爱情是这两年来才发生的。"

"他倒是装成的一个穷孩子。但他有特别的聪明，样子也很漂亮，这会回来，自然是格外不同了。我最近才听见人说

他祖上好几代都是读书人，不晓得他告诉你没有。”

何小姐听了，喜欢得眼眉直动，把烫钳放在酒精灯上，对着镜子调理她的两鬓。她说：“他一向就没告诉过我他的家世。我问他，他也不说。这也是我从前不敢同他交朋友的一个原因。”

她的朋友用手捋捋她脑后的头发，向着镜里的何小姐说：“听说他家里也很有钱，不过他喜欢装穷罢了。你当他真是一个穷鬼吗？”

“可不是，他当出国的时候，还说他的路费和学费都是别人的呢。”

“用他父母的钱也可以说是别人的。”她的朋友这样说。

“也许他故意这样说吧。”她越发高兴了。

黄小姐催她说：“头发烫好了，你快下去罢。关于他的话还多着呢。回头我再慢慢地告诉你。教客厅里那个人等久了，不好意思。”

“你瞧，未曾相识先有情。多停一会儿就把人等死了！”她奚落着她的女朋友，便起身要到客厅去。走到房门口正与表哥辅仁撞个满怀。表妹问：“你急什么？险些儿把人撞倒！”

“我今晚上要化装做交际明星，借了这套衣服，请妹妹先给我打扮起来，看看时样不时样。”

“你到妈屋里去，教丫头们给你打扮罢，我屋里有客，不方便。你打扮好就到那边给我去瞧瞧。瞧你净以为自己很美，净想扮女人。”

“这年头扮女人到外洋也是博士待遇，为什么扮不得？”

“怕的是你扮女人，会受‘游街示众’的待遇咧。”

她到客厅，便说："吴博士，久候了，对不起。"

"没有什么。今晚上你一定能赏脸罢。"

"岂敢。我一定奉陪。您瞧我都打扮好了。"

主客坐下，叙了些闲话。何小姐才说她有一位表哥甄辅仁现在没有事情，好歹在教育界给他安置一个地位。在何小姐方面，本不晓得她表哥在外洋到底进了学校没有。她只知道他是借着当随员的名义出国的。她以为一留洋回来，假如倒霉也可以当一个大学教授，吴先生在教育界很认识些可以为力的人，所以非请求他不可。在吴先生方面，本知道这位甄博士的来历，不过不知道他就是何小姐的表兄。这一来，他也不好推辞，因为他也有求于她。何小姐知道他有几分爱她，也不好明明地拒绝，当他说出情话的时候，只是笑而不答。她用别的话来支开。

她问吴博士说："在美国得博士不容易罢？"

"难极啦。一篇论文那么厚。"他比仿着，接下去说："还要考英、俄、德、法几国文字，好些老教授围着你，好像审犯人一样。稍微差了一点，就通不过。"

何小姐心里暗喜，喜的是她的情人在美国用很短的时间，能够考上那么难的博士。

她又问："您写的论文是什么题目？"

"凡是博士论文都是很高深很专门的。太普通和太浅近的，不说写，把题目一提出来，就通不过。近年来关于中国文化的论文很时兴，西方人厌弃他们的文化，想得些中国文化去调和调和。我写的是一篇《麻雀牌与中国文化》。这题目重要极了。我要把麻雀牌在中国文化和世界文化的地位介绍

出来。我从中国经书里引出很多的证明，如《诗经》里‘谁谓雀无角，何以穿我屋’的‘雀’便是麻雀牌的‘雀’。为什么呢？真的雀哪里会有角呢？一定是麻雀牌才有八只角呀。‘穿我屋’表示当时麻雀很流行，几乎家家都穿到的意思。可见那时候的生活很丰裕，像现在的美国一样。这个铁证，无论哪一个学者都不能推翻。又如‘索子’本是‘竹子’，宁波音读‘竹’为‘索’，也是我考证出来的。还有一个理论是麻雀牌的名字是从‘一竹’得来的。做牌的人把‘一竹’雕成一只鸟的样子，没有学问的人便叫它作‘麻雀’，其实是一只凤，取‘鸣凤在竹’的意思。这个理论与我刚才说的雀也不冲突，因为凤凰是贵族的，到了做那首诗的时代，已经民众化了，变为小家雀了。此外还有许多别人没曾考证过的理论，我都写在论文里。您若喜欢念，我明天就送一本过来献献丑，请您指教指教。我写的可是英文。我为那论文花了一千多块美金。您看要在外国得个博士多难呀，又得花时间，又得花精神，又得花很多的金钱。”

何小姐听他说得天花乱坠，也不能评判他说的到底是对不对，只一味地称赞他有学问。她站起来，说：“时候快到了，请你且等一等，我到屋里装饰一下就与你一同去。我还要介绍一位甜人给你。我想你一定会很喜欢她。”她说着便自出去了。吴博士心里直盼着要认识那人。

她回到自己屋里，见黄小姐张皇地从她的床边走近前来。

“你放什么在我床里啦？”何小姐问。

“没什么。”

“我不信。”何小姐一面说一面走近床边去翻她的枕头。

她搜出一卷筒的邮件，指着黄小姐说："你还捣鬼！"

黄小姐笑说："这是刚才外头送进来的。所以把它藏在你的枕底，等你今晚上回来，可以得到意外的喜欢。我想那一定是你的甜心寄来的。"

"也许是他寄来的吧。"她说着，一面打开那卷筒，原来是一张文凭。她非常地喜欢，对着她的朋友说："你瞧，他的博士文凭都寄来给我了！多么好看的一张文凭呀，羊皮做的咧！"

她们一同看着上面的文字和金印。她的朋友拿起空筒子在那里摩挲着，显出是很羡慕的样子。

何小姐说："那边那个人也是一个博士呀，你何必那么羡慕我的呢？"

她的朋友不好意思，低着头尽管看那空筒子。

黄小姐忽然说："你瞧，还有一封信呢！"她把信取出来，递给何小姐。

何小姐把信拆开，念着：

最亲爱的何小姐：

我的目的达到，你的目的也达到了。现在我把这一张博士文凭寄给你，我的论文是《油炸脍与烧饼的成分》。这题目本来不难，然而在这学校里，前几年有一位中国学生写了一篇《北京松花的成分》也得着博士学位；所以外国博士到底是不难得。论文也不必选很艰难的问题。

我写这论文的缘故都是为你，为得你的爱，现在

你的爱教我在短期间得到，我的目的已达到了。你别想我是出洋念书，其实我是出洋争口气。我并不是没有本领，不出洋本来也可以，无奈迫于你的要求，若不出来，倒显得我没有本领，并且还要冒个“穷鬼”的名字。现在洋也出过了，博士也很容易地得到了，这口气也争了，我的生活也可以了结了。我不是不爱你，但我爱的是性情，你爱的是功名；我爱的是内心，你爱的是外形，对象不同，而爱则一。然而你要知道人类所以和别的动物不同的地方便是在恋爱的事情上，失恋固然可以教他自杀，得恋也可以教他自杀。禽兽会因失恋而自杀，却不会在承领得意的恋爱滋味的时候去自杀，所以和人类不同。

别了，这张文凭就是对于我的纪念品，请你收起来。无尽情意，笔不能宣，万祈原宥。

你所知的男子。

“呀！他死了！”何小姐念完信，眼泪直流，她不晓得要怎办才好。

她的朋友拿起信来看，也不觉得伤心起来，但还勉强安慰她说：“他不致于死的，这信里也没说他要自杀，不过发了一片牢骚而已。他是恐吓你的，不要紧，过几天，他一定再有信来。”

她还哭着，钟已经打了七下，便对她的朋友说：“今晚上的跳舞会，我懒得去了。我教表哥介绍你给吴先生罢。你们三个人去得啦。”

她教人去请表少爷。表少爷却以为表妹要在客厅里看他所扮的时装，便摇摆着进来。

吴博士看见他打扮得很时髦，脸模很像何小姐。心里想这莫不是何小姐所要介绍的那一位。他不由得进前几步深深地鞠了一躬，问："这位是……？"

辅仁见表妹不在，也不好意思。但见他这样诚恳，不由得到客厅门口的长桌上取了一张名片进来递给他。

他接过去，一看是"前清监生，民国特科俊士，美国乌约克柯蓝卑阿大学特赠博士，前北京政府特派调查欧美实业专使随员，甄辅仁。"

"久仰，久仰。"

"对不住，我是要去赴化装跳舞会的，所以扮出这个怪样来，取笑，取笑。"

"岂敢，岂敢。美得很。"

街头巷尾之伦理

在这城市里，鸡声早已断绝，破晓的声音，有时是骆驼底铃铛，有时是大车的轮子。那一早晨，胡同里还没有多少行人，道上的灰土蒙着一层青霜，骡车过处，便印上蹄痕和轮迹。那车上满载着块煤，若不是加上车夫的鞭子，合着小驴和大骡的力量，也不容易拉得动。有人说，做牲口也别做北方的牲口，一年有大半年吃的是干草，没有歇的时候，有一千斤的力量，主人最少总要它拉够一千五百斤，稍一停顿，便连鞭带骂。这城的人对于牲口好像还没有想到有什么道德的关系，没有待遇牲口的法律，也没有保护牲口的会社。骡子正在一步一步使劲拉那重载的煤车，不提防踩了一蹄柿子皮，把它滑倒，车夫不问情由挥起长鞭，没头没脸地乱鞭，嘴里不断地骂它的娘，它的姊妹。在这一点上，车夫和他的牲口好像又有了人伦的关系，骡子喘了一会气，也没告饶，挣扎起来，前头那匹小驴帮着它，把那车慢慢地拉出胡同口去。

在南口那边站着一个巡警。他看是个“街知事”，然而除掉捐项，指挥汽车，和跟洋车夫捣麻烦以外，一概的事情都不知。市政府办了乞丐收容所，可是那位巡警看见叫化子也没请他到所里去住。那一头来了一个瞎子，一手扶着小木杆，一手提着破柳罐。他一步一步踱到巡警跟前，后面一辆汽车远远地响着喇叭，吓得他急要躲避，不凑巧撞在巡警身上。

巡警骂他说：“你这东西又脏又瞎，汽车快来了，还不快往胡同里躲！”幸而他没把手里那根“尚方警棍”加在瞎子头上，只挥着棍子叫汽车开过去。

瞎子进了胡同口，沿着墙边慢慢地走。那边来了一群狗，大概是追母狗的。它们一面吠，一面咬，冲到瞎子这边来。他的拐棍在无意中碰着一只张牙咧嘴的公狗，被它在腿上咬了一口。他摩摩大腿，低声骂了一句，又往前走。

“你这小子，可教我找着了。”从胡同的那边迎面来了一个人，远远地向着瞎子这样说。

那人的身材虽不很魁梧，可也比得胡同口“街知事”。据说他也是个老太爷身份，在家里刨掉灶王爷，就数他大，因为他有很多下辈供养他。他住在鬼门关附近，有几个子侄，还有儿媳妇和孙子。有一个儿子专在人马杂沓的地方做扒手。有一个儿子专在娱乐场或戏院外头假装寻亲不遇，求帮于人。一个儿媳妇带着孙子在街上捡煤渣，有时也会利用孩子偷街上小摊的东西。这瞎子，他的侄儿，却用“可怜我瞎子……”这套话来生利。他们照例都得把所得的财物奉给这位家长受用；若有怠慢，他便要和别人一样，拿出一条伦常的大道理来谴责他们。

瞎子已经两天没回家了。他蓦然听见叔叔骂他的声音，早已吓得魂不附体。叔叔走过来，拉着他的胳臂，说：“你这小子，往哪里跑？”瞎子还没回答，他顺手便给他一拳。

瞎子“哟”了一声，哀求他叔叔说：“叔叔别打，我昨天一天还没吃的，要不着，不敢回家。”

叔叔也用了骂别人的妈妈和姊妹的话来骂他的侄子。他一面骂，一面打，把瞎子推倒，拳脚交加。瞎子正坐在方才教骡子滑倒的那几个烂柿子皮的地方。破柳罐也摔了，掉出几个铜元，和一块干面包头。

叔叔说：“你还撒谎？这不是铜子？这不是馒头？你有剩下的，还说昨天一天没吃，真是该揍的东西。”他骂着，又连踢带打了一会。

瞎子想是个忠厚人，也不会抵抗，只会求饶。

路东五号的门升了。一个中年的女人拿着药罐子到街心，把药渣子倒了。她想着叫往来的人把吃那药的人的病带走，好像只要她的病人好了，叫别人病了千万个也不要紧。她提着药罐，站在街门口看那人打他的瞎眼侄儿。

路西八号底门也开了。一个十三四岁的黄脸丫头，提着脏水桶，望街上便泼。她泼完，也站在大门口瞧热闹。

路东九号出来几个人，路西七号也出来几个人，不一会，满胡同两边都站着瞧热闹的人们。大概同情心不是先天的本能，若不是，他们当中怎么没有一个人走来把那人劝开？难道看那瞎子在地上呻吟，无力抵抗，和那叔叔凶狠恶煞的样子，够不上动他们的恻隐之心么？

瞎子嚷着救命，至终没人上前去救他。叔叔见有许多人在两旁看他教训着坏子弟，便乘机演说几句。这是一个演说时代，所以“诸色人等”都能演说。叔叔把他的侄儿怎样不孝顺，得到钱自己花，有好东西自己吃的罪状都布露出来。他好像理会众人以他所做的为合理，便又将侄儿恶打一顿。

瞎子的枯眼是没有泪流出来的，只能从他的号声理会他的痛楚。他一面告饶，一面伸手去摸他的拐棍。叔叔快把拐棍从地上捡起来，就用来打他。棍落在他的背上发出一种霍霍的声音，显得他全身都是骨头。叔叔说：“好，你想逃？你逃到哪里去？”说完，又使劲地打。

街坊也发议论了。有些说该打，有些说该死，有些说可怜，有些说可恶。可是谁也不愿意管闲事，更不愿意管别人的家事，所以只静静地站在一边，像“观礼”一样。

叔叔打够了，把地下两个大铜子捡起来，问他：“你这些子儿都是从哪里来的？还不说！”

瞎子那些铜子是刚在大街上要来的，但也不敢申辩，由着他叔叔拿走。

胡同口的大街上，忽然过了一大队军警。听说早晨司令部要枪毙匪犯。胡同里方才站着瞧热闹的人们，因此也冲到热闹的胡同去。他们看见大车上绑着的人。那人高声演说，说他是真好汉，不怕打，不怕杀，更不怕那班临阵扔枪的丘八。围观的人，也像开国民大会一样，有喝彩的，也有拍手的。那人越发高兴，唱几句《失街亭》，说东道西，一任骡子慢慢地拉着他走。车过去了，还有很多人跟着，为的是要听些新鲜的事情。文明程度越低的社会，对于游街示众、法场处死、家小拌嘴、怨敌打架等事情，都很感得兴趣，总要在

旁助威，像文明程度高的人们在戏院、讲堂、体育场里助威和喝彩一样。说“文明程度低”一定有人反对，不如说“古风淳厚”较为堂皇些。

胡同里的人，都到大街上看热闹去了。这里，瞎子从地下爬起来，全身都是伤痕。巡警走来说他一声“活该”！

他没说什么。

那边来了一个女人，戴着深蓝眼镜，穿着淡红旗袍，头发烫得像石狮子一样。从跟随在她后面那位抱着孩子的灰色衣帽人看来，知道她是个军人的眷属。抱小孩的大兵，在地下捡了一个大子。那原是方才从破柳罐里摔出来的。他看见瞎子坐在道边呻吟，就把捡得的铜子扔给他。

“您积德修好哟！我给您磕头啦！”是瞎子谢他的话。

他在这一个大子的恩惠以外，还把道上的一大块面包头踢到瞎子跟前，说：“这地上有你吃的东西。”他头也不回，洋洋地随着他的女司令走了。

瞎子在那里摩着块干面包，正拿在手里，方才咬他的那只饿狗来到，又把它抢走了。

“街知事”站在他的岗位，望着他说：“瞧，活该！”

法眼

“前几个月这城曾经关闭过十几天，听说是反革命军与正革命军开仗的缘故。两军的旗号是一样的，实力是一样的，宗旨是一样的，甚至党纲也是一样的。不过，为什么打起来？双方都说是为国，为民，为人道，为正义，为和平……为种种说不出来的美善理想，所以打仗的目的也是一样！但是，依据什么思想家的考察，说是‘红马’和‘白狗’在里头作怪。思想家说，‘马’是‘马克思’，或是马克思主义的走马；‘红’就是我们所知道的‘红’；‘狗’自然是‘狗必多’，或是什么资本，帝国主义的走狗；‘白’也是我们所常知道的‘白’。

“白狗和红马打起来，可苦了城里头的‘灰猫’！灰猫者谁？不在前线的谁都不是！常人好像三条腿的灰猫，色彩不分明，身体又残缺，生活自然不顺，幸而遇见瞎眼耗子，他们还可以饱一顿天赐之粮，不幸而遇见那红马与白狗在他们的住宅里抛炸弹，在他们的田地裹开壕沟，弄得他们欲生不能，求死不得，只能向天嚷着说：‘真命什么时候下来啊！’”

“这是谁说的呢？”

“这一段话好像是谁说过的，一下子记不清楚了。现在先不管它到底是哪一方的革命是具有真正的目的，据说在革命时代，凡能指挥兵士，或指导民众，或利用民众的暴力财力及其它等等的人们的行为都是正的，对的，因为愚随智和弱随强是天演的公例。民众既是三条腿的灰猫，物力心力自然不如红马和白狗，所以也得由着他们驱东便东，逐西便西，敢有一言，便是‘反革命’。像我便是担了反革命的罪名到这里来的，其实我也不知道所反的是哪一种革命，不过我为不主张那毁家灭宅的民死主义而写了一篇论文罢了。”

这是在一个离城不远的新式监狱里两个青年囚犯当着狱卒不在面前的时候隔着铁门的对话。看他们的样子，好像是新近被宣告有反动行为判处徒刑的两个大学生。罪本不重，人又很斯文，所以狱卒也不很严厉地监视他们。但依法，他们是不许谈话的。他们日间的劳工只是抄写，所以比其余的囚徒较为安适。在回监的时候，他们常偷偷地低谈。狱卒看见了，有时也干涉了下，但不像对待别的囚徒用法权来制止他们。他们的囚号一个是九五四，一个是九五一。

“你方才说这城关闭了十几天是从哪里得来的消息？我有亲戚在城里，不晓得他们现在怎样？”他说时，现出很忧虑的样子。

九五四回答说，“今天狱吏叫我到病监里去替一个进监不久却病得很沉重的囚犯记录些给亲属的遗言，这消息是从他那听来的。”

“那是一个什么人？”九五一问。

“一个平常的农人罢。”

“犯了什么事？”

九五四摇摇头说：“还不是经济问题？在监里除掉一两个像我们犯的糊涂罪名以外，谁不都是为饮食和男女吗？说来他的事情也很有趣。我且把从他和从别的狱卒听来的事情慢慢地说给你听吧。”

“这城关了十几天，城里的粮食已经不够三天的用度，于是司令官不得不偷偷地把西门开了一会，放些难民出城，不然城里不用外攻，便要内讧了。据他说，那天开城是在天未亮的时候，出城的人不许多带东西，也不许声张，更不许打着灯笼。城里的人得着开城的消息，在前一晚上，已经有人抱着孩子，背着包袱，站在城门洞等着。好容易三更盼到四更，四更盼到五更，城门才开了半扇，这一开，不说脚步的声音，就是喘气的声音也足以赛过飞机。不许声张，成吗？”

“天已经快亮了。天一亮，城门就要再关闭的。再一关闭，什么时候会再开，天也不知道。因为有这样的顾虑，那班灰猫真得拼命地挤。他现在名字是‘九九九’，我就管他叫‘九九九’吧。原来‘九九九’也是一只逃难的灰猫，他也跟着人家挤。他胸前是一个女人，双手高举着一个包袱。他背后又是黑压压的一大群。谁也看不清是谁，谁也听不清谁的声音。为丢东西而哭的，更不能遵守那静默的命令，所以在黑暗中，只听见许多悲惨的嚷声。”

“他前头那女人忽然回头把包袱递给他说，‘大嫂，你先给我拿着吧，我的孩子教人挤下去了。’他好容易伸出手来，接着包袱，只听见那女人连哭带嚷说，‘别挤啦！挤死人啦！

我的孩子在底下哪！别挤啦！踩死人啦！’人们还是没见，照样地向前挤，挤来挤去，那女人的哭声也没有了，她的影儿也不见了。九九九顶着两个包袱，自己的脚不自由地向着抵抗力最弱的前方进步，好容易才出了城。”

“他手里提着一个别人的和一个自己的包袱，站在桥头众人必经之地守望着。但交给谁呢？他又不认得。等到天亮，至终没有女人来问他要哪个包袱。”

“城门依然关闭了，作战的形势忽然紧张起来，飞机的声音震动远近。他慢慢走，直到看见飞机的炸弹远远掉在城里的党旗台上爆炸了，才不得不拼命地逃。他在歧途上，四顾茫茫，耳目所触都是炮烟弹响，也不晓得要往哪里去。还是照着原先的主意回本村去吧。他说他也三四年没回家，家里也三四年没信了。”

“他背着别人的包袱像是自己的一样，惟恐兵或匪要来充主人硬领回去。一路上小心，走了一天多才到家。但他的村连年闹的都是兵来匪去，匪来兵去这一套‘出将入相’的戏文。家呢？只是一片瓦砾场，认不出来了。田地呢？一沟一沟的水，由战壕一变而为运粮河了。妻子呢。不见了！可是村里还剩下断垣裂壁的三两家和枯枝零落几棵树，连老鸦也不在上头歇了。他正在张望徘徊的时候，一个好些年没见面的老婆婆从一间破房子出来。老婆婆是他的堂大妈，对他说他女人前年把田地卖了几百块钱带着孩子往城里找他去了。据他大妈说卖田地是他媳妇接到他的信说要在城里开小买卖，教她卖了，全家搬到城里住。他这才知道他妻子两年来也许就与他同住在一个城里。心里只诧异着，因为他并没写信回来教卖田，其中必定另有原故。他盘究了一两句，老婆婆也说不清，于是他便找一个僻静的地方，打开包袱一看，三件女衣两条裤子，四五身孩子衣服，还有一本小摺子两百块现洋，和一包银票同包在一条小手巾里面。‘有钱！天赐的呀！’他这样想。但他想起前几天晚间在城门洞接到包袱时候的光景，又想着这恐怕是孤儿寡妇的钱吗。占为已有，恐怕有点不对，但若不占为已有，又当交给谁呢？想来想去，拿起小摺子翻开一看，一个字也认不得。村里两三家人都没有一个人认得字。他想那定是天赐的了，也许是因为妻子把他的产业和孩子带走，跟着别的男人过活去了，天才赐这一注横财来帮补帮补。‘得，我未负人，人却负我’，他心里自然会这样想。他想着也许老天爷为怜悯他，再送一份财礼给他，教他另娶吧。他在村里住了几天，听人说城里已经平复，便想着再回到城里去。

“城已经被攻破了，前半个月那种恐慌渐渐地被人忘却。九九九本来是在一个公馆里当园丁，这次回来，主人已经回籍，目前不能找到相当的事，便在一家小客栈住下。

“惯于无中生有的便衣侦探最注意的是小客栈，下处，酒楼等等地方。他们不管好歹，凡是住栈房的在无论什么时候，都有盘查的必要，九九九在自己屋里把包袱里的小手巾打开，拿出摺子来翻翻，还是看不懂。放下摺子，拿起现洋和钞票一五一十这样地数着，一共数了一千二百多块钱。这个他可认识，不由得心里高兴，几乎要嚷出来。他的钱都是进一个出一个的，那里禁得起发这一注横财。他拙了一把银子和一迭钞票望口袋里塞，想着先到街上吃一顿好馆子。有一千多

块钱，还舍不得吃吗？得，吃饱了再说。反正有钱，就是妻子跟人跑了也不要紧。他想着大吃一顿可以消灭他过去的忧郁，可以发扬他新得的高兴。他正在把银子包在包袱里预备出门的时候，可巧被那眼睛比苍蝇还多的便衣侦探瞥见了。他开始被人注意，自己却不知道。

“九九九先到估衣铺，买了一件很漂亮的青布大衫罩在他的破棉袄上头。他平时听人说同心楼是城里顶阔的饭庄，连外国人也常到那里去吃饭，不用细想，自然是到那里去吃一顿饱，也可以借此见见世面。他雇一辆车到同心楼去，他问伙计顶贵的菜是什么。伙计以为他是打哈哈，信口便说十八块的燕窝，十四块的鱼翅，二十块的熊掌，十六块的鲍鱼，……说得天花乱坠。他只懂得燕窝鱼翅是贵菜，所以对伙计说，‘不管是燕窝，是鱼翅，是鲍鱼，是银耳，你只给做四盘一汤顶贵的菜来下酒。’‘顶贵的菜，现时得不了，您哪，您要，先放下定钱，今晚上来吃罢。现在随便吃吃得啦。’伙计这样说。‘好罢。你要多少定钱？’他一面说一面把一叠钞票掏出来。伙计给他一算，说‘要吃顶好的四盘一汤合算起来就得花五十三块，您哪。多少位？’他说一句‘只我一个人！’便拿了六张十圆钞票交给伙计，另外点了些菜吃。那头一顿就吃了十几块钱，已经撑得他饱饱地。肚子里一向少吃油腻，加以多吃，自是不好过。回到客栈，躺了好几点钟，肚子里头怪难受，想着晚上不去吃罢，钱又已经付了，五十三块可不是少数，还是去罢。

“吃了两顿贵菜，可一连泻了好几天。他吃病了。最初舍不得花钱，找那个大夫也没把他治好。后来进了一个小医院，在那里头又住了四五天。他正躺在床上后悔，门便被人推开了。进来两个巡警，一个问‘你是汪绶吗？’‘是。’他毫不惊惶地回答。一个巡警说，‘就是他，不错，把他带走再说吧。’他们不由分说，七手八脚，给那病人一个五花大绑，好像要押赴刑场似的，旁人都不晓得是怎么一回事，也不便打听，看着他们把他扶上车一直地去了。

“由发横财的汪绶一变而为现在的九九九的关键就在最后的那一番。他已经在不同的衙门被审过好几次，最后连贼带证被送到地方法院刑庭里。在判他有罪的最后一庭，推事问他钱是不是他的，或是他抢来的。他还说是他的。推事问‘既是你的，一共有多少钱？’他回答一共有一千多。又问‘怎样得的那么些钱？你不过是个种园子的？’

“‘种地的钱积下来的。’他这样回答。推事问‘这摺子是你的吗？’他见又问起那摺子，再也不能撒谎了，他只静默着。推事说，‘凭这摺子就可以断定不是你的钱，摺子是姓汪的倒不错，可不是叫汪绶。你老实说罢。’他不能再瞒了，他本来不晓得欺瞒，因为他觉得他并没抢人，也没骗人，不过叫最初审的问官给他打怕了，他只能定是他自己的，或是抢人家的，若说是捡的或人家给的话，当然还要挨打。他曾一度自认是抢来的。幸而官厅没把他马上就枪毙，也许是因为没有事主出来证明罢。推事也疑惑他不是抢来的，所以还不用强烈的话来逼迫他。后来倒是他自己说了真话。推事说‘你受人的寄托，纵使物主不来问你要，也不能算为你自己的。’‘那么我当交给谁呢？放在路边吗？交给别人吗？物主只有一个，他既不来取回去，我自然得拿着。钱在我手里那

么久，既然没有人来要，岂不是一注天财吗？’推事说，‘你应当交给巡警。’他沉思了一会，便回答说，‘为什么要交给巡警呢？巡警也不是物主呀。’”

九五一点头说，“可不是！他又没受过公民教育，也不知道什么叫法律。现在的法律是仿效罗马法为基础的西洋法律，用来治我们这班久经浸润于人情世道的中国人，那岂不是顶滑稽的事吗？依我们的人情和道理说来，拾金不昧固然是美德，然而要一个衣食不丰，生活不裕，知识不足的常人来做，到底很勉强。郭巨掘地得金，并没看见他去报官，除袁子才以外，人都赞他是行孝之报。九九九并不是没等，等到不得不离开那城的时候才离闭，已算是贤而又贤的人了，何况他回家又遇见那家散人亡的惨事。手里所有的钱财自然可以使他因安慰而想到是天所赏赐。也许他曾想过这老天爷借着那妇人的手交给他的。”

九五四说，“他自是这样想。但是他还没理会‘窃钩者诛，窃国者侯’这句格言在革命时代有时还可以应用得着。在无论什么时候，凡有统治与被治两种阶级的社会，就许大掠不许小掠，许大窃不许小窃，许大取不许小取。他没能力行大取，却来一下小取，可就活该了。推事判他一个侵占罪，因为情有可原，处他三年零六个月的徒刑，贼物牌示候领。这就是九九九到这里来的原委。”

九五一问，“他来多久了？”

“有两个星期了罢。刚来的时候，还没病得这么厉害。管他的狱卒以为他偷懒，强迫他做苦工。不到一个星期就不成了，不得已才把他送到病监去。”

九五一发出同情的声音低低地说，“咳，他们每以为初进监的囚犯都是偷懒装病的，这次可办错了。难道他们办错事，就没有罪吗？哼！”

九五四还要往下说，蓦然看见狱卒的影儿，便低声说，“再谈罢，狱卒来了。”他们各人坐在囚床上，各自装做看善书的样子。一会，封了门，他们都得依法安睡。除掉从监外的坟堆送来继续的蟋蟀声音以外，在监里，只见狱里的逻卒走来走去，一切都静默了。

狱中的一个星期像过得很慢，可是九九九已于昨晚上气绝了。九五四在他死这前一天还被派去誊录他入狱后的报告。那早晨狱卒把尸身验完，便移到尸房去预备入殓，正在忙的时候，一个女人连嚷带哭地说要找汪绶。狱卒说，“汪绶昨晚上刚死掉，不能见了”。女人更哭得厉害，说汪绶是她的丈夫。典狱长恰巧出来，问明情由，便命人带他到办公室去细问她。

她说丈夫汪绶已经出门好几年了。前年家里闹兵闹匪，忽然接到汪绶的信，教把家产变卖同到城里做小买卖。她于是卖得几百块钱，带着一个两岁的孩子到城里来找他。不料来到城里才知道被人暗算了，是同村的一个坏人想骗她出来，连人带钱骗到关东去。好在她很机伶，到城里一见不是本夫，就要给那人过不去。那人因为骗不过，便逃走了。她在城里，人面生疏怎找也找不着她丈夫。有人说他当兵去了，有人说他死了，坏人才打那主意。因此她很失望地就去给人做针凿活计，洗衣服，慢慢也会用钱去放利息，又曾加入有奖储蓄会，给她得了几百块钱奖，总共算起来连本带利一共有一千三百多块。往来的账目都用她的孩子汪富儿的名字写在

摺子上头。据她说前几个月城里闹什么监元帅和酱元帅打仗，把城里家家的饭锅几乎都砸碎了。城关了好几十天，好容易听见要开城放人。她和同院住的王大嫂于是把钱都收回来，带着孩子跟着人挤，打算先回村里躲躲。不料城门非常拥挤，把孩子挤没了。她急起来，不知把包袱交给了谁，心里只记得是交给王大嫂。至终孩子也没找着，王大嫂和包袱也丢了。城门再关的时候，她还留在门洞里。到逃难的人们全被轰散了，她才看见地下血迹模糊，衣服破碎，那种悲惨情形，实在难以形容。被踹死的不止一个孩子，其余老的幼的还有好些。地面上的巡警又不许人抢东西，到底她的孩子还有没有命虽不得而知，看来多半也被踹死了。她至终留在城里，身边只剩几十块钱。好几个星期过去，一点消息也没有，急得她几乎发狂。有一天，王大嫂回来了。她问要包袱。王大嫂说她们彼此早就挤散了，哪里见她的包袱。两个人争辩了好些时，至终还是到法庭去求解决。法官自然把王大嫂押起来，等候证据充足，才宣告她的罪状。可惜她的案件与汪绶的案件不是同一个法官审理的。她报的钱财数目是一千三百块，把摺子的名字写做汪扶尔。她也不晓得她丈夫已改名叫汪绶，只说他的小名叫大头。这一来，弄得同时审理的两桩异名同事的案子凑不在一起。前天同院子一个在高等法院当小差使的男子把报上的法庭判辞和招领报告告诉她，她才知道当时恰巧抱包袱交给她丈夫，她一听见这消息，立刻就到监里。但是那天不是探望囚犯的日子，她怎样央告，守门的狱卒也不理她，他们自然也不晓得这场冤枉事和她丈夫的病态，不通融办理，也是应当的。可惜他永远不知道那是他自己的钱哪！前天若能见着她，也许他就不会死了。

典狱长听她分诉以后，也不禁长叹了一声。说，“你们都是很可怜的。现在他已经死了，你就到法院去把钱领回去吧。法官并没冤枉他。我们办事是依法处理的，就是据情也不会想到是他自己妻子交给他的包袱。你去把钱领回来，除他用了一百几十元以外，有了那么些钱，还怕养你不活吗？”典狱长用很多好话来安慰她，好容易把她劝过来。妇人要去看尸首，便即有人带她去了。

典狱长转过身来，看见公案上放着一封文书。拆开一看，原来是庆祝什么战胜特赦犯人的命令和名单，其中也有九五四和九五一的号头。他伏在案上划押，屋里一时都静默了。砚台上的水光反射在墙上挂着那幅西洋正义的女神的脸。门口站着一个听差的狱卒，也静静地望着那蒙着眼睛一手持剑一手持秤的神像。监外坟堆里偶然又送些断续的虫声到屋里来。

归途

她坐在厅上一条板凳上头，一手支颐，在那里纳闷。这是一家佣工介绍所。已经过了糖瓜祭灶的日子，所有候工的女人们都已回家了，惟独她在介绍所里借住了二十几天，没有人雇她，反欠下媒婆王姥姥十几吊钱。姥姥从街上回来，她还坐在那里，动也不动一下，好像不理会的样子。

王姥姥走到厅上，把买来的年货放在桌上，一面把她的围脖取下来，然后坐下，喘几口气。她对那女人说："我说，大嫂，后天就是年初一，个人得打个人的主意了。你打算怎办呢？你可不能在我这儿过年，我想你还是先回老家，等过了元宵再来罢。"

她蓦然听见王姥姥这些话，全身直像被冷水浇过一样，话了说不出来。停了半晌，眼眶一红，才说："我还该你的钱哪。我身边一个大子也没有，怎能回家呢？若不然，谁不想回家？我已经十一二年没回家了。我出门的时候，我的大妞儿才五岁，这么些年没见面，她爹死，她也不知道，论理我早就该回家看看。无奈……”她的喉咙受不了伤心的冲激，至终不能把她的话说完，只把泪和涕来补足她所要表示的意思。

王姥姥虽想撵她，只为十几吊钱的债权关系，怕她一去不回头，所以也不十分压迫她。她到里间，把身子倒在冷炕上头，继续地流她的苦泪。净哭是不成的，她总得想法子。她爬起来，在炕边拿过小包袱来，打开，翻翻那几件破衣服。在前几年，当她随着丈夫在河南一个地方的营盘当差的时候，也曾有过好几件皮袄。自从编遣的命令一下，凡是受编遣的就得为他的职业拼命。她的丈夫在郑州那一仗，也随着那位总指挥亡于阵上。败军的眷属在逃亡的时候自然不能多带行李。她好容易把些少细软带在身边，日子就靠着零当整卖这样过去。现在她什么都没有了，只剩下当日丈夫所用的一把小手枪和两颗枪子。许久她就想着把它卖出去，只是得不到相当的人来买。此外还有丈夫剩下的一件军装大氅和一顶三块瓦式的破皮帽。那大氅也就是她的被窝，在严寒时节，一刻也离不了它。她自然不敢教人看见她有一把小手枪，拿出来看一会，赶快地又藏在那件破大氅的口袋里头。小包袱里只剩下几件破衣服，卖也卖不得，吃也吃不得。她叹了一声，把它们包好，仍旧支着下巴颚纳闷。

黄昏到了，她还坐在那冷屋里头。王姥姥正在明间做晚饭，忽然门外来了一个男人。看他穿的那件镶红边的蓝大褂，可以知道他是附近一所公寓的听差。那人进了屋里，对王姥姥说，“今晚九点左右去一个。”

“谁要呀？”王姥姥问。

“陈科长。”那人回答。

“那么，还是找鸾喜去罢。”

“谁都成，可别误了。”他说着，就出门去了。

她在屋里听见外边要一个人，心里暗喜说，天爷到底不绝人的生路，在这时期还留给她一个吃饭的机会。她走出来，对王姥姥说：“姥姥，让我去罢。”

“你哪儿成呀？”王姥姥冷笑着回答她。

“为什么不成呀？”

“你还不明白吗？人家要上炕的。”

“怎样上炕呢？”

“说是呢！你一点也不明白！”王姥姥笑着在她的耳边如此如彼解释了些话语，然后说：“你就要，也没有好衣服穿呀。就是有好衣服穿，你也得想想你的年纪。”

她很失望地走回屋里。拿起她那缺角的镜子到窗边自己照着。可不是！她的两鬓已显出很多白发，不用说额上的皱纹，就是颧骨也突出来像悬崖一样了。她不过是四十二三岁人，在外面随军，被风霜磨尽她的容光，黑滑的鬏髻早已剪掉，剩下的只有满头短乱的头发。剪发在这地方只是太太、少奶、小姐们的时装，她虽然也当过使唤人的太太，只是要给人佣工，这样的装扮就很不合适，这也许是她找不着主的缘故罢。

王姥姥吃完晚饭就出门找人去了。姥姥那套咬耳朵的话倒启示了她一个新意见。她拿着那条冻成一片薄板样的布，到明间白炉子上坐着的那盆热水烫了一下。她回到屋里，把自己的脸匀匀地擦了一回，瘦脸果然白净了许多。她打开炕边一个小木匣，拿起一把缺齿的木梳，拢拢头发。粉也没了，只剩下些少填满了匣子的四个犄角。她拿出匣子里的东西，用一根簪子把那些不很白的剩粉剔下来，倒在手上，然后往脸上抹。果然还有三分姿色，她的心略为开了。她出门口去偷偷地把人家刚贴上的春联撕了一块；又到明间把灯罩积着的煤烟刮下来。她醮湿了红纸来涂两腮和嘴唇，用煤烟和着一些头油把两鬓和眼眉都涂黑了。这一来，已有了六七分姿色。心里想着她满可以做上炕的活。

王姥姥回来了。她赶紧迎出来，问她，她好看不好看。王姥姥大笑说："这不是老妖精出现么！"

"难看么？"

"难看倒不难看，可是我得找一个五六十岁的人来配你。哪儿找去？就使有老头儿，多半也是要大姑娘的。我劝你死心罢，你就是倒下去，也没人要。"

她很失望地又回到屋里来，两行热泪直滚出来，滴在炕席上不久就凝结了，没廉耻的事情，若不是为饥寒所迫，谁愿意干呢？若不是年纪大一点，她自然也会做那生殖机能的买卖。

她披着那件破大氅，躺在炕上，左思右想，总得不着一个解决的方法。夜长梦短，她只睁着眼睛等天亮。

二十九那天早晨，她也没吃什么，把她丈夫留下的那顶破皮帽戴上，又穿上那件大氅，乍一看来，可像一个中年男子。她对王姥姥说："无论如何，我今天总得想个法子得一点钱来还你。我还有一两件东西可以当当，出去一下就回来。"王姥姥也没盘问她要当的是什么东西，就满口答应了她。

她到大街上一间当铺去，问伙计说："我有一件军装，您柜上当不当呀？"

"什么军装？"

"新式的小手枪。"她说时从口袋里掏出那把手枪来。掌柜的看见她掏枪，吓得赶紧望柜下躲。她说："别怕，我是一个女人，这是我丈夫留下的，明天是年初一，我又等钱使，您就当周全我，当几块钱使使罢。"

伙计和掌柜的看她并不像强盗，接过手枪来看看。他们在铁槛里唧唧咕咕地商议了一会。最后由掌柜的把枪交回她，说："这东西柜上可不敢当。现在四城的军警查得严，万一教他们知道了，我们还要担干系。你拿回去罢。你拿着这个，可得小心。"掌柜的是个好人，才肯这样地告诉她，不然他早已按警铃叫巡警了。无论她怎样求，这买卖柜上总不敢做，她没奈何只得垂着头出来。幸而她旁边没有暗探和别人，所以没有人注意。

她从一条街走过一条街，进过好几家当铺也没有当成。她也有一点害怕了。一件危险的军器藏在口袋里，当又当不出去，万一给人知道，可了不得。但是没钱，怎好意思回到介绍所去见王姥姥呢？她一面走一面想，最后决心一说，不如先回家再说罢。她的村庄只离西直门四十里地，走路半天就可以到。她到西四牌楼，还进过一家当铺，还是当不出去，不由得带着失望出了西直门。

她走到高亮桥上，站了一会。在北京，人都知道有两道桥是穷人的去路，犯法的到天桥去，活腻了的到高亮桥来。那时正午刚过，天本来就阴暗，间中又飘了些雪花，桥底水都冻了。在河当中，流水隐约地在薄冰底下流着。她想着，不站了罢，还是往前走好些。她有了主意，因为她想起那十二年未见面的大妞儿现在已到出门的时候了，不如回家替她找个主儿，一来得些财礼，二来也省得累赘。一身无挂碍，要往前走也方便些。自她丈夫被调到郑州以后，两年来就没有信寄回乡下。家里的光景如何？女儿的前程怎样？她自都不晓得。可是她自打定了回家嫁女儿的主意以后，好像前途上又为她露出一点光明，她于是带着希望在向着家乡的一条小路走着。

雪下大了。荒凉的小道上，只有她低着头慢慢地走，心里想着她的计划。迎面来了一个青年妇人，好像是赶进城买年货的。她戴着一顶宝蓝色的帽子，帽上还安上一片孔雀翎；穿上一件桃色的长棉袍；脚下穿着时式的红绣鞋。这青年妇女从她身边闪过去，招得她回头直望着她。她心里想，多么漂亮的衣服呢，若是她的大妞儿有这样一套衣服，那就是她的嫁妆了。然而她哪里有钱去买这样时样的衣服呢？她心里自己问着，眼睛直盯在那女人的身上。那女人已经离开她四五十步远近，再拐一个弯就要看不见了。她看四围一个人也没有，想着不如抢了她的，带回家给大妞儿做头面。这个念头一起来，使她不由回头追上前去，用粗厉的声音喝着："大姑娘，站住，你那件衣服借我使使罢。"那女人回头看见她手里拿着枪，恍惚是个军人，早已害怕得话都说不出来，想要跑，腿又不听使，她只得站住，问："你要什么？"

"我什么都不要。快把衣服、帽子、鞋，都脱下来。身上有钱都得交出来，手镯、戒指、耳环，都得交我。不然，我

就打死你。快快，你若是嚷出来，我可不饶你。”

那女人看见四围一个人也没有，嚷出来又怕那强盗真个把她打死，不得已便照她所要求的一样一样交出来。她把衣服和财物一起卷起来，取下大氅的腰带束上，往北飞跑。

那女人所有的一切东西都给剥光了，身上只剩下一套单衣裤。她坐在树根上直打抖擞，差不多过了二十分钟才有一个骑驴的人从那道上经过。女人见有人来，这才嚷救命。驴儿停止了。那人下驴，看见她穿着一身单衣裤。问明因由，便仗着义气说：“大嫂，你别伤心，我替你去把东西追回来。”他把自已披着的老羊皮筒脱下来扔给她，“你先披着这个罢，我骑着驴去追她，一会儿就回来。那兔强盗一定走得不很远，我一会就回来，你放心吧。”他说着，鞭着小驴便望前跑。

她已经过了大钟寺，气喘喘地冒着雪在小道上窜。后面有人追来，直嚷：“站住，站住。”她回头看看，理会是来追她的人，心里想着不得了，非与他拼命不可。她于是拿出小手枪来，指着他说：“别来，看我打死你。”她实在也不晓得要怎办，姑且把枪比仿着。驴上的人本来是赶脚的，他的年纪才二十一二岁，血气正强，看见她拿出枪来，一点也不害怕，反说：“瞧你，我没见过这么小的枪。你是从市场里的玩意铺买来瞎蒙人，我才不怕哪。你快把人家的东西交给我罢，不然，我就把你捆上，送司令部，枪毙你。”

她听着一面望后退，但驴上的人节节迫近前，她正在急的时候，手指一攀，无情的枪子正穿过那人的左胸，那人从驴背掉下来，一声不响，软软地摊在地上。这是她第一次开枪，也没瞄准，怎么就打中了！她几乎不信那驴夫是死了，她觉得那枪的响声并不大，真像孩子们所玩的一样，她慌得把枪扔在地上，急急地走进前，摸那驴夫胸口，“呀，了不得！”她惊慌地嚷出来，看着她的手满都是血。

她用那驴夫衣角擦净她的手，赶紧把驴拉过来，把刚才抢得的东西夹上驴背，使劲一鞭，又望北飞跑。

一刻钟又过去了。这里坐在树底下披着老羊皮的少妇直等着那驴夫回来。一个剃头匠挑着担子来到跟前。他也是从城里来，要回家过年去。一看见路边坐着的那个女人，便问：“你不是刘家的新娘子么！怎么大雪天坐在这里？”女人对他说刚才在这里遇着强盗。把那强盗穿的什么衣服，什么样子，一一地告诉了他。她又告诉他本是要到新街口去买些年货，身边有五块现洋，都给抢走了。

这剃头匠本是她邻村的人，知道她新近才做新娘子。她的婆婆欺负她外家没人，过门不久便虐待她到不堪的地步。因为要过新年，才许她穿戴上那套做新娘时的衣帽，交给她五块钱，教她进城买东西。她把钱丢了，自然交不了差，所以剃头匠便也仗着义气，允许上前追盗去。他说：“你别着急，我去看看到底是怎么一回事。”他说着，把担放在女人身边，飞跑着望北去了。

剃头匠走到刚才驴夫丧命的地方，看见地下躺着一个人。他俯着身子，摇一摇那尸体，惊惶地嚷着：“打死人了！闹人命了！”他还是望前追，从田间的便道上赶上来一个巡警。郊外的巡警本来就很少见，这一次可碰巧了。巡警下了斜坡，看见地下死一个人，心里断定是前头跑着的那人干的事。他于是大声喝着：“站住，往哪里跑呢，你？”

他蓦然听见有人在后面叫，回头看是个巡警，就住了脚，巡警说："你打死人，还望哪里跑？"

"不是我打死的，我是追强盗的。"

"你就是强盗，还追谁呀？得，跟我到派出所回话去。"巡警要把他带走。他多方地分辩也不能教巡警相信他。

他说："南边还有一个大嫂在树底下等着呢，我是剃头匠，我的担子还撂在那里呢，你不信，跟我去看看。"

巡警不同他去追贼，反把他揪住，说："你别废话啦，你就是现行犯，我亲眼看着，你还赖什么？跟我走吧。"他一定要把剃头的带走。剃头匠便求他说，"难道我空手就能打死人吗？您当官明理，也可以知道我不是凶手。我又不抢他的东西，我为什么打死他呀？"

"哼，你空手？你不会把枪扔掉吗？我知道你们有什么冤仇呢？反正你得到所里分会去。"巡警忽然看见离尸体不远处有一把浮现在雪上的小手枪，于是进前去，用法绳把它拴起来，回头向那人说："这不就是你的枪吗？还有什么可说么？"他不容分诉，便把剃头匠带往西去。

这抢东西的女人，骑在驴上飞跑着，不觉过了清华园三四里地。她想着后面一定会有人来迫，于是下了驴，使劲给它一鞭。空驴望北一直地跑，不一会就不见了，她抱着那卷赃物，上了斜坡，穿入那四围满是稠密的杉松的墓田里。在坟堆后面歇着，她慢慢地打开那件桃色的长袍，看看那宝蓝色孔雀翎帽，心里想着若是给大妞儿穿上，必定是很时样。她又拿起手镯和戒指等物来看，虽是银的，可是手工很好，决不是新打的。正在翻弄，忽然像感触到什么一样，她盯着那银镯子，像是以前见过的花样。那不是她的嫁妆吗？她越看越真，果然是她二十多年前出嫁时陪嫁的东西，因为那镯上有一个记号是她从前做下的。但是怎么流落在那女人手上呢？这个疑问很容易使她想那女人莫不就是她的女儿。那东西自来就放在家里，当时随丈夫出门的时候，婆婆不让多带东西，公公喜欢热闹，把大妞儿留在身边。不到几年两位老亲相继去世。大妞儿由她的婶婶抚养着，总有五六年的光景。

她越回想越着急。莫不是就抢了自己的大妞儿？这事她必要根究到底。她想着若带回家去，万一就是她女儿的东西，那又多么难为情。她本是为女儿才做这事来，自不能教女儿知道这段事情。想来想去，不如送回原来抢她的地方。

她又望南，紧紧地走。路上还是行人稀少，走到方才打死的驴夫那里，她的心惊跳得很厉害，那时雪下得很大，几乎把尸首掩没了一半。她想万一有人来，认得她，又怎办呢？想到这里，又要回头望北走。踌躇了很久，至终把她那件男装大氅和皮帽子脱下来一起扔掉，回复她本来的面目，带着那些东西望南迈步。

她原是要把东西放在树下过一夜，希望等到明天，能够遇见原主回来，再假说是从地下捡起来的。不料她刚到树下，就见那青年的妇人还躺在那里，身边放着一件老羊皮，和一挑剃头担子，她不明白是什么意思，只想着这个可给她一个机会去认认那女人是不是她的大妞儿。她不顾一切把东西放在一边，进前几步，去摇那女人。那时天已经黑了，幸而雪光映着，还可以辨别远近。她怎么也不能把那女人摇醒，想着莫不是冻僵了？她捡起羊皮给她盖上。当她的手摸到那女

人的脖子的时候，触着一样东西，拿起来看，原来是一把剃刀。这可了不得，怎么就抹了脖子啦！她抱着她的脖子也不顾得害怕，从雪光中看见那副清秀的脸庞，虽然认不得，可有七八分像她初嫁时的模样。她想起大妞儿的左脚有个骈趾，于是把那尸体的袜子除掉，试摸着看。可不是！她放声哭起来，“儿呀”，“命呀”，杂乱地喊着。人已死了，虽然夜里没有行人，也怕人听见她哭，不由得把声音止住。

东村稀落的爆竹断续地响，把这除夕在凄凉的情境中送掉。无声的银雪还是飞满天地，老不停止。

第二天就是元旦，巡警领着检察官从北来。他们验过驴夫的尸，带着那剃头的来到树下。巡警在昨晚上就没把剃头匠放出来，也没来过这里，所以那女人用剃刀抹脖子的事情，他们都不知道。

他们到树底下，看见剃头担子还放在那里，已被雪埋了一二寸。那边一个四十多岁的女人搂着那剃头匠所说被劫的新娘子。雪几乎把她们埋没了。巡警进前摇她们，发现两个人的脖子上都有刀痕。在积雪底下搜出一把剃刀。新娘子的桃色长袍仍旧穿得好好地；宝蓝色孔雀翎帽仍旧戴着；红绣鞋仍旧穿着。在不远地方的雪堆里，捡出一顶破皮帽，一件灰色的破大氅。一班在场的人们都莫名其妙，面面相看，静默了许久。

解放者

大碗居前的露店每坐满了车夫和小贩。尤其在早晚和晌午三个时辰，连窗户外也没有一个空座。绍慈也不知到哪里去。他注意个个往来的人，可是人都不注意他。在窗户底下，他喝着豆粥抽着烟，眼睛不住地看着往来的行人，好像在侦查什么案情一样。

他原是武清的警察，因为办事认真，局长把他荐到这城来试当一名便衣警察。看他清秀的面庞，合度的身材，和听他温雅的言辞，就知道他过去的身世。有人说他是世家子弟，因为某种事故，流落在北方，不得已才去当警察。站岗的生活，他已度过八九年，在这期间，把他本来的面目改变了不少。便衣警察是他的新任务，对于应做的侦查事情自然都要学习。

大碗居里头靠近窗户的座，与外头绍慈所占的只隔一片纸窗。那里对坐着男女二人，一面吃，一面谈，几乎忘记了他们在什么地方。因为街道上没有什么新鲜的事情，绍慈就

转过来偷听窗户里头的谈话。他听见那男子说："世雄简直没当你是人。你原先为什么跟他在一起？"那女子说："说来话长。我们是旧式婚姻，你不知道吗？"他说："我一向不知道你们的事，只听世雄说他见过你一件男子所送的东西，知道你曾有过爱人，但你始终没说出是谁。"

这谈话引起了绍慈的注意。从那二位的声音听来，他觉得像是在什么地方曾经认识的人。他从纸上的小玻璃往里偷看一下。原来那男子是离武清不远一个小镇的大悲院的住持契默和尚。那女子却是县立小学的教员。契默穿的是平常的蓝布长袍，头上没戴什么，虽露光头，却也显不出是个出家人的模样。大概他一进城便当还俗吧。那女教员头上梳着琶琶头，灰布袍子，虽不入时，倒还优雅。绍慈在县城当差的时候常见着她，知道她的名字叫陈邦秀。她也常见绍慈在街上站岗，但没有打过交涉，也不知道他的名字。

绍慈含着烟卷，听他们说下去。只听邦秀接着说："不错，我是藏着些男子所给的东西，不过他不是我的爱人。"她说时，微叹了一下。契默还往下问。她说："那人已经不在了。他是我小时候的朋友，不，宁可说是我的恩人。今天已经讲开，我索性就把原委告诉你。"

"我原是一个孤女，原籍广东，哪一县可记不清了。在我七岁那年，被我的伯父卖给一个人家。女主人是个鸦片鬼，她睡的时候要我捶腿搔背，醒时又要我打烟泡，做点心，一不如意便是一顿毒打。那样的生活过了三四年。我在那家，既不晓得寻死，也不能够求生，真是痛苦极了。有一天，她又把我虐待到不堪的地步，幸亏前院同居有位方少爷，乘着她鸦片吸足在床上沉睡的时候，把我带到他老师陈老师那里。我们一直就到轮船上，因为那时陈老师正要上京当小京官，陈老师本来知道我的来历，任从方少爷怎样请求，他总觉得不妥当，不敢应许我跟着他走。幸而船上敲了锣，送客的人都纷纷下船，方少爷忙把一个小包递给我，杂在人丛中下了船。陈老师不得已才把我留在船上，说到香港再打电报教人来带我回去。一到香港就接到方家来电请陈老师收留我。”

“陈老师、陈师母和我三个人到北京不久，就接到方老爷来信说加倍赔了人家的钱，还把我的身契寄了来。我感激到万分，很尽心地伺候他们。他们俩年纪很大，还没子女，觉得我很不错，就把我的身契烧掉，认我做女儿。我进了几年学堂，在家又有人教导，所以学业进步得很快。可惜我高小还没毕业，武昌就起了革命。我们全家匆匆出京，回到广东，知道那位方老爷在高州当知县，因为办事公正，当地的劣绅地痞很恨恶他。在革命风潮膨胀时，他们便竖起反正旗，借着扑杀满洲奴的名义，把方老爷当牛待遇，用绳穿着他的鼻子，身上挂着贪官污吏的罪状，领着一家大小，游遍满城的街市，然后把他们害死。”

绍慈听到这里，眼眶一红，不觉泪珠乱滴。他一向是很心慈，每听见或看见可怜的事情，常要掉泪。他尽力约束他的情感，还镇定地听下去。

契默像没理会那惨事，还接下去问：“那方少爷也被害了么？”

“他多半是死了。等到革命风潮稍微平定，我义父和我便去访寻方家人的遗体，但都已被毁灭掉，只得折回省城。方

少爷原先给我那包东西是几件他穿过的衣服，预备给我在道上穿的。还有一个小绣花笔袋，带着两支铅笔。因为我小时看见铅笔每觉得很新鲜，所以他送给我玩。衣服我已穿破了，惟独那笔袋和铅笔还留着，那就是世雄所疑惑的‘爱人赠品’。”

“我们住在广州，义父没事情做，义母在民国三年去世了。我那时在师范学校念书。义父因为我已近成年，他自己也渐次老弱，急要给我择婿。我当时虽不愿意，只为厚恩在身，不便说出一个‘不’字。由于辗转的介绍，世雄便成为我的未婚夫。那时他在陆军学校，还没有现在这样荒唐，故此也没觉得他的可恶。在师范学校的末一年，我义父也去世了。那时我感到人海茫茫，举目无亲，所以在毕业礼行过以后，随着便行婚礼。”

“你们在初时一定过得很美满了。”

“不过很短很短的时期，以后就越来越不成了。我对于他，他对于我，都是半斤八两，一样地互相敷衍。”

“那还成吗？天天捱着这样虚伪的生活。”

“他在军队里，蛮性越发发展，有三言两语不对劲，甚至动手动脚，打踢辱骂，无所不至。若不是因为还有更重大的事业没办完的缘故，好几次我真想要了结了我自己的生命。幸而他常在军队里，回家的时候不多。但他一回家，我便知道又是打败仗逃回来了。他一向没打胜仗：打惠州，做了逃兵；打韶州，做了逃兵；打南雄，又做了逃兵。他是临财无不得，临功无不居，临阵无不逃的武人。后来，人都知道他的伎俩，军官当不了，在家闲住着好些时候。那时我在党里已有些地位，他央求我介绍他，又很诚恳地要求同志们派他来做现在的事情。”

“看来他是一个投机家，对于现在的事业也未见得能忠实地做下去。”

“可不是吗？只怪同志们都受他欺骗，把这么重要的一个机关交在他手里。我越来越觉得他靠不住，时常晓以大义。所以大吵大闹的戏剧，一个月得演好几回。”

那和尚沉吟了一会，才说：“我这才明白。可是你们俩不和，对于我们事业的前途，难免不会发生障碍。”

她说：“请你放心，他那一方面，我不敢保。我呢？私情是私情。公事是公事，决不像他那么不负责任。”

绍慈听到这里，好像感触了什么，不知不觉间就站了起来。他本坐在长板凳的一头，那一头是另一个人坐着。站起来的时候，他忘记告诉那人预防着，猛然把那人摔倒在地上。他手拿着的茶杯也摔碎了，满头面都浇湿了。绍慈忙把那人扶起，赔了过失，张罗了一刻工夫。等到事情办清以后，在大碗居里头谈话的那两人，已不知去向。

他虽然很着急，却也无可奈何，仍旧坐下，从口袋里取出那本用了二十多年的小册子，写了好些字在上头。他那本小册子实在不能叫作日记，只能叫作大事记。因为他有时距离好几个月，也不写一个字在上头，有时一写就是好几页。

在繁剧的公务中，绍慈又度过四五个星期的生活。他总没忘掉那天在大碗居所听见的事情，立定主意要去侦察一下。

那天一清早他便提着一个小包袱，向着沙锅门那条路走。他走到三里河，正遇着一群羊堵住去路，不由得站在一边等

着。羊群过去了一会，来了一个人，抱着一只小羊羔，一面跑，一面骂前头赶羊的伙计走得太快。绍慈想着那小羊羔必定是在道上新产生下来的。它的弱小可怜的声音打动他的恻隐之心，便上前问那人卖不卖，那人因为他给的价很高，也就卖给他，但告诉他没哺过乳的小东西是养不活的，最好是宰来吃。绍慈说他有主意，抱着小羊羔，雇着一辆洋车拉他到大街上，买了一个奶瓶，一个热水壶，和一匣代乳粉。他在车上，心里回忆幼年时代与所认识的那个女孩子玩着一对小兔，他曾说过小羊更好玩。假如现在能够见着她，一同和小羊羔玩，那就快活极了。他很开心，走过好几条街，小羊羔不断地在怀里叫。经过一家饭馆，他进去找一个座坐下，要了一壶开水，把乳粉和好，慢慢地喂它。他自己也觉得有一点饿，便要了几张饼。他正在等着，随手取了一张前几天的报纸来看。在一个不重要的篇幅上，登载着女教员陈邦秀被捕，同党的领袖在逃的新闻，匆忙地吃了东西，他便出城去了。

他到城外，雇了一匹牲口，把包袱背在背上，两手抱着小羊羔，急急地走，在驴鸣犬吠中经过许多村落。他心里一会惊疑陈邦秀所犯的案，那在逃的领袖到底是谁；一会又想起早间在城门洞所见那群羊被一只老羊领导着到一条死路去；一会又回忆他的幼年生活。他听人说过沙渍里的狼群出来猎食的时候，常有一只体力超群、经验丰富的老狼领导着。为求食的缘故，经验少和体力弱的群狼自然得跟着它。可见在生活中，都是依赖的份子，随着一两个领袖在那里瞎跑，幸则生，不幸则死，生死多是不自立不自知的。狼的领袖是带着群狼去抢掠；羊的领袖是领着群羊去送死。大概现在世间的领袖，总不能出乎这两种以外吧！

不知不觉又到一条村外，绍慈下驴，进入柿子园里。村道上那匹白骡昂着头，好像望着那在长空变幻的薄云，篱边那只黄狗闭着眼睛，好像品味着那在蔓草中哀鸣的小虫，树上的柿子映着晚霞，显得格外灿烂。绍慈的叫驴自在地向那草原上去找它的粮食。他自己却是一手抱着小羊羔，一手拿着乳瓶，在树下坐着慢慢地喂。等到人畜的困乏都减轻了，他再骑上牲口离开那地方，顷刻间又走了十几里路。那时夕阳还披在山头，地上的人影却长得比无常鬼更为可怕。

走到离县城还有几十里的那个小镇，天已黑了，绍慈于是到他每常歇脚的大悲院去。大悲院原是镇外一所寺庙，不过好些年没有和尚。到二三年前才有一位外来的和尚契默来做主持，那和尚的来历很不清楚，戒牒上写的是泉州开元寺，但他很不像是到过那城的人，绍慈原先不知道其中的情形，到早晨看见陈邦秀被捕的新闻，才怀疑契默也是个党人。契默认识很多官厅的人员，绍慈也是其中之一，不过比较别人往来得亲密一点。这大概是因为绍慈的知识很好，契默与他谈得很相投，很希望引他为同志。

绍慈一进禅房，契默便迎出来，说："绍先生，久违了。走路来的吗？听说您高升了。"他回答说："我离开县城已经半年了。现在住在北京，没有什么事。"他把小羊羔放在地下，对契默说："这是早晨在道上买的。我不忍见它生下不久便做了人家的盘里的肴馔，想养活它。"契默说："您真心慈，您来当和尚倒很合适。"绍慈见羊羔在地下尽咩咩地叫，话也谈

得不畅快，不得已又把它抱起来，放在怀里。它也像婴儿一样，有人抱就不响了。

绍慈问："这几天有什么新闻没有？"契默很镇定地回答说："没有什么。""没有什么！我早晨见一张旧报纸说什么党员运动起事，因泄漏了机关，被逮了好些人，其中还有一位陈邦秀教习，有这事吗？"

"哦，您问的是政治。不错，我也听说了，听说陈教习还押到县衙门里，其余的人都已枪毙了。"他接着问，"大概您也是为这事来的吧？"

绍慈说："不，我不是为公事，只是回来取些东西，在道上才知道这件事情。陈教习是个好人，我也认得她。"契默听见他说认识邦秀，便想利用他到县里去营救一下，可是不便说明，只说："那陈教习的确是个好人。"绍慈故意问："师父，您怎样认得她呢？""出家人哪一流的人不认得？小僧向她曾化过几回缘，她很虔心，头一次就题上二十元，以后进城去拜施主，小僧必要去见见她。""听说她丈夫很不好，您去，不会教他把您撵出来么？""她的先生不常在家，小僧也不到她家去，只到学校去。

他于是信口开河，说："现在她犯了案，小僧知道一定是受别人的拖累。若是有人替她出来找找门路，也许可以出来。""您想有什么法子？""您明白，左不过是钱。""没钱呢？"

"没钱，势力也成，面子也成，像您的面子就够大的，要保，准可以把她保出来。"

绍慈沉吟了一会，便摇头说："我的面子不成，官厅拿人，一向有老例——只有错拿，没有错放，保也是白保。”

“您的心顶慈悲的，救人一命，胜造七级浮屠，一只小羊羔您都搭救，何况是一个人？”

“有能救她的道儿，我自然得走。明天我一早进城去相机办理吧。我今天走了一天，累得很，要早一点儿歇歇。”他说着，伸伸懒腰，打个哈欠，站立起来。

契默说：“西院已有人住着，就请在这厢房凑合一晚吧。”

“随便哪里都成，明儿一早见。”绍慈说着抱住小羊羔便到指定给他的房间去。他把卧具安排停当，又拿出那本小册子记上几行。

夜深了，下弦的月已升到天中，绍慈躺在床上，断续的梦屡在枕边绕着。从西院送出不清晰的对谈声音，更使他不能安然睡去。

西院的客人中有一个说：“原先议决的，是在这两区先后举行，世雄和那区的主任意见不对。他恐怕那边先成功，于自己的地位有些妨碍，于是多方阻止他们。那边也有许多人要当领袖，也怕他们的功劳被世雄埋没了，于是相持了两三个星期。前几天，警察忽然把县里的机关包围起来，搜出许多文件，逮了许多人，事前世雄已经知道。他不敢去把那些机要的文件收藏起来，由着几位同志在那里干。他们正在毁灭文件的时候，人就来逮了。世雄的住所，警察也侦查出来了。当警察拍门的时候，世雄还没逃走。你知道他房后本有一条可以容得一个人爬进去的阴沟，一直通到护城河去。他不教邦秀进去，因为她不能爬，身体又宽大。若是她也爬进去，沟口没有人掩盖，更容易被人发觉。假使不用掩盖，那

沟不但两个人不能并爬，并且只能进前，不能退后。假如邦秀在前，那么宽大的身子，到了半道若过不去，岂不要把两个人都活埋在里头？若她在后，万一爬得慢些，终要被人发现。所以世雄说，不如教邦秀装做不相干的女人，大大方方出去开门。但是很不幸，她一开门，警察便拥进去，把她绑起来，问她世雄在什么地方？她没说出来。警察搜了一回，没看出什么痕迹，便把她带走。”

“我很替世雄惭愧，堂堂的男子，大难临头还要一个弱女子替他，你知道他往哪里去吗？”这是契默的声音。

那人回答说：“不知道，大概不会走远了，也许过几天会逃到这里来。城里这空气已经不那么紧张，所以他不致于再遇见什么危险，不过邦秀每晚被提到衙门去受秘密的审问，听说十个手指头都已夹坏了，只怕她受不了，一起供出来，那时，连你也免不了，你得预备着。”

“我不怕，我信得过她决不会说出任何人，肉刑是她从小尝惯的家常便饭。”

他们谈到这里，忽然记起厢房里歇着一位警察，便止住了。契默走到绍慈窗下，叫“绍先生，绍先生”。绍慈想不回答，又怕他们怀疑，便低声应了一下。契默说：“他们在西院谈话把您吵醒了吧？”

他回答说：“不，当巡警的本来一叫便醒，天快亮了吧？”契默说：“早着呢，您请睡吧，等到时候，再请您起来。”

他听见那几个人的脚音向屋里去，不消说也是幸免的同志们，契默也自回到他的禅房去了，庭院的月光带着一丫松影贴在纸窗上头。绍慈在枕上，瞪着眼，耳鼓里的音响，与荒草中的虫声混在一起。

第二天一早，契默便来央求绍慈到县里去，想法子把邦秀救出来。他掏出一叠钞票递给绍慈，说："请您把这二百元带着，到衙门里短不了使钱。这都是陈教习历来的布施，现在我仍拿出来用回在她身上。"

绍慈知道那钱是要送他的意思，便郑重地说："我一辈子没使人家的黑钱，也不愿意给人家黑钱使。为陈教习的事，万一要钱，我也可以想法子，请您收回去吧。您不要疑惑我不帮忙，若是人家冤屈了她，就使丢了我的性命，我也要把她救出来。"

他整理了行装，把小羊羔放在契默给他预备的一个筐子里，便出了庙门。走不到十里路，经过一个长潭，岸边的芦花已经半白了。他沿着岸边的小道走到一棵柳树底下歇歇，把小羊羔放下，拿出手中擦汗。在张望的时候，无意中看见岸边的草丛里有一个人躺着。他进前一看，原来就是邦秀。他叫了一声："陈教习"。她没答应。摇摇她，她才懒慵慵地睁开眼睛。她没看出是谁，开口便说："我饿得很，走不动了。"话还没有说完，眼睛早又闭起来了。绍慈见她的头发散披在地上，脸上一点血色也没有。穿一件薄呢长袍，也是破烂不堪的，皮鞋上满沾着泥土，手上的伤痕还没结疤。那可怜的模样，实在难以形容。

绍慈到树下把水壶的塞子拔掉，和了一壶乳粉，端来灌在她口里。过了两三刻钟，她的精神渐次恢复回来。在注目看着绍慈以后，她反惊慌起来。她不知道绍慈已经不是县里的警察，以为他是来捉拿她。心头一急，站起来，踉秧鸡一

样，飞快地钻进苇丛里。绍慈见她这样慌张，也急得在后面嚷着，“别怕，别怕。”她哪里肯出来，越钻越进去，连影儿也看不见了。绍慈发愣一会，才追进去，口里嚷着“救人，救人！”这话在邦秀耳里，便是“揪人，揪人！”她当然越发要藏得密些。

一会儿苇丛里的喊声也停住了。邦秀从那边躲躲藏藏地蹑出来。当头来了一个人，问她“方才喊救人的是您吗？”她见是一个过路人，也就不害怕了。她说：“我没听见，我在这里头解手来的。请问这里离前头镇上还有多远？”那人说：“不远了，还有七里多地。”她问了方向，道一声“劳驾”，便急急迈步。那人还在那周围找寻，沿着岸边又找回去。

邦秀到大悲院门前，正赶上没人在那里，她怕庙里有别人，便装作叫化婆，嚷着“化一个啵”，契默认得她的声音，赶紧出来，说：“快进来，没有人在里头。”她随着契默到西院一间小屋子里。契默说：“你得改装，不然逃不了。”他于是拿剃刀来把她的头发刮得光光的，为她穿上僧袍，俨然是一个出家人模样。

契默问她出狱的因由，她说是与一群狱卒串通，在天快亮的时候，私自放她逃走。她随着一帮赶集的人们急急出了城，向着大悲院这条路上一气走了二十多里。好几天挨饿受刑的人，自然当不起跋涉，到了一个潭边，再也不能动弹了。她怕人认出来，就到苇子里躲着歇歇，没想到一躺下，就昏睡过去。又说，在道上遇见县里的警察来追，她认得其中一个是绍慈，于是拼命钻进苇子里，经过很久才逃脱出来。契默于是把早晨托绍慈到县营救她的话告诉了一番，又教她歇歇，他去给她预备饭。

好几点钟在平静的空气中过去了，庙门口忽然来了一个人，提着一个筐子，上面有大悲院的记号，问当家和尚说："这筐子是你们这里的吗？"契默认得那是早晨给绍慈盛小羊羔的筐子，知道出了事，便说："是这里的，早晨是绍老总借去使的，你在哪里把它捡起来的呢？"那人说："他淹死啦！这是在柳树底下捡的。我们也不知是谁，有人认得字，说是这里的。你去看看吧，官免不了要验，你总得去回话。"契默说："我自然得去看看。"他进去给邦秀说了，教她好好藏着，便同那人走了。

过了四五点钟的工夫，已是黄昏时候，契默才回来。西院里昨晚谈话的人们都已走了，只剩下邦秀一个人在那里。契默一进来，对着她摇摇头说："可惜，可惜！"邦秀问："怎么样了？"他说："你道绍慈那巡警是什么人？他就是你的小朋友方少爷！"邦秀"呀"了一声，站立起来。

契默从口袋掏出一本湿气还没去掉的小册子，对她说："我先把情形说完，再念这里头的话给你听。他大概是怕你投水，所以向水边走。他不提防在苇丛里脐着一个深水坑，全身掉在里头翻不过身来，就淹死了。我到那里，人们已经把他的尸身捞起来，可还放在原地。苇子里没有道，也没有站的地方，所以没有围着看热闹的人，只有七八个人远远站着。我到尸体跟前，见这本日记露出来，取下来看了一两页。知道记的是你和他的事情，趁着没有人看见，便放在口袋里，等了许久，官还没来。一会来了一个人说，验官今天不来了，于是大家才散开。我在道上一面走，一面翻着看。"

他翻出一页，指给邦秀说："你看，这段说他在革命时候怎样逃命，和怎样改的姓。"邦秀细细地看了一遍以后，他又翻过一页来，说："这段说他上北方来找你没找着。在流落到无可奈何的时候，才去当警察。"

她拿着那本日记细看了一遍，哭得一句话也说不出来，停了许久，才抽抽噎噎地对契默说："这都是想不到的事。在县城里，我几乎天天见着他，只恨二年来没有同他说过一句话，他从前给我的东西，这次也被没收了。"

契默也很伤感，同情的泪不觉滴下来，他勉强地说："看开一点吧！这本就是他最后留给你的东西了。不，他还有一只小羊羔呢！"他才想起那只可怜的小动物，也许还在长潭边的树下，但也有被人拿去剥皮的可能。

无忧花

加多怜新近从南方回来，因为她父亲刚去世，遗下很多财产给她几位兄妹。她分得几万元现款和一所房子。那房子很宽，是她小时跟着父亲居住过的。很多可纪念的交际会，都在那里举行过，所以她宁愿少得五万元，也要向她哥哥换那房子。她的丈夫朴君，在南方一个县里的教育机关当一份小差事，所得薪俸虽不很够用，幸赖祖宗给他留下一点产业，还可以勉强度过日子。

自从加多怜沾着新法律的利益，得了父亲这笔遗产，她便嫌朴君所住的地方闭塞简陋，没有公园、戏院，没有舞场，也没有够得上与她交游的人物。在穷乡僻壤里，她在外洋十年间所学的种种自然没有施展的地方。她所受的教育使她要求都市的物质生活，喜欢外国器用，羡慕西洋人的性情。她的名字原来叫做黄家兰，但是偏要译成英国音义，叫加多怜伊罗。由此可知她的崇拜西方的程度。这次决心离开她丈夫，为的要恢复她的都市生活。她把那旧房子修改成中西混合的

形式，想等到布置停当才为朴君在本城运动一官半职，希望能够在这里长住下去。

她住的正房已经布置好了。现在正计划着一个游泳池，要将西花园那五间祖祠来改造。两间暗间改做更衣室，把神龛挪进来，改做放首饰、衣服和其他细软的柜子。三间明间改做池子。瓦匠已经把所有的神主都取出来放在一边。还有许多人在那里，搬神龛的搬神龛，起砖的起砖，掘土的掘土，已经工作了好些时，她才来看看。她走到房门口，便大声嚷："李妈，来把这些神主拿走。"

李妈是个三十岁左右的少妇，长得还不丑，是她父亲用过底人。她问加多怜要把那些神主搬到哪里去。加多怜说："爱搬哪儿搬哪儿。现在不兴拜祖先了，那是迷信。你拿到厨房当劈柴烧了罢。"她说："这可造孽，从来就没有人烧过神主，您还是挑一间空屋子把它们搁起来罢。或者送到大少爷那里也比烧了强。"加多怜说："大爷也不一定要它们。他若是要，早就该搬走。反正我是不要它们了，你要送到大少爷那里就送去。若是他也不要，就随你怎样处置，烧了也成，埋了也成，卖了也成。那上头的金，还可以值几十块，你要是把它们卖了，换几件好衣服穿穿，不更好吗？"她答应着，便把十几座神主放在篮里端出去了。

加多怜把话吩咐明白，随即回到自己的正房。房间也是中西混合型。正中一间陈设的东西更是复杂，简直和博物院一样。在这边安排着几件魏、齐造像，那边又是意、法的裸体雕刻。壁上挂的，一方面是香光、石庵的字画，一方面又是什么表现派后期印象派的油彩。一边挂着先人留下来的铁笛玉笙，一边却放着皮安奥与梵欧林。这就是她的客厅。客厅的东西厢房，一边是她的卧房和装饰室，一边是客房，所有的设备都是现代化的。她从客厅到装饰室，便躺在一张软床上，看看手表已过五点，就按按电铃，顺手点着一支纸烟。一会，陈妈进来。她说："今晚有舞局，你把我那新做的舞衣拿出来，再打电话叫裁缝立刻把那套蝉纱衣服给送来。回头来伺候洗澡。"陈妈一一答应着，便即出去。

她洗完澡出来，坐在装台前，涂脂抹粉，足够半点钟工夫。陈妈等她装饰好了，便把衣服披在她身上。她问："我这套衣服漂亮不漂亮？"陈妈说："这花了多少钱做的？"她说："这双鞋合中国钱六百块，这套衣服是一千。"陈妈才显出很赞羡的样子说："那么贵，敢情漂亮啦！"加多怜笑她不会鉴赏，对她解释那双鞋和那套衣服会这么贵和怎样好看的原故，但她都不懂得。她反而说："这件衣服就够我们穷人置一两顷地。"加多怜说："地有什么用呢？反正有人管你吃的穿的用的就得啦。"陈妈说："这两三年来，太太小姐们穿得越发讲究了，连那位黄老太太也穿得花花绿绿地。"加多怜说："你们看得不顺眼吗？这也不稀奇。你晓得现在娘们都可以跟爷们一样，在外头做买卖、做事和做官，如果打扮得不好，人家一看就讨嫌，什么事都做不成了。"她又笑着说："从前的女人，未嫁以前是一朵花，做了妈妈就成了一个大倭瓜。现在可不然，就是八十岁的老太太，也得打扮得像小姑娘一样才好。"陈妈知道她心里很高兴，不再说什么，给她披上一件外衣，便出去叫车夫伺候着。

加多怜在软床上坐着等候陈妈的回报，一面从小桌上取

了一本洋文的美容杂志，有意无意地翻着。一会儿李妈进来说："真不凑巧，您刚要出门，邸先生又来了。他现时在门口等着，请进来不请呢？"加多怜说："请他这儿来罢。"李妈答应了一声，随即领着邸力里亚进来。邸力里亚是加多怜在纽约留学时所认识的西班牙朋友，现时在领事馆当差。自从加多怜回到这城以来，他几乎每个星期都要来好几次。他是一个很美丽的少年，两撇小胡映着那对像电光闪烁的眼睛。说话时那种浓烈的表情，乍一看见，几乎令人想着他是印度欲天或希拉伊罗斯的化身。他一进门，便直趋到加多怜面前，抚着她的肩膀说："达灵，你正要出门吗？我要同你出去吃晚饭，成不成？"加多怜说："对不住，今晚我得去赴林市长的宴舞会，谢谢你的好意。"她拉着邸先生的手，教他也在软椅上坐。又说："无论如何，你既然来了，谈一会再走罢。"他坐下，看见加多怜身边那本美容杂志，便说："你喜欢美国装还是法国装呢？看你的身材，若扮起西班牙装，一定很好看。不信，明天我带些我们国里的装饰月刊来给你看。"加多怜说："好极了。我知道我一定会很喜欢西班牙的装束。"

两个人坐在一起，谈了许久。陈妈推门进来，正要告诉林宅已经催请过，蓦然看见他们在椅子上搂着亲嘴。在半惊半诧异的意识中，她退出门外。加多怜把邸力里亚推开，叫："陈妈进来。有什么事？是不是林宅来催请呢？"陈妈说："催请过两次了。"那邸先生随即站起来，拉着她的手说："明天再见吧。不再耽误你的美好的时间了。"她叫陈妈领他出门，自己到妆台前再匀匀粉，整理整理头面。一会陈妈进来说车已预备好，衣箱也放在车里了。加多怜对她说："你们以后该学学洋规矩才成，无论到哪个房间，在开门以前，必得敲敲门，教进来才进来。方才邸先生正和我行着洋礼，你闯进来，本来没多大关系，为什么又要缩回去？好在邸先生知道中国风俗，不见怪，不然，可就得罪客人了。”陈妈心里才明白外国风俗，亲嘴是一种礼节，她一连回答了几声“唔，唔”，随即到下房去。

加多怜来到林宅，五六十位客人已经到齐了。市长和他的夫人走到跟前同她握手。她说：“对不住，来迟了。”市长连说：“不迟不迟，来得正是时候。”他们与她应酬几句，又去同别的客人周旋。席间也有很多她所认识的朋友，所以和她谈笑自如，很不寂寞。席散后，麻雀党员、扑克党员、白面党员等等，各从其类，各自消遣。但大部分的男女宾都到舞厅去。她的舞艺本是冠绝一城的，所以在场上的独舞与合舞，都博得宾众的赞赏。

已经舞过很多次了。这回是市长和加多怜配舞。在进行时，市长极力赞美她身材的苗条和技术的纯熟。她越发播弄种种妩媚的姿态，把那市长的心绪搅得纷乱。这次完毕，接着又是她的独舞。市长目送着她进更衣室，静悄悄地等着她出来。众宾又舞过一回，不一会，灯光全都熄了，她的步伐随着乐音慢慢地踏出场中。她头上的纱巾和身上的纱衣，满都是萤火所发的光，身体的全部在磷光闪烁中断续地透露出来。头面四周更是明亮，直如圆光一样。这动物质的衣裳比起其余的舞衣，直像寒冰狱里的鬼皮与天宫的霓裳的相差。舞罢，市长问她这件舞衣的做法。她说用萤火缝在薄纱里，在黑暗中不用反射灯能够自己放出光来。市长赞她聪明，说

会场中一定有许多人不知道，也许有人会想着天衣也不过如此。

她更衣以后，同市长到小客厅去休息。在谈话间，市长便问她说："听说您不想回南了，是不是？"她回答说："不错，我有这样打算，不过我得替外子在这里找一点事做才成。不然，他必不让我一个人在这里住着。如果他不能找着事情，我就想自己去考考文官，希望能考取了，派到这里来。"市长笑着说："像您这样漂亮，还用考什么文官武官呢！您只告诉我您愿意做什么官，我明儿就下委札。"她说："不好吧，我不知道我能做什么官。您若肯提拔，就请派外子一点小差事，那就感激不尽了。"市长说："您的先生我没见过，不便造次。依我看来，您自己做做官，岂不更抖吗？官有什么叫做会做不会做？您若肯做就能做。回头我到公事房看看有什么缺，马上就把您补上好啦。若是目前没有缺，我就给您一个秘书的名义。"她摇头，笑着说："当秘书，可不敢奉命。女的当人家的秘书，都要给人说闲话的。"市长说："那倒没有关系，不过有点屈才而已。当然我得把比较重要的事情来叨劳。"

舞会到夜阑才散。加多怜得着市长应许给官做，回家以后，还在卧房里独自跳跃着。

从前老辈们每笑后生小子所学非所用，到近年来，学也可以不必，简直就是不学有所用。市长在舞会所许加多怜的事已经实现了。她已做了好几个月的特税局帮办，每月除到局支几百元薪水以外，其余的时间都是她自己的。督办是市长自己兼。实际办事的是局里的主任先生们。她也安置了李妈的丈夫李富在局里，为的是有事可以关照一下。每日里她只往来于饭店舞场和显官豪绅的家庭间，无忧无虑地过着太平日子。平常她起床的时间总在中午左右，午饭总要到下午三四点，饭后便出门应酬，到上午三四点才回家。若是与邸力里亚有约会或朋友们来家里玩，她就不出门，起得也早一点。

在东北事件发生后一个月的一天早晨，李妈在厨房为她的主人预备床头点心。陈妈把客厅归着好，也到厨房来找东西吃。她见李妈在那里忙着，便问："现在才七点多，太太就醒啦？"李妈说："快了罢，今天中午有饭局，十二点得出门。不是不许叫'太太'吗？你真没记性！"陈妈说："是呀，太太做了官，当然不能再叫'太太'了。可是叫她做'老爷'，也不合适，回头老爷来到，又该怎样呢？一定得叫'内老爷'、'外老爷'才能够分别出来。"李妈说："那也不对，她不是说管她叫'先生'或是帮办么？"陈妈在灶头拿起一块烤面包抹抹果酱就坐在一边吃。她接着说："不错，可是昨天你们李富从局里来，问'先生在家不在'，我一时也拐不过弯来，后来他说太太，我才想起来。你说现在的新鲜事可乐不可乐？"李妈说："这不算什么，还有更可乐的啦。"陈妈说："可不是！那'行洋礼'的事。他们一天到晚就行着这洋礼。"她嘻笑了一阵，又说："昨晚那邸先生闹到三点才走。送出院子，又是一回洋礼，还接着'达灵''达灵'叫了一阵。我说李姐，你想他们是怎么一回事？"李妈说："谁知道？听说外国就是这样乱，不是两口子的男女搂在一起也没有关系。昨儿她还同邸先生一起在池子里洗澡咧。"陈妈说："提起那池子来了。三天换一次水，水钱就是二百块，你说是不是，洗的是银子

不是水？”李妈说：“反正有钱的人看钱就不当钱，又不用自己卖力气，衙门和银行里每月把钱交到手，爱怎花就怎花。像前几个月那套纱衣裳，在四郊收买了一千多只火虫，花了一百多。听说那套料子就是六百，工钱又是二百。第二天要我把那些火虫一只一只从小口袋里摘出来。光那条头纱就有五百多只，摘了一天还没摘完，真把我的胳臂累坏了。三天花二百块的水，也好过花八九百块做一件衣服穿一晚上就拆。这不但糟蹋钱并且造孽。你想，那一千多只火虫的命不是命吗？”陈妈说：“不用提那个啦。今天过午，等她出门，咱们也下池子去试一试，好不好？”李妈说：“你又来了，上次你偷穿她的衣服，险些闯出事来。现在你又忘了！我可不敢。那个神堂，不晓得还有没有神，若是有，咱们光着身子下去，怕亵渎了受责罚。”陈妈说：“人家都不会出毛病，咱们还怕什么？”她站起来，顺手带了些吃的到自己屋里去了。

李妈把早点端到卧房，加多怜已经靠着床背，手拿一本杂志在那里翻着。她问李妈：“有信没信？”李妈答应了一声：“有。”随把盘子放在床上，问过要穿什么衣服以后便出去了。她从盘子里拿起信来，一封一封看过。其中有一封是朴君的，说他在年底要来。她看过以后，把信放下，并没显出喜悦的神气，皱着眉头，拿起面包来吃。

中午是市长请吃饭，座中只有宾主二人。饭后，市长领她到一间密室去。坐定后，市长便笑着说：“今天请您来，是为商量一件事情。您如同意，我便往下说。”加多怜说：“只要我的能力办得到，岂敢不与督办同意？”

市长说：“我知道只要您愿意，就没有办不到的事。我给您说，现在局里存着一大宗缉获的私货和违禁品，价值在一百万以上。我觉得把它们都归了公，怪可惜的，不如想一个化公为私的方法，把它们弄一部分出来。若能到手，我留三十万，您留二十五万，局里的人员分二万，再提一万出来做参与这事的人们的应酬费。如果要这事办得没有痕迹，最好找一个外国人来认领。您不是认识一位领事馆的朋友吗？若是他肯帮忙，我们就在应酬费里提出四五千送他。您想这事可以办吗？”加多怜很踌躇，摇着头说：“这宗款太大了，恐怕办得不妥，风声泄漏出去，您我都要担干系。”市长大笑说：“您到底是个新官僚！赚几十万算什么？别人从飞机、军舰、军用汽车装运烟土白面，几千万、几百万就那么容易到手，从来也没曾听见有人质问过。我们赚一百几十万，岂不是小事吗？您请放心，有福大家享，有罪鄙人当。您待一会去找那位邸先生商量一下得啦。”她也没主意了，听市长所说，世间简直好像是没有不可做的事情。她站起来，笑着说：“好吧，去试试看。”

加多怜来到邸力里亚这里，如此如彼地说了一遍。这邸先生对于她的要求从没拒绝过，但这次他要同她交换条件才肯办。他要求加多怜同他结婚，因为她在热爱的时候曾对他说过她与朴君离异了。加多怜说：“时候还没到，我与他的关系还未完全脱离。此外，我还怕社会的批评。”他说：“时候没到，时候没到，到什么时候才算呢？至于社会那有什么可怕底？社会很有力量，像一个勇士一样。可是这勇士是瞎的，只要你不走到他跟前，使他摸着你，他不看见你，也不会伤害你。我们离开中国就是了。我们有了这么些钱，随便到阿

根廷住也好，到意大利住也好，就是到我的故乡巴悉罗那住也无不可。我们就这样办吧。我知道你一定要喜欢巴悉罗那的蔚蓝天空，那是没有一个地方能够比得上的。我们可以买一只游艇，天天在地中海遨游，再没有比这事快乐了。”

邸力里亚的话把加多怜说得心动了。她想着和朴君离婚倒是不难，不过这几个月的官做得实在有瘾，若是嫁给外国人，国籍便发生问题，以后能不能回来，更是一个疑问。她说：“何必做夫妇呢？我们这样天天在一块玩，不比夫妇更强吗？一做了你的妻子，许多困难的问题都要发生出来。若是要到巴悉罗那去，等事情弄好了，就拿那笔款去花一两年也无妨。我也想到欧洲去玩玩。……”她正说着，小使进来说帮办宅里来电话，请帮办就回去，说老妈子洗澡，给水淹坏了。加多怜立刻起身告辞。邸先生说：“我跟你去罢，也许用得着我。”于是二人坐上汽车飞驶到家。

加多怜和邸先生一直来到游泳池边，陈妈和李妈已经被捞起来，一个没死，一个还躺着。她们本要试试水里的滋味，走到跳板上，看见水并不很深，陈妈好玩，把李妈推下去，哪里知道跳板弹性很强，同时又把她弹下去。李妈在水里翻了一个身，冲到池边，一手把绳揪着，可是左臂已擦伤了。陈妈浮起来两三次，一沉到底。李妈大声嚷救命，园里的花匠听见，才赶紧进来，把她们捞起来。邸先生给陈妈施行人工呼吸法，好容易把她救活了。加多怜叫邸先生把她们送到医院去。

邸力里亚从医院回来，加多怜继续与他谈那件事情，他至终应许去找一个外商来承认那宗私货，并且发出一封领事馆的证明书。她随即用电话通知督办。督办在电话里一连对她说了许多夸奖的话，其喜欢可知。

两三个月的国难期间，加多怜仍是无忧无虑能乐且乐地过她的生活。那笔大款她早已拿到手，那邸先生又催着她一同到巴悉罗那去。她到市长那里，偶然提起她要出洋的事，并且说明这是当时的一个条件。市长说："这事容易办，就请朴君代理您的事情，您要多咱回任都可以。"加多怜说："很好，外子过几天就可以到。我原先叫他过年二三月才来，但他说一定要在年底来。现在给他这差事，真是再好不过了。"

朴君到了，加多怜递给他一张委任状。她对丈夫说，政府派她到欧洲考察税务，急要动身，教他先代理帮办，等她回来再谋别的事情做。朴君是个老实人，太太怎么说，他就怎么答应，心里并且赞赏她的本领。

过几天，加多怜要动身了。她和邸力里亚同行，朴君当然不晓得他们的关系，把他们送到上海候船，便赶快回来。刚一到家，陈妈的丈夫和李富都在那里等候着。陈妈的丈夫说他妻子自从出院以后，在家里病得不得劲，眼看不能再出来做事了，要求帮办赏一点医药费。李富因局里的人不肯分给他那笔款，教他问帮办要。这事迟延很久，加多怜也曾应许教那班人分些给他，但她没办妥就走了。朴君把原委问明，才知道他妻子自离开他以后的做官生活的大概情形。但她已走了，他即不便用书信去问她，又不愿意拿出钱来给他们。说了很久，不得要领，他们都怅怅地走了。

一星期后，特税局的大侵吞案被告发了。告发人便是李富和几个分不着款的局员。市长把事情都推在加多怜身上。

把朴君请来，说了许多官话，又把上级机关的公文拿出来。朴君看得眼呆呆地，说不出半句话来。市长假装好意说："不要紧，我一定要办到不把阁下看管起来。这事情本不难办，外商来领那宗货物，也是有凭有据，最多也不过是办过失罪，只把尊寓交出来当做赔偿，变卖得多少便算多少，敷衍得过便算了事。我与尊夫人的交情很深，这事本可以不必推究，不过事情已经闹到上头，要不办也不成。我知道尊夫人一定也不在乎那所房子，她身边至少也有三十万呢。"

第二天，撤职查办的公文送到，警察也到了。朴君气得把那张委任状撕得粉碎。他的神气直像发狂，要到游泳池投水，幸而那里已有警察，把他看住了。

房子被没收的时候，正是加多怜同邸力里亚离开中国的那天。他在敌人的炮火底下，和平日一样，无忧无虑地来了吴淞口。邸先生望着岸上的大火，对加多怜说："这正是我们避乱的机会，我看这仗一时是打不完的，过几年，我们再回来吧！"

东野先生

一

那时已过了七点，屋里除窗边还有一点微光以外，红的绿的都藏了它们的颜色。延禧还在他的小桌边玩弄他自己日间在手工室做的不倒翁。不倒翁倒一次，他的笑颜开一次，全不理会夜母正将黑暗等着他。

这屋子是他一位教师和保护人东野梦鹿的书房。他有时叫他作先生，有时叫他作叔叔，但称叔叔的时候多。这大屋里的陈设非常简单，除十几架书以外，就是几张凳子和两张桌子，乍一看来，很像一间不讲究的旧书铺，梦鹿每天不到六点是不回来的。他在一个公立师范附属小学里当教员，还主持校中的事务。每日的事务他都要当天办完，决不教留过明天，所以每天他得比别的教员迟一点离校。

他不愿意住在学校里，纯是因为延禧的缘故。他不愿意小学生在寄宿舍住，说孩子应当多得一点家庭生活，若住在寄宿舍里，管理上难保不近乎待遇人犯的方法。然而他的家

庭也不像个完全的家庭。一个家庭若没有了女主人，还配称为家庭吗?

他的妻子志能于十年前到外国留学，早说要回来，总接不到动身的信。十几年来，家中的度支都是他一人经理，甚至晚饭也是他自已做。除星期以外，他每早晨总是到学校去，有时同延禧一起走，有时他走迟一点。家里没人时，总把大门关锁了，中饭就在学校里吃，三点半后延禧先回家。他办完事，在市上随便买些菜蔬回来，自己烹调，或是到外边馆子里去。但星期日，他每同孩子出城去，在野店里吃。他并不是因为雇不起人才过这样的生活，是因他的怪思想，老想着他是替别人经理钱财，不好随便用。他的思想和言语，有时非常迂腐，性情又很固执，朋友们都怕和他辩论，但他从不苟且，为学做事都很认真，所以朋友们都很喜欢他。

天色越黑了，孩子到看得不分明的时候，才觉得今日叔叔误了时候回来。他很着急，因为他饿了。他叔叔从来没曾过了六点半才回来，在六点一刻，门环定要响的。孩子把灯点着，放在桌上，抽出抽屉，看看有什么东西吃没有。梦鹿的桌子有四个抽屉，其中一个搁钱，一个藏饼干。这日抽屉里赶巧剩下些饼屑，孩子到这时候也不管得许多，掏着就往口里填塞。他一面咀嚼着，一面数着地上的瓶子。

在西墙边书架前的地上排列着二十几个牛奶瓶子。他们两个人每天喝一瓶牛奶。梦鹿有许多怪癖，牛奶连瓶子买，是其中之一。离学校不远有一所牛奶房，他每清早自己要到那里，买他亲眼看着工人榨出来的奶。奶房允许给他送来，老是被他拒绝了。不但如此，他用过的瓶子，也不许奶房再收回去，所以每次他得多花几分瓶子钱。瓶子用完，就一个一个排在屋里的墙下，也不教收买烂铜铁锡的人收去。屋里除椅桌以外，几乎都是瓶子，书房里所有的书架都是用瓶子叠起来的，每一格用九个瓶子作三行支柱，架上一块板；再用九个瓶子作支柱，再加上一块板；一连叠五六层，约有四尺多高。桌上的笔筒、花插、水壶、墨洗，没有一样不是奶瓶子！那排在地上的都是新近用过的。到排不开的时候，他才教孩子搬出外头扔了。

孩子正在数瓶子的时候，门环响了。他知道是梦鹿回来，喜欢到了不得，赶紧要出去开门，不提防踢碎了好几个瓶子。

门开时，头一声是："你一定很饿了。"

孩子也很诚实，一直回答他："是，饿了，饿到了不得。我刚在抽屉里抓了一把饼屑吃了。"

"我知道你当然要饿的，我回来迟了一点钟了，我应当早一点回来。"他手中提着一包一包的东西，一手提着书包，走进来，把东西先放在桌上。他看见地上的碎玻璃片，便对孩子说："这些瓶子又该清理了，明天有工夫就把它们扔出去罢，你婶婶在这下午来电，说她后天可以到香港，我在学校里等着香港船公司的回电，所以回来迟了。"

孩子虽没有会过他的婶婶，但看见叔叔这么喜欢，说她快要回来，也就很高兴。他说："是吗？我们不用自己做饭了！"

"不要太高兴，你婶婶和别人两样，她一向就不曾到过厨房去。但这次回来，也许能做很好的饭。她会做衣服，几年来，你的衣服都是裁缝做的，此后就不必再找他们了。她是

很好的，我想你一定很喜欢她。”

他脱了外衣，把东西拿到厨房去，孩子帮着他，用半点钟工夫，就把晚餐预备好了。他把饭端到书房来，孩子已把一张旧报纸铺在小桌上，旧报纸是他们的桌巾，他们每天都要用的。梦鹿的书桌上也覆着很厚的报纸，他不擦桌子，桌子脏了，只用报纸糊上，一层层地糊，到他觉得不舒服的时候，才把桌子扛到院子里，用水洗括干净，重新糊过，这和买奶瓶子的行为，正相矛盾，但他就是这样做。他的餐桌可不用糊，食完，把剩下的包好，送到垃圾桶去。

桌上还有两个纸包，一包是水果，一包是饼干。他教孩子把饼干放在抽屉里，留做明天的早饭。坐定后，他给孩子倒了一杯水，自己也倒了一杯放在面前。孩子坐在一边吃，一面对叔叔说：“我盼望婶婶一回来，就可以煮好东西给我们吃。”

“很想偷懒的孩子！做饭不一定是女人的事，我方才不说过你婶婶没下过厨房吗？你敢是嫌我做得不好？难道我做的还比学堂的坏吗？一样的米，还能煮出两样的饭吗？”

“你说不是两样，怎样又有干饭，又有稀饭？怎样我们在家煮的有时是烂浆饭，有时是半生不熟的饭？这不都是两样吗？我们煮的有时实在没有学堂的好吃，有时候我想着街上卖的馄饨面，比什么都好吃。”

他笑了。放下筷子，指着孩子说：“正好，你喜欢学堂的饭。明后天的晚饭你可以在学堂里吃，我已经为你吩咐妥了。我明天下午要到香港去接你婶婶，晚间教人来陪你。我最快得三天才能回来，你自然要照常上课。我告诉你，街上卖的馄饨，以后可不要随便买来吃。”

孩子听见最后这句话，觉得说得有缘故，便问："怎么啦？我们不是常买馄饨面吗？以后不买，是不是因为面粉是外国来的？"

梦鹿说："倒不是这个缘故。我发现了他们用什么材料来做馄饨馅了。我不信个个都是如此，不过给我看见了一个，别人的我也不敢吃了。我早晨到学校去，为抄近道，便经过一条小巷，那巷里住的多半是小本商贩。我有意无意地东张西望，恰巧看见一挑馄饨担子放在街门口，屋里那人正在宰割着两只肥嫩老鼠。我心里想，这无疑是用来冒充猪肉做馄饨馅的。我于是盘问那人，那人脸上立时一阵一阵红，很生气地说：'你是巡警还是市长呢？我宰我的，我吃我的，你管得了这些闲事？'我说，你若是用来冒充猪肉，那就是不对。我能够报告卫生局，立刻教巡警来罚你。你只顾谋利，不怕别人万一会吃出病来。"

"那人看我真像要去叫巡警的神气，便改过脸来，用好话求我饶他这次。他说他不是常常干这个，因为前个月妻子死了，欠下许多债，目前没钱去秤肉，没法子。我看他说得很诚实，不像撒谎的样子，便进去看看他屋里，果然一点富裕的东西都没有。桌上放着一座新木主，好像证明了他的话是可靠的。我于是从袋里掏出一张十元票子递给他做本钱，教他把老鼠扔掉。他允许以后绝不再干那事，我就离开他了。"

孩子说："这倒新鲜！他以后还宰不宰，我们哪里知道呢！"

梦鹿说："所以教你以后不要随便买街上的东西吃。"

他们吃了一会，梦鹿又问孩子说："今天汪先生教你们什

么来？”

“不倒翁。”

“他又给了你们什么‘教训’没有？”

“有的，问不倒翁为什么不倒？有人说，‘因为它没有两条腿。’先生笑说，‘不对’。阿鉴说，‘因为它的下重，上头轻。’先生说，‘有一部分对了，重还要圆才成。国家也是一样，要在下的分子沉重，团结而圆活，那在上头的只要装装样子就成了。你们给它打鬼脸，或给它打加官脸都成。’”

“你做好了吗？”

“做好了，还没上色，因为阿鉴允许给我上。”孩子把碗箸放下，要立刻去取来给他看。他止住说：“吃完再拿吧，吃饭时候不要做别的事。”

饭吃完了，他把最后那包水果解开，拿出两个蜜柑来，一个递给孩子，一个自己留着。孩子一接过去便剥，他却把果子留在手上把玩。他说：“很好看的蜜柑！我从来没见过那么好的！”“我知道你又要把它藏起来了！前两个星期的苹果，现在还放在卧房里咧，我看它的颜色越来越坏了。”孩子说。“对呀，我还有一颗苹果咧。”他把蜜柑放在桌上，进房里去取苹果。他拿出来对孩子说：“吃不得啦，扔了罢。”“你的蜜柑不吃，过几天也要‘金玉其外，败絮其中’了。”“噢！好孩子，几时学会引经据典？又是阿鉴教你的罢！”孩子用指在颊上乱括，瘪着嘴回答说：“不要脸，谁待她教！这不是国文教科书里的一课吗？说来还是你教的呢。”“对的，但是果子也有两样，一样当做观赏用的，一样才是食用的。好看的果子应当观赏，不吃它也罢了。”孩子说：“你不说过还有一样药用的吗？”他笑着看了孩子一眼，把蜜柑放在桌上，问孩子日间的功课有不懂的没有。孩子却拿着做好的不倒翁来，说：“明天一上色，就完全了。”梦鹿把小玩具拿在手里，称赞了一会，又给他说些别的。闲谈以后，孩子自去睡了。一夜过去了，梦鹿一早起来，取出些饼干，又叫孩子出去买些油炸烩。孩子说：“油炸烩也是街上卖的东西，不是说不要再买吗？”“油炸的面食不要紧。”“也许还是用老鼠油炸的呢！”孩子带着笑容出门去了。他们吃完早点，便一同到学校去。

二

一天的工夫，他也不着急，把事情办完，才回来取了行箧，出城搭船去，船于中夜到了香港，他在码头附近随便找一所客栈住下，又打听明天入口的船。一早他就起来，在栈里还是一样地做他日常的功课。他知道妻子所搭的船快要入港了，拿一把伞，就踱到码头，随着一大帮接船的人下了小汽船。

他在小船上，很远就看见他的妻子，嚷了几声，她总听不见，只顾和旁边一个男人说话。上了大船，妻子还和那人对谈着，他不由得叫了一声：“能妹，我来接你哪！”妻子才转过脸来，从上往下端详地看，看他穿一身青布衣服，脚上穿了一双羽绫学士鞋，简直是个乡下人站在她面前。她笑着，进前两步，搂着丈夫的脖子，把面伏在他的肩上。她是要丈夫给她一个久别重逢的亲嘴礼，但他的脸被羞耻染得通红，在妻子的耳边低声说：“尊重一点，在人丛中搂搂抱抱，怪不

好看的。”妻子也不觉得不好意思，把胳臂松了，对他说：“我只顾谈话，万想不到你会来得这样早。”她看着身边那位男子对丈夫说：“我应先介绍这位朋友给你。这位是我的同学卓斐立，卓先生。”她又用法语对那人说，“这就是我的丈夫东野梦鹿。”

那人伸出手来，梦鹿却对他鞠了一躬。他用法语回答她：“你若不说，我几乎失敬了。”

“出去十几年居然说得满口西洋话了！我是最笨的，到东洋五六年，东洋话总也没说好。”

“那是你少用的缘故。你为我预定客栈了么？卓先生已经为我预定了皇家酒店，因为我想不到你竟会出来接我。”

“我没给你预定宿处，昨晚我住在泰安栈三楼，你如愿意……”

“那么，你也搬到皇家酒店去罢，中国客栈我住不惯。在船上好几十天，我想今晚在香港歇歇，明天才进省城去。”

丈夫静默了一会说：“也好，我定然知道你在外国的日子多了，非皇家酒店住不了。”

妻子说：“还有卓先生也是同到省城去的，他也住皇家酒店。”

妻子和卓斐先到了酒店，梦鹿留在码头办理一切的手续。他把事情办完，才到酒店来，问柜上说：“方才上船的那位姓卓的客人和一位太太在哪间房住？”伙计以为他是卓先生的仆人，便告诉他卓先生和卓太太在四楼。又说本酒店没有仆人住的房间，教他到中国客栈找地方住去。梦鹿说：“不要紧，请你先领我上楼去。那位是我的太太，不是卓太太。”伙计们上下打量了他几次，愣了一回。他们心里说：穿一件破蓝布大褂，来住这样的酒店，没见过！

楼上一对远客正对坐着，一个含着烟，一个弄着茶碗，各自无言。梦鹿一进来，便对妻子说："他们当我做佣人，几乎不教我上来！"

妻子说："城市的人都是这般眼浅，谁教你不穿得光鲜一点？也不是置不起。"卓先生也忙应酬着说："请坐，用一碗茶罢，你一定累了。"他随即站起来，说："我也得到我房间去检点一下，回头再来看你们。"一面说，一面开门出去了。

他坐下，只管喝茶，妻子的心神倒像被什么事情牵挂住似地，她的愁容被丈夫理会了。

"你整天嘿嘿地，有什么不高兴的地方？莫不是方才我在船上得罪了你吗？"

妻子一时倒想不出话来敷衍丈夫，她本不是纳闷方才丈夫不拥抱她的事，因为这时她什么都忘了。她的心事虽不能告诉丈夫，但是一问起来，她总得回答。她说："不，我心里喜欢极了，倒没的可说，我非常喜欢你来接我。"

"喜欢吗？那我更喜欢了。为你，使我告了这三天的假，这是自我当教员以来第一次告假，第一次为自己耽误学生的功课。"

"很抱歉，又很感激你为我告的第一次假。"

"你说的话简直像外国人说中国话的气味。不要紧的，我已经请一位同事去替我了，我把什么事情都安排好了才出来的，即如延禧的晚膳，我也没有忽略了。"

"哪一个延禧？"

“你忘了吗？我不曾在信中向你说过我收养了一个孩子么？他就是延禧。”

追忆往事，妻子才想起延禧是十几年前梦鹿收养的一个孤儿。在往来的函件中，他只向妻子提过一两次，怪不得她忘却了。他们的通信很少，梦鹿几乎是一年一封，信里也不说家常，只说他在学校的工作。

“是呀，我想起来了。你不是说他是什么人带来给你的吗？你在信中总没有说得明白，我到现在还是不知道延禧到底是个什么样子，你是要当他作养子吗？”

“不，我待遇他如侄儿一样，因为那送他来的人教我当他作侄儿。”

“什么意思，我不明白。”妻子注目看着他。

“你当然不明白。”停一会，他接着说，“就是我自己也不明白，到现在我还不明白他的来历咧。”

“那么，你从前是怎样收他的？”

“并没有什么缘故。不过他父亲既把他交给我，教我以侄儿的名份待遇他，我只得照办罢了。我想这事的原委，我已写信告诉你了，你怎么健忘到这步田地？”

“也许是忘记了。”

“因为他父亲的功劳，我培养他，说来也很应当。你既然忘记，我当为你重说一遍，省得明天相见时惹起你的错愕。”

“你记得辛亥年三月二十九日吗？那时你还在不鲁舍路，记得吗？在事前几天，我忘了是二十五或二十六晚上，有一个人来敲我的门。我见了他，开口就和我说东洋话。他问我：‘预备好了没有？’我当时不明白他的意思，只回问他我应当预备什么？他像知道我是冈山的毕业生，对我说：‘我们一部分的人都已经来到了，怎么你还装呆？你是汉家子孙，能为同胞出力的地方，应当尽力地帮助。’我说，我以为若是事情来得太仓促，一定会失败的。那人说，‘凡革命都是在仓促间成功的。如果有个全盘计划，那就是政治行为，不是革命行动了。’我说，我就不喜欢这种没计划的行动。他很忿怒地说：‘你怕死么？’我随即回答说，我有时怕，有时不怕，一个好汉自然知道怎样‘舍生取义’，何必你来苦苦相劝？他没言语就走了。一会儿他又回来，说：‘你是义人，我信得你不把大事泄漏了。’我听了，有一点气，说：‘废话少说，好好办你的事去。若信不过我，可以立刻把我杀死。’”

“二十八晚上，那人抱了一个婴孩来。他说那是他的儿子，要寄给我保养，当他作侄儿看待，等他的大事办完，才来领回去。我至终没有问他的姓名，就让他走了，我只认得他左边的耳壳是没有了的，二十九下午以后，过了三天，他的同志们被杀戮的，到现在都成黄花岗的烈士了。但他的尸首过了好几天才从状元桥一家米店的楼上被找出来。那地方本来离我们的家不远，一听见，我就赶紧去看他，我认得他。他像是受伤后从屋顶爬下来躲在那里的。他那围着白毛巾的右手里还捏着一把手枪，可是子弹都没有了。我对着尸首说，壮士，我当为你看顾小侄儿。米店的人怕惹横祸，扬说是店里的伙伴，把他臂上的白毛巾除下，模模糊糊掩埋了。他虽不葬在黄花岗，但可算为第七十三个烈士。”

“他的儿子是个很可造就的孩子。他到底姓什么，谁也不知道。我又不配将我的姓给他，所以他在学校里，人人只叫

他做延禧。”

这下午，足谈了半天梦鹿所喜欢谈的事。他的妻子只是听着，并没提出什么材料来助谈。晚间卓先生邀他们俩同去玩台球。他在娱乐的事上本来就很缺乏知识和兴趣，他教志能同卓先生去，自己在屋里看他的书。

第二天船入珠江了。卓先生在船上与他们两人告辞便向西关去了。妻子和梦鹿下了船，同坐在一辆车里。梦鹿问她那位卓先生来广州干什么事？妻子只是含糊地回答。其实那卓先生也是负着一种革命的使命来的，她不愿意把他的秘密说出来。不一会，来到家里，孩子延禧在里头跳出来，现出很亲切的样子，梦鹿命他给婶婶鞠躬。妻子见了他，也很赞美他是个很好看的孩子。

妻子进屋里，第一件刺激她的，便是满地的瓶子。她问：“你做了什么买卖来么？哪里来的这些瓶子？”

“哈哈！在西洋十几年，连牛奶瓶子也不懂得？中国的牛奶瓶和外国的牛奶瓶岂是两样？”梦鹿笑了一回，接着说，“这些都是我们两人用过的旧瓶子，你不懂吗？”

妻子心里自问：为什么喝牛奶连瓶子买回来？她看见满屋的“瓶子家具”，不免自己也失笑了，她暗笑丈夫过的穷生活。她仰头看四围的壁上贴满了大小不等的画。孩子说：“这些都是叔叔自己画的。”她看了，勉强对丈夫说：“很好的，你既然喜欢轮船、火车，我给你带一个摄影器回来，有工夫可以到处去照，省得画。”

丈夫还没回答，孩子便说：“这些画得不好么？他还用来赏学生们呢。我还得着他一张，是上月小考赏的。”他由抽屉拿出一张来，递给志能看。丈夫在旁边像很得意，得意他妻子没有嫌他画得不好，他说：“这些轮子不是很可爱很要紧的吗？我想我们各人都短了几个轮子。若有了轮子，什么事情都好办了。”这也是他很常说的话。他在学校里，赏给学生一两张自己画的轮船和火车，就像一个王者颁赐勋章给他的臣僚一般地郑重。

这样简单的生活，妻子自然过不惯。她把丈夫和小孩搬到芳草街。那里离学校稍微远一点，可是不像从前那么逼仄了。芳草街的住宅本是志能的旧家，因为她母亲于前年去世，留下许多产业给他们两夫妇。梦鹿不好高贵的生活，所以没搬到岳母给他留下的房子去住。这次因为妻子的相强，也就依从了。其实他应当早就搬到这里来。这屋很大，梦鹿有时自己就在书房里睡，客厅的后房就是孩子住，楼上是志能和老妈子住。

梦鹿自从东洋回国以来，总没有穿过洋服，连皮鞋也要等下雨时节才穿的。有一次妻子鼓励他去做两身时式的洋服，他反大发起议论，说中华民国政府定什么“大礼服”“小礼服”的不对。用外国的“燕尾服”为大礼服，简直是自己藐视自己，因为堂堂的古国，连章身的衣服也要跟随别人，岂不太笑话了！不但如此，一切礼节都要跟随别人，见面拉手，兵舰下水掷瓶子，用女孩子升旗之类，都是无意义地模仿人家的礼节。

外人用武力来要土地，或经济侵略，只是物质的被征服；若自己去采用别人的衣冠和礼仪，便是自己在精神上屈服了人家，这还成一个民族吗？话说归根，当然中国人应当说中

国话，吃中国饭，穿中国衣服。但妻子以为文明是没有国界的，在生活上有好的利便的事物，就得跟随人家。她反问他：“你为什么又跟着外国人学剪发？”他也就没话可回答了。他只说：“是故恶乎佞者！你以为穿外国衣服就是文明的表示吗？”他好辩论，几乎每一谈就辩起来。他至终为要讨妻子的喜欢，便到洋服店去定了一身衣服，又买了一双黄皮鞋，一顶中折毡帽。帽子既不入时，鞋子又小，衣服又穿得不舒服，倒不如他本来的蓝布大褂自由。

志能这位小姐实在不是一个主持中馈的能手，连轻可的茶汤也弄得浓淡不适宜。志能的娘家姓陈，原是广西人，在广州落户。她从小就与东野订婚，订婚后还当过他的学生。她母亲是个老寡妇，只有她一个独生女，家里的资财很富裕，恐怕没人承继，因为梦鹿的人品好，老太太早就有意将一切交付与他。梦鹿留学日本时，她便在一个法国天主教会的学堂念书。到他毕业回国，才举行婚礼，不久，她又到欧洲去。因为从小就被娇养惯，而且她又常在交际场上出头面，家里的事不得不雇人帮忙。

她正在等着丈夫回来吃午饭，所有的都排列在膳堂的桌上，自己呆呆地只看着时计，孩子也急得了不得。门环响时，孩子赶着出去开门，果然是他回来了。妻子也迎出来，见他的面色有点不高兴，知道他又受委屈了。她上下端详地观察丈夫的衣服、鞋、帽。

“你不高兴，是因你的鞋破了吗？”妻子问。

“鞋破了吗？不。那是我自己割开的。因为这双鞋把我的脚趾夹得很痛，所以我把鞋头的皮割开了。现在穿起来，很觉得舒服。”

“咦，大哥，你真是有一点疯气！鞋子太窄，可以送到鞋匠那里请他给你挣一下；再不然，也可以另买一双，现在弄得把袜子都露出来，像个什么样子？”

“好妻子，就是你一个人第一次说我是疯子。你怎么不会想鞋子岂是永远不破的？就是拿到鞋匠那里，难保他不给挣裂了。早晚是破，我又何必费许多工夫？我自己带着脚去配鞋子，还配错了，可怨谁来？所以无论如何，我得自己穿上。至于另买的话，那笔款项还没上我的预算哪。”其实他的预算也和别人的两样，因为他用自己的钱从没记在账本上。但他有一样好处，就是经理别人的或公共的款项，丝毫也不苟且。

孩子对于他的不乐另有一番想象。他发言道：“我知道了，今天是教员会，莫不是叔叔又和黄先生辩论了？”

“我何尝为辩论而生气？”他回过脸去向着妻子，“我只不高兴校长忽然在教员会里，提起要给我加薪俸。我每月一百块钱本自够用了，他说我什么办事认真，什么教导有方，所以要给我涨薪水。然而这两件事是我的本务，何必再加四十元钱来奖励我？你说这校长岂不是太看不起我吗？”说着把他脚下的破而新的皮鞋脱下，换了一双布鞋，然后同妻子到饭厅去。

他坐下对妻子说：“一个人所得的薪水，无论做的是什么事，应当量他的需要给才对。若是他得了他所需的，他就该尽其所能去做，不该再有什么奖励。用金钱奖励人是最下等的，想不到校长会用这方法来待遇我！”

妻子说：“不受就罢了，值得生那无益的气。我们有的是

钱，正不必靠着那些束修。此后一百块定是不够你用的，因为此地离学校远了，风雨时节总得费些车钱。我看你从前的生活，所得的除书籍伙食以外，别的一点也不整置，弄得衣、帽、鞋、袜，一塌糊涂，自然这些应当都是妻子管的。好罢，以后你的薪水可以尽量用，其余需要的，我可以为你预备。”

丈夫用很惊异的眼睛望着她，回答说：“又来了，又来了！我说过一百块钱准够我和延禧的费用。既然辞掉学校给我加的，难道回头来领受你的‘补助费’不成？连你也看不起我了！”他带着气瞧了妻子一眼，拿起饭碗来狠狠地扒饭，扒得筷与碗相触的声音非常响亮。

妻子失笑了，说：“得啦，不要生气啦，我们不‘共产’就是了。你常要发你的共产议论，自己却没有丝毫地实行过，连你我的财产也要弄得界限分明，你简直是个个人主义者。”

“我决不是个人主义者，因为我要人帮助，也想帮助别人，这世间若有真正的个人主义者是不成的。人怎能自满到不求于人，又怎能自傲到不容人求？但那是两样的。你知道若是一个丈夫用自己的钱以外还要依赖他的妻子，别人要怎样评论他？你每用什么‘共产’‘无政府’来激我，是的，我信无政府主义，然而我不能在这时候与你共产或与一切的人共产。我是在预备的时候呢，现在人们的毛病，就是预备的工夫既然短少，而又急于实行，那还成吗？”他把碗放下，拿着一双筷子指东挥西，好像拿教鞭在讲坛上一样。因为他妻子自回来以后，常把欧战时的经济状况，大战后俄国的情形，和社会党共产党的情形告诉他，所以一提起，他又兴奋地继续他的演说，“我请问你，一件事情要知道它的好处容易，还是想法子把它做好了容易？谁不知道最近的许多社会政治的理想的好处呢？然而，要实现它岂是暴动所能成事？要知道私产和官吏是因为制度上的错误而成的一种思想习惯，一般人既以非成是，最好的是能使他们因理启悟，去非归是。我们生在现时，应当做这样的功夫，为将来的人预备……”

妻子要把他的怒气移转了，教他不要想加薪的事，故意截着话流，说："知就要行，还预备什么？"

"很好听！"他用筷子指着妻子说，"为什么要预备？说来倒很平常。凡事不预备而行的，虽得暂时成功，终要归于失败。纵使你一个人在这世界内能实行你的主张，你的力量还是有限，终不能敌过以非为是的群众。所以你第一步的预备，便是号召同志，使人起信，是不是？"

"是很有理。"妻子这样回答。

丈夫这才把筷子收回来，很高兴地继续地说："你以为实行和预备是两样事吗？现在的行，就是预备将来。好，我现在可以给你一个比喻。比如有所果园，只有你知道里头有一种果子，吃了于人有益。你若需要，当然可以进去受用，只因你的心很好，不愿自己享受，要劝大家一同去享受。可是那地方的人们因为风俗习惯迷信种种关系，不但不敢吃，并且不许人吃。因为他们以为人吃了那果子，便能使社会多灾多难，所以凡是吃那果子的人，都得受刑罚，在这情形之下，你要怎么办？大家都不明白，你一进去，他们便不容你分说，重重地刑罚你，那时你还能不能享受里头的果子？同时他们会说，恐怕以后还有人进来偷果子，不如把这园门封锁了罢。这一封锁，所有的美果都在里头腐烂了。所以一个救护时世

的人，在智慧方面当走在人们的前头；在行为方面，当为人们预备道路。这并不是知而不行，乃是等人人、至少要多数人都预备好，然后和他们同行。一幅完美的锦，并不是千纬一经所能成，也不能于一秒时间所能织就的。用这个就可以比方人间一切的造作，你要预备得有条有理，还要用相当的劳力，费相当的时间。你对于织造新社会的锦不要贪快，还不要生作者想，或生受用想。人间一切事物好像趋于一种公式，就是凡真作者在能创造使人民康乐的因，并不期望他能亲自受用他所成就的果，一个人倘要把他所知所信的强别人去知去信去行，这便是独裁独断，不是共和合作。……”

他越说越离题，把方才为加薪问题生气的事情完全消灭了。伶俐的妻子用别的话来阻止他再往下说。她拿起他的饭碗说：“好哥哥，你只顾说话，饭已凉到吃不得了！待我给你换些热的来罢。”

孩子早已吃饱了，只是不敢离座。梦鹿所说的他不懂，也没注意。他忽然想起一件事来，对梦鹿说：“方才黄先生来找你呢。”

“是吗，有甚事？”

“不知道呢！他没说中国话，问问婶婶便知道。”

妻子端过一碗热饭来，随对孩子说：“你吃完了，可以到院子去玩玩，等一会，也许你叔叔要领你出城散步去。”孩子得了令，一溜烟地跑了。

“方才黄先生来过么？”

“是的，他要请你到党部去帮忙。我已经告诉他说，恐怕你没有工夫。我知道你不喜欢跟市党部的人往来，所以这样说。”妻子这样回答。

“我并不是不喜欢同他们来往，不过他们老说要做这事，要做那事，到头来一点也不办。我早告诉他们，我今生唯一的事情，便是当小学教员，别的事情，我就不能兼顾了。”

“我也是这样说，你现在已是过劳了，再加上几点钟的工夫，就恐怕受不了，他随即要求我去，我说等你回来，再和你商量，我去好不好？”

他点头说：“那是你的事，有工夫去帮帮忙，也未尝不可。”“那么，我就允许他了，下午你还和延禧出城去吗？”“不，今晚上还得到学校去。”他吃完了，歇一会又到学校去了。黄昏已到，站在楼头总不见灿烂的晚霞，只见凹凸而浓黑的云山映在玻璃窗上。志能正在楼上整理书报，程妈进来，报道：“卓先生在客厅等候着。”她随着下来。卓先生本坐在一张矮椅上，一看门钮动时，赶紧抢前几步，与她拉手。

志能说：“裴立，我告诉你好几次，我不能跟你，也不能再和你一同工作，以后别再来找我。”“你时时都是这样说，只不过要想恐吓我罢了。我是钟鼓楼的家雀，这样的声音，已经听惯了。”他们并肩坐在一张贵妃榻上。裴立问道：“他呢？”“到学校去了。”“好，正好，今晚上我们可以出去欢乐一会。你知道我们在不久要来一个大暴动吗？我们所做的事，说不定过两三天后还有没有性命，且不管它，快乐一会是一会。快穿衣服去，我们就走。”

“裴立，我已经告诉过你好几次了。我们从前为社会为个人的计划，我想都是很笨，很没理由，还是打消了罢。”“呀，

你又来哄我！”“不，我并不哄你，我将尽我这生爱敬你，同时我要忏悔从前对于他一切的误解，以致做出许多对不起他和你的事。”

她的眼睛一红，珠泪像要滴出来。卓先生失惊道：“然则你把一切的事都告诉他了？”“不，你想那事是一个妻子应当对她的丈夫说的吗？如能避免掉，我永远不对他提及。”她哭起来了。她接着说：“把从前的事忘记了罢，我已定志不离开他。当然，我只理会他于生活上有许多怪癖，没理会他有很率真的性情，故觉得他很讨厌。现在我已明白了他，跟他过得好好地，舍不得与他分离了。”

在卓先生心里，这是出于人意料之外的事情。他想那么伶俐的志能，会爱上一个半疯的男子！她一会说他的性情好，一会说他的学问好，一会又说他的道德好，时时把梦鹿赞得和圣人一样，他想其实圣人就是疯子。学问也不是一般人所需要的，只要几个书呆子学好了，人人都可以沾光。至于道德，他以为更没有什么准则，坏事情有时从好道德的人干出来。他又信人伦中所谓夫妇的道德，更没凭据。一个丈夫，若不被他的妻子所爱，他若去同别的女人来往，在她眼中，他就是一个坏人，因此便觉得他所做的事都是坏事。男子对于女人也是如此，他沉默着，双眼盯在妇人脸上，又像要发出大议论的光景。

妇人说：“请把从前一切的意思打消了罢，我们可以照常来往。我越来越觉得我们的理想不能融洽在一起。你的生活理想是为享乐，我的是为做人。做人便是牺牲自己的一切去为别人；若是自己能力薄弱，就用全力去帮助那能力坚强的人们。我觉得我应当帮助梦鹿，所以宁把爱你的情牺牲了。我现在才理会在世上还有比私爱更重要的事，便是同情。我现在若是离开梦鹿，他的生活一定要毁了，延禧也不能好好地受教育了。从前我所看的是自己，现在我已开了眼，见到别人了。”

“那可不成，我什么事情都为你预备好了。到这时候你才变卦！”他把头拧过一边，沉吟地说，“早知道是这样，你在巴黎时为什么引诱我，累我跟着你东跑西跑。”

妇人听见他说起引诱，立刻从记忆的明镜里映出他们从前同在巴黎一个客店里的事情。她在外国时，一向本没曾细细地分别过朋友和夫妇是两样的。也许是在她的环境中，这两样的界限不分明。自从她回国以后，尊敬梦鹿的情一天强似一天，使她对于从前的事情非常地惭愧。这并不是东方式旧社会的势力和遗传把她揪回来，乃是她的责任心与同情心渐次发展的缘故。他们两人在巴黎始初会面，大战时同避到英伦去，战后又在莫斯科同住好些时，可以说是对对儿飞来飞去的。她爱裴立，早就想与梦鹿脱离关系。在外国时，梦鹿虽不常写信，她的寡母却时时有信给她。每封信都把夫婿赞美得像圣人一般，为母亲的缘故，她对于另有爱人的事情一句也不提及。这次回家，她渐渐证实了她亡母的话，因敬爱而时时自觉昔日所为都是惭愧。她以羞恶心回答卓先生说：“我的裴立，我对不起你。从前种种都是我的错误，可是请你不要说我引诱你，我很怕听这两个字。我还是与前一样地爱你，并且盼望你另找一位比我强的女子。像你这样的男子，还怕没人爱你吗？何必定要……”

“你以为我是为要妻子而娶妻，像旧社会一样吗？男人的爱也是不轻易给人的。现在我身心中一切的都付与你了。”

“噢，裴立，我很惭愧，我错受了你的爱了。千恨万恨只恨我对你不该如此。现在我和他又一天比一天融洽，心情无限，而人事有定，也是无可奈何的啊。总之，我对不起你。”志能越说越惹起他的妒嫉和怨恨，至终不能向他说个明白。

裴立说：“你未免太自私了！你的话，使我怀疑从前种种都是为满足你自己而玩弄我的。你到底没曾当我做爱人看！请罢，我明白了。”

在她心里有两副脸，一副是梦鹿庄严的脸，一副是裴立可爱的脸。这两副脸的威力，一样地可以慑服她。裴立忿忿地抽起身来，要向外走。志能急揪着他说：“裴立，我所爱的，不要误会了我，请你平静坐下，我再解释给你听。”

“不用解释，我都明白了。我知道你的能干，咽下一口唾沫，就可艾萨克出一万八千个谎来。你的爱情就像你脸上的粉，敷得容易，洗得也容易。”他甩开妇人，径自去了。她的心绪像屋角里炊烟轻轻地消散，一点微音也没有。没办法，掏出手帕来，掩着脸暗哭了一阵。回到自己的房里，伏在镜台前还往下哭。

晚饭早又预备好了，梦鹿从学校里携回一包邮件，到他书房里，一件一件细细地拆阅看。延禧上楼去叫她，她才抬起头来，从镜里照出满脸的泪痕，眼珠红络还没消退。于是她把手里那条湿手巾扔在衣柜里，从抽屉取出干净的来，又到镜台边用粉扑重新把脸来匀拭一遍，然后下来。

丈夫带着几卷没拆开的书报，进到饭厅，依着他的习惯，一面吃饭一面看。偶要对妻子说话，他看见她的眼都红了，问道："为什么眼睛那么红？" 妻子敷衍他说："方才安排柜里的书，搬动时，不提防教一套书打在脸上，尘土入了眼睛，到现在还没复原呢。"说时，低着头，心里觉得非常惭愧。梦鹿听了，也不十分注意。他没说什么，低下头，又看他的邮件。

他转过脸向延禧说："今晚上青年会演的是'法国革命'；想你一定很喜欢去看一看。若和你婶婶同去，她就可以给你解释。"

孩子当然很喜欢。晚饭后，立刻要求志能与他同去。

梦鹿把一卷从日本来的邮件拆开，见是他的母校冈山师范的同学录，不由得先找找与他交情深厚的同学，翻到一篇，他忽然蹦起来，很喜欢地对着妻子说："可怪雁潭在五小当教员，我一点也不知道！呀，好些年没有消息了。"他用指头指着本子上所记雁潭的住址，说："他就住在豪贤街，明天到学堂，当要顺道去拜访他。"

雁潭是他在日本时一位最相得的同学。因为他是湖南人，故梦鹿绝想不到他会来广州当小学教员。志能间尝听他提过好几次，所以这事使他喜欢到什么程度，她已理会出来。

孩子吃完饭，急急预备到电影院去。她晚上因日间的事，很怕梦鹿看出来，所以也乐得出去避一下。她装饰好下来，到丈夫身边，拍着他的肩膀说："到时候自己睡去，不要等我们了。你今晚上在书房睡罢，恐怕我们回来晚了搅醒你。你明天不是要一早出门么？"

梦鹿在书房一夜没曾闭着眼，心里老惦念着一早要先去

找雁潭，好容易天亮了。他爬起来，照例盥漱一番，提起书包也没同妻子告辞，便出门去了。

路上的人还不很多，除掉卖油炸胎的便是出殡的。他拐了几个弯，再走过几条街，便是雁潭的住处。他依着所记的门牌找，才知道那一家早已搬了。他很惆怅地在街上徘徊着，但也没有办法，看看表已到上课的时候，赶紧坐一辆车到学校去。

早晨天气还好，不料一过晌午，来去无常的夏雨越下越大。梦鹿把应办的事情都赶着办完，一心只赶着再去打听雁潭的住址。他看见那与延禧同级的女生丁鉴手里拿着一把黑油纸伞，便向她借，说："把你的雨伞借给我用一用，若是我赶不及回来，你可以同延禧共坐一辆车回家，明天我带回来还你。"他掏出几毛钱交给她，说："这是你和延禧的车钱。"女孩子把伞递给他，把钱接过来，说声"是"，便到休息室去了。梦鹿打着伞，在雨中一步一步慢移。一会，他走远了，只见大黑伞把他盖得严严地，直像一朵大香蕈在移动着。

他走到豪贤街附近的派出所，为要探听雁潭搬到哪里，只因时日相隔很久，一下子不容易查出来。无可奈何，只得沿着早晨所走的道回家。

一进门，黄先生已经在客厅等着他。黄先生说："东野先生，想不到我来找你罢。"

他说："实在想不到。你一定是又来劝我接受校长的好意，加我的薪水吧。"

黄先生说："不，不。我来不为学校的事，有一个朋友要我来找你到党部去帮忙，不是专工的，一星期到两三次便可以了。你愿意去帮忙吗？”

梦鹿说：“办这种事的人才济济，何必我去呢？况且我又不喜欢谈政治，也不喜欢当老爷。我这一生若把一件事做好了，也就够了。在多方面活动，个人和社会必定不会产出什么好结果，我还是教我的书罢。”

黄先生说：“可是他们急于要一个人去帮忙，如果你不愿去，请嫂夫人去如何？”

“你问她，那是她的事。她昨天已对我说过了，我也没反对她去。”他于是向着楼上叫志能说，“妹妹，妹妹，请你下来，这里有事要同你商量。”妻子手里打着线活，慢慢地踱下楼来。他说，“黄先生要你去办党，你能办吗？我看你有时虽然满口民族主义、民权主义、民生主义，若真是教你去做，你也未必能成。”妻子知道丈夫给她开玩笑，也就顺着说：“可不是，我哪有本领去办党呢？”

黄先生拦着说：“你别听梦鹿兄的话，他总想法子拦你，不要你出去做事。”他说着，对梦鹿笑。

他们正在谈着，孩子跑进来说：“婶婶，外面有一个人送信来，说要亲自交给你。”她立时放下手活说了一声“失陪”，便随着孩子出去了。梦鹿目送着她出了厅门，黄先生低声对他说：“你方才那些话，她听了不生气吗？这教我也很难为情。你这一说，她一定不肯去了。”梦鹿回答说：“不要紧，我常用这样的话激她。我看，现在有许多女子在公共机关服务，不上一年半载若不出差错，便要厌腻她们的事情，尤其是出洋回来的女学生，装束得怪模怪样，讲究的都是宴会跳舞，哪曾为所要做的事情预备过？她还算是好的。回国后还不十

分洋化，可喜欢谈政治，办党的事情她也许会感兴趣，只与我不相投便了，但无论如何，我总不阻止她，只要她肯去办就成。”

他们说着，妻子又进来了。梦鹿问：“谁来的信，那么要紧？”

妻子腼腆地说：“是卓先生的，那个人做事，有时过于郑重，一封不要紧的信，也值得这样张罗！”说着，一面走到原处坐下做她的活。

丈夫说：“你始终没告诉我卓先生是干什么事的人。”妻子没说什么。他怕她有点不高兴，就问她黄先生要她去办党的事，她答应不答应。她没有拒绝，算是允许了。

黄先生得了她的允许，便站立起来，志能止住说：“现在快三点钟，请坐一会儿，用过点心再走未晚。”

黄先生说：“我正要请东野先生一同到会贤居去吃炒粉，不如我们都去罢，也把延禧带去。”

她说：“家里雇着厨子，倒叫客人请主人出去外头吃东西，实在难为情了。”

梦鹿站起来，向窗外一看，说：“不要紧，天早晴了。黄先生既然喜欢会贤居，让我做东，我们就一同陪着走走罢。”

妻子走到楼梯旁边顺便问她丈夫早晨去找雁潭的事，他摇摇头说：“还没找着，过几天再打听去。他早已搬家了。”

妻子换好衣服下来，一手提着镜囊，一手拿着一个牛奶瓶子，对丈夫说：“大哥，你今天忘了喝你的奶子了，还喝不喝？”

“噢，是的，我们正渴得慌，三个人分着喝完再走罢。”

妻子说："我不喝，你们二位喝罢。我叫他们拿两个杯来。"她顺手在门边按电铃。丈夫说："不必搅动他们了，这里有现成的茶杯，为什么不拿出来用？"他到墙角，把那古董柜开了，拿出一个茶碗，在抽屉里拿出一张白纸来揩拭几下，然后倒满了一杯递给客人。黄先生让了一回，就接过去了。他将瓶子送到唇边，把剩下的奶子全灌入嘴里。

妻子不觉笑起来，对客人说："你看我的丈夫，喝牛乳像喝汽水一样，也不怕教客人笑话。"正说着，老妈子进来，妻回头对她说："没事了，你等着把瓶子拿去吧。噢，是的，你去把延禧少爷找来。"老妈应声出去了。她又转过来对黄先生笑说："你见过我丈夫的瓶子书架么？"

"哈，哈，见过！"

梦鹿笑着对黄先生说："那有什么稀奇，她给我换了些很笨的木柜，我还觉得不方便哪。"

他们说着，便一同出门去了。

三

殷勤的家雀一破晓就在屋角连跳带噪，为报睡梦中人又是一天的起首。延禧看见天气晴朗，吃了早饭，一溜烟地就跑到学校园里种花去了。

那时学校的时计指着八点二十分，梦鹿提着他的书包进教务室，已有几位同事先在那里预备功课。不一会，上课铃响了。梦鹿这一堂是教延禧那班的历史，铃声还没止住，他已比学生先入了讲堂，在黑板上画沿革图。

他点名点到丁鉴，忽然想起昨天借了她的雨伞，允许今天给带回来，但他忘记了。他说："丁鉴，对不起，我忘了把你的雨伞带回来。"

丁鉴说："不要紧，下午请延禧带来，或我自己去取便是。"

她说到"延禧"时，同学在先生面前虽不敢怎样，坐在延禧后面的，却在暗地推着他的背脊。有些用书挡着向到教坛那面，对着她装鬼脸。

梦鹿想了一想，说："好，我不能失信，我就赶回去取来还你罢，下一堂是自由习作，不如调换上来，你们把文章做好，我再给你们讲历史，待我去请黄先生来指导你们。"他果然去把黄先生请来，对他说如此这般，便急跑回家办那不要紧的大事去了。大家都知道他的疯气，所以不觉得稀奇。

这芳草街的寓所，忽然门铃怪响起来。老妈子一开门，看见他跑得气喘喘地，问他什么缘故，他只回答："拿雨伞！"

老妈子看着他发怔，因为她想早晨的天气很好。妻子在楼上问是谁，老妈子替回答了。她下来看见梦鹿额上点点的汗，忙用自己的手巾替他擦。她说："什么事情，值得这样着急？"

他喘着说："我忘了把丁鉴的雨伞带回去！到上了课，才记起来，真是对不起她！"说完，拿着雨伞转身就要走。

妻子把他揪住说："为什么不坐车子回来，跑得这样急喘喘地？且等一等，雇一辆车子回去罢。小小事情，也值得这么忙，明天带回去给她不是一样吗？看你跑得这样急，若惹出病来，待要怎办？"

他不由得坐下，歇一会儿，笑说：“我怎么没想到坐车子回来？”妻子在一旁替他拭额上的汗。

女仆雇车回来，不一会，门铃又响了。妻子心里像预先知道来的是谁，在老妈子要出去应门的时候告诉她说：“若是卓先生来，就说我不在家。”老妈子应声“哦”，便要到大门去。

梦鹿很诧异地对妻子说：“怎么你也学起官僚派头来了！明明在家，如何撒谎？”他拿着丁鉴的雨伞，往大门跑。女仆走得慢，门倒教他开了；来的果然是卓先生！

“夫人在家么？”

“在家。”梦鹿回答得很干脆。

“我可以见见她么？”

“请进来罢。”他领着卓先生进来，妻子坐在一边，像很纳闷。他对妻子说：“果然是卓先生来。”又对卓先生说，“失陪了，我还得到学校去。”

他回到学校来，三小时的功课上完，已经是十一点半了。他挟着习作本子跑到教务室去，屋里只有黄先生坐在那里看报。

“东野先生，功课都完了吗？方才习作堂延禧问我‘安琪儿’怎解，我也不晓得要怎样给他解释，只对他说这是外国话，大概是‘神童’或是‘有翅膀的天使’的意思。依你的意思，要怎样解释？可怪人们偏爱用西洋翻来的字眼，好像西洋的老鸦，也叫得比中国的更有音节一般。”

“你说的大概是对的，这些新名词我也不大高明，我们从前所用的字眼，被人家骂作‘盲人瞎马的新名词’，但现在越

来越新了，看过之后，有时总要想了一阵，才理会说的是什么意思，延禧最喜欢学那些怪字眼。说他不懂呢？他有时又写得像一点样子。说他懂呢？将他的东西拿去问他自己，有时他自己也莫名其妙，我们试找他的本子来看看。”

他拿起延禧的卷子一翻，看他自定的题目是“失恋的安琪儿”，底下加了两个字“小说”在括号当中，梦鹿和黄先生一同念。

“失恋的安琪儿，收了翅膀，很可怜变成一只灰色的小丑鸭，在那蔷薇色的日光底下颤动。嘴里咒诅命运的使者，说：‘上帝呵，这是何等异常的不幸呢？’赤色的火焰象微波一样跟着夜幕蓦然地卷来，把她女性的美丽都吞咽了！这岂不又是一场赤色的火灾吗？”

黄先生问：“什么叫作‘灰色的’‘赤色的’‘火灾’‘上帝呵’等等，我全然不懂！这是什么话？”

梦鹿也笑了，“这就是他的笔法，他最喜欢在报上杂志上抄袭字眼，这都是从口袋里那本自抄的《袖珍锦字》翻出来的。我用了许多工夫给他改，也不成功，只得随着他所明白的顺一顺罢了。”

黄先生一面听着，一面提着书包往外走，临出门时，对梦鹿说：“昨天所谈的事，我已告诉了那位朋友，不晓得嫂夫人在什么时候能见他？”

梦鹿说：“等我回去再问问她罢。”他整整衣冠，把那些本子收在包里，然后到食堂去。

下午功课完了，他又去打听雁潭的地址，他回家的时候恰打六点。女仆告诉他太太三点钟到澳门去了。她递给他一封信，梦鹿拆开一看，据说是她的姑母病危，电信到时已到开船时候，来不及等他，她应许三四天后回家。梦鹿心里也很难过，因为志能的亲人只剩下在澳门的姑母，万一有了危险，她一定会很伤心。

他到书房看见延禧在那里写字，便对他说："你婶婶到澳门去了，今晚上没有人给你讲书。你喜欢到长堤走走吗？"孩子说："好罢，我跟叔叔去。"他又把日间所写的习作批评了一会，便和他出门去。

四

志能去了好几天没有消息，梦鹿也不理会。他只一心惦着找雁潭的下落，下完课，就在豪贤街一带打听。

又是一个下午，他经过一条小巷，恰巧遇见那个卖过鼠肉馄饨的，梦鹿已经把他忘掉，但他一见便说："先生，这几天常遇见，莫不是新近从别处搬到这附近来吗？"梦鹿略一定神，才记起来。他摇头说："不，我不住在这附近，我只要找一个朋友。"他把事由给卖馄饨的述说一遍。真是凑巧，那人听了便说他知道，他把那家的情形对梦鹿说，梦鹿喜出望外，连说："对！对！"他谢过那人，一直走到所说的地址。

那里是个营业的花园，花匠便是园主，就在园里一座小屋里住，挨近金鱼池那边还有两座小屋，一座堆着肥料和塘泥，旁边一座，屋脊上瓦块凌乱，间用茅草铺盖着，一扇残废的蚝壳窗，被一枝粘满泥浆的竹竿支住。地上一行小坳，是屋檐的溜水所滴成，破门里便是一厅一房，窗是开在房中

的南墙上，所以厅里比较地暗。

厅上只有一张黄到带出黑色的破竹床，一张三脚不齐的桌子，还有一条长凳。墙下两三个大小不等欲裂不裂的破烘炉，落在地下一掬烧了半截的杂柴。从一个炉里的残灰中还隐约透出些少零星的红焰。壁上除被炊烟熏得黝黑以外，没有什么装饰。桌上放着两双筷子和两个碗，一碗盛着不晓得吃过多少次的腐乳，一碗盛着萝卜，还有几荚落花生分散在旧报纸上。梦鹿看见这光景，心里想一定是那卖馄饨的说错了。他站在门外踌躇着，不敢动问屋里的人。在张望间，一个二十左右的女孩子从里间扶着一位瞎眼的老太太出来。她穿的虽是经过多数次补缀的衣服，却还光洁，黑油油的头发，映着一副不施脂粉的黄瘦脸庞，若教她披罗戴翠，人家便要赞她清俊；但是从百补的布衫衬出来，可就差远了。

梦鹿站了一会，想着雁潭的太太虽曾见过，可不像里头那位的模样，想还是打听明白再来，他又到花匠那里去。

屋里，女儿扶着老太太在竹床上，把筷子和饭碗递到她手里。自己对坐在那条长凳上，两条腿夹着桌腿，为的是使它不左右地摇幌，因为那桌子新近缺了一条腿，她还没叫木匠来修理。

“娘，今天有你喜欢的萝卜。”女儿随即挟起几块放在老太太碗里，那萝卜好像是专为她预备的，她还把花生剥好，尽数给了母亲，自己的碗里只有些腐乳。

“慧儿，你自己还没得吃，为什么把花生都给了我？”其实花生早已完了，女儿恐怕母亲知道她自己没有，故意把空荚捏得呼呼地响。她说：“我这里还有呢。”正说着，梦鹿又回来，站在门外。

她回头见破门外那条泥泞的花径上，一个穿蓝布大褂的人在那里徘徊。起先以为是买花的人，并不介意。后来觉得他只在门外探头探脑，又以为他是“花公子”之流，急得放下饭碗，要把关不严的破门掩上。因为向来没有人在门外这样逗留过，女孩子的羞耻心使她忘了两腿是替那三腿不齐的桌子支撑着的，起来时，不提防，砰然一声，桌子翻了！母亲的碗还在手里，桌上的器具满都摔在地上，碎的碎，缺的缺，裂的裂了。

“什么缘故？怎么就滑倒了？”瞎母亲虽没生气，却着急得她手里的筷子也掉在地上。

女儿没回答她，直到门边，要把破门掩上。梦鹿已进一步踏入门里。他很和蔼地对慧儿说：“我是东野梦鹿，是雁潭哥的老同学，方才才知道你们搬到这里来。想你，就是环妹罢？我虽然没见过你，但知道你。”慧儿不晓得要怎样回答，门也关不成，站在一边发愣。梦鹿转眼看见瞎老太太在竹床上用破袖掩着那声泪俱尽的脸。身边放着半碗剩下的稀饭，地下破碗的片屑与菜酱狼藉得很，桌子翻倒的时候，正与他脚踏进来同时，是他眼见的。他俯身把桌子扶起来，说：“很对不起，搅扰你们的晚饭。”女儿这才蹲在地上，收拾那些残屑，屋里三个人都静默了，梦鹿和女孩子捡着碎片，只听见一块一块碗片相击的声，他总想不到雁潭的家会穷到这个地步。稍停，他说一声“我一会儿回来”，便出门去了。

原来雁潭于前二年受聘到广州，只授了三天课，就一病不起。他有两个妹妹，一个名叫翠环，一个就叫慧儿。他的

妻子是在东洋时候娶的。自他死后，不久便投到无着庵带发修行去了。老母因儿子死掉，更加上儿媳妇出家，悲伤已极。去年忽然来了一个人，自称为雁潭的朋友，献过许多殷勤，不到四个月，便送上二百元聘金，把翠环娶去。家人时常聚在一起，很热闹了一些时日。但过了不久，女婿忽然说要与翠环一同到美国留学去。他们离开广州以后大约二十天，翠环在太平洋中来信，说她已被卖，那人也没有踪迹了！

一天，母亲忽得了一封没贴邮票的欠资信，拆开是一幅小手绢，写着："环被卖，决计蹈海，痛极！书不成字。儿血。"她知道事情不好，可是"外江人"既没有亲戚，又不详知那人的乡里，帮忙的只有她自己的眼泪罢了。她本有网膜炎，每天紧握着那血绢，哭时便将它拭泪。

母亲哭瞎了，也没地方诉冤枉去。慧儿想着家里既有了残疾的母亲，又没有生计的人，于是不得不辍学。豪贤街的住宅因拖欠房租也被人驱逐了，母女们至终搬到这花园的破小屋。慧儿除做些活计，每天还替园主修叶，养花，饲鱼，汲水，凡园中轻省的事，都是她做，借此过活。

自她们搬到花园里住，只有儿媳妇间中从庵里回来探望一下。梦鹿算是第一个男子，来拜访她们的。他原先以为这一家搬到花园里过清幽的生活，哪知道一来到，所见的都出乎他意料之外。

慧儿把那碗凉粥仍旧倒在砂锅里，安置在竹床底下，她正要到门边拿扫帚扫地，梦鹿已捧着一副瓷碗盘进来说："旧的碎了，正好换新的。我知道你们这顿饭给我搅扰了，非常对不起。我已经教茶居里给你们送一盘炒面来，待一会就到了。”瞎母亲还没有说什么，他自己便把条长凳子拉过一边来坐下。他说：“真对不起，惊扰了老伯母。伯母大概还记得我，我就是东野梦鹿。”

老太太听见他的声音，只用小手中去擦她暗盲的眼，慧儿在旁边向梦鹿摇手，教他不要说。她用手势向他表示她哥哥已不在人间，梦鹿在访问雁潭住址的时候，也曾到过第五小学去打听。那学校的先生们告诉他雁潭到校不到两个星期便去世，家眷原先住在豪贤街，以后搬到那里或回籍，他们都不知道。他见老太太双眼看不见，料定是伤心过度。当然不要再提起雁潭的名字，但一时也想不出什么话来说。他愣着，坐在一边，还是老太太先用颤弱的声音告诉他两年来的经过。随后又说：“现在我就指望着慧儿了。”她拉着女儿的手对她说，“慧儿，这就是东野先生。你没见过他，你就称他做梦鹿哥哥罢。”她又转向梦鹿说，“我们也不知道你在这里，若知道，景况一定不致这么苦了。”

梦鹿叹了一声说：“都是我懒得写信所致，我自从回国以后，只给过你们两封信，那都是到广州一个月以内写的。我还记得第二封是告诉你们我要到梧州去就事。”

老太太说：“可不是！我们一向以为你在梧州。”

梦鹿说：“因为岳母不肯放我走，所以没去得成。”

老太太又告诉他：“二儿和二媳妇在辛亥年正月也到过广州。但自四月以后，他们便一点消息也没有。后来才听他的朋友们说，他们俩在三月二十九晚闹革命被人杀死了。但他们的小婴孩，可惜也没下落。我们要到广州，也是因为要打听他们的下落，直到现在，一点死活的线索都找不出来，雁

潭又死了！”她说到此地，悲痛的心制止了她的舌头。

梦鹿倾听着一声也没响，到听见老太太说起三月二十九的事，他才说：“二哥我没会过，因为他在东京，我在冈山，他去不久，我便回国了，他是不是长得像雁潭一样？”

老太太说：“不，他瘦得多，他不是学化学的么？庚戌那年，他回上海结婚，在家里制造什么炸药，不留神把左脸炸伤了，到病好以后，却只丢了一个耳朵。”

他听到此地，立刻站起来说：“吓！真的！那么令孙现在就在我家里。我这十几年来的谜，到现在才猜破了。”于是把他当日的情形细细地述说一遍，并告诉她延禧最近的光景。

老太太和慧儿听他这一说，自然转愁为喜。但老太太忽然摇头说：“没用处，没用处，慧儿怎能养得起他。我也瞎了，不能看见他，带他回来有什么用呢？”

梦鹿说：“当然我要培养他，教他成人，不用你挂虑。你和二妹都可以搬到我那里去住，我那里有的是房间。我方才就这样想着，现在加上这层关系，更是义不容辞了。后天来接你们。”他站起来说声“再见”，又从口袋里掏出一张钞票放在桌上说：“先用着罢，我快回去告诉延禧，教他大快乐一下。”他不等老太太说什么，大踏大步跳出门去。在门窗下那枝支着蚝窗的竹竿，被他的脚踏着，窗户立即落下来。他自己也绊倒在地上，起来时，溅得一身泥。

慧儿赶着送出门，看他在那里整理衣服，说：“我给你擦擦罢。”他说声“不要紧，不要紧”，便出了园门。在道上又遇见那卖馄饨的，梦鹿直向着他行礼道谢。他莫名其妙，看见走远了，手里有意无意地敲着竹板，自己说：“吓，真奇怪啦！”

五

梦鹿回到家中，便嚷“延禧，延禧”，但没听见他回答。他到小孩的屋里，见他伏在桌上哭。他抚着孩子的背，问：“又受什么委屈啦，好孩子？”延禧摇着头，抽噎着说：“婶婶在天字码头给人打死了！”孩子告诉他，午后跟同学们到长堤去玩，经过天字码头，见一群人围着刑场，听说是枪毙什么反动份子，里头有五六个女的，他的同学们都钻入人圈里头看，出来告诉他说，人们都说里头有一个女的是法国留学生名叫志能，他们还断定是他的婶婶。他听到这话，不敢钻进去看，一气地跑回家来。

梦鹿不等他细说，赶紧跑上楼，把他妻子的东西翻查一下。他一向就没动过她的东西，所以她的秘密，他一点也不知道。他打开那个小黑箱，翻出一叠一叠的信，多半是洋文，他看不懂。他摇摇头自己说：“不致于罢？孩子听错了罢？”坐在一张木椅上，他搔搔头，搓搓手，想不出理由。最后他站起来，抽出他放钱钞的抽屉，发现里头多出好些张五十元的钞票，还有一张写给延禧的两万元支票。

自从志能回家以后，家政就不归梦鹿管了。但他用的钱，妻子还照数目每星期放在他的抽屉里。梦鹿自妻子管家以后，用钱也不用预算了，他抽屉里放着的，在名目上是他每月的薪水，但实际上志能每多放些，为的是补足他临时或意外的费用。他喜欢周济人，若有人来求他帮助，或他所见的人，他若认为必得资助的，就资助他。但他一向总以为是用着他自己的钱，决不想到已有许多是志能的补助费。他数一数那

叠五十元的钞票，才皱着眉头想，我哪里来的这么些钱呢？莫不是志能知道她要死，留给我作埋葬费的吗？不，她决不会去干什么秘密工作。不，她也许会。不然，她怎么老是鬼鬼祟祟，老说去赴会，老跟那卓先生在一起呢？也许那卓先生是与她同党罢？不，她决不是，不然，她为什么又应许黄先生去办市党部呢？是与不是的怀疑，使他越想越玄。他把钞票放在口袋里，正要出房门，无意中又看见志能镜台底下压着一封信。他抽出来一看，原来就是前几天卓先生送来的那封信，打开一看，满是洋文。他把从箱子捡出来的和那一封一起捧下楼来，告诉延禧说："你快去把黄先生请来，请他看看这些信里头说的都是什么。快去，马上就去。"他说着，自己也就飞也似地出门去了。

他一气跑到天字码头，路上的灯还没有亮，可是见不着太阳了。刑场上围观的人们比较少些，笑骂的有人，谈论的有人，咒诅的也有人，可是垂着头发怜悯心的人，恐怕一个也没有。那几个女尸躺在地上裸露着，因为衣服都给人剥光了。人们要她们现丑，把她们排成种种难堪的姿势。梦鹿走进人圈里，向着陈尸一个一个地细认，谈论和旁观的人们自然用笑、侮辱的态度来对着他。他摇头说："这像什么样子呢！"说着从人丛中钻出来，就在长堤一家百货店买了几匹白布，还到刑场去。他把那些尸体一个一个放好，还用白布盖着。天色已渐次昏黑了。他也认不清哪个是志能尸体，只把一个他以为就是的抱起来，便要走出人圈外，两个守兵上前去拦他，他就和他们理论起来，骂他们和观众没人道和没同情心，旁观的人见他太煞风景，有些骂他："又不是你的老婆，你管这许多闲事。”有些说：“他们那么捣乱，死有余辜，何必这么好待他们？”有些说：“大概他也是反动份子罢！”有些说：“他这样做便是反动！”有些嚷“打”，有些嚷“杀”，嘈杂的声音都向着梦鹿的犯众的行为发出来。至终有些兵士和激烈的人们在群众喧哗中，把梦鹿包围起来，拳脚交加，把他打个半死。

巡警来了，梦鹿已经晕倒在血泊当中，群众还要求非把他送局严办不可。巡警搜查他的口袋，才知道他是谁，于是为他雇了一辆车，护送他回家。方才盖在尸头的白布，在他被扛上车时，仍旧一丝也没留存。那些可怜的尸体，仍裸露在铁石般的人圈当中，像已就屠的猪羊，毛被刮掉，横倒在屠户门外一般。

梦鹿躺在床上已有两三天，身上和头上的伤稍微好些，不过那双眼和那两只胳臂不见得能恢复原状。黄先生已经把志能的那叠信细看过一遍，内中多半是卓先生给她的情书，间或谈到政治，最后那封信，在黄先生看来，是志能致死的关键。那信的内容是卓先生一方面要她履行在欧洲所应许的事。一方面说时机紧迫，暴动在两三天以内便要办到。他猜那一定是党的活动，但他一句也不敢对梦鹿说起。他看见他的朋友在床上呻吟着怪可怜的，便走到他跟前问他要什么？梦鹿说把孩子叫来。

黄先生把延禧领到床前，梦鹿对他说：“好孩子，你不要伤心，我已找着你的祖母和姑姑了。过一两天请黄先生去把她们接来同住。她们虽然很穷，可是你婶婶已给了你两万元。万一我有什么事故，还有黄先生可以照料你们。”孩子哭了，

黄先生在旁边劝说："你叔叔过几天就好了，哭什么？回头我领你去见你祖母去。"他又对梦鹿说，"东野先生，不必太失望，医生说不要紧。你只放心多歇几天就可以到学校上课去。你歇歇罢，待一会我先带孩子去见见他祖母，一切的事我替你办去得啦。"他拉着延禧下楼来，教先去把医生找来，再去见他祖母。

他在书房里踱着，忽听见街门的铃响，便出去应门。冲进来的不是别人，乃是志能。黄先生瞪眼看着她，一句话也说不出来。

志能问："为什么这样看我。"

黄先生说："大嫂！你……你……"

"说来话长，我们进屋里再谈罢。"

黄先生从她手里接了一个小提包，随手掩上门。

志能问："梦哥呢？"

"在楼上躺着咧。"

"莫不是为我走，就气病了？"

"唔！唔！"

他们到书房去。志能坐定，对黄先生说："我实在对不起任何人，但我已尽了我的能力了。"

黄先生不明白她的意思，请她略微解释一下。志能便把她从前和卓先生在政治上秘密活动的经过略说了一遍。又说她不久才与他们脱离关系，因为对于工作的意见不同的缘故。那天，她走的那天，卓先生来说他们的机密泄漏了，要藏在她家里暂避一两天。她没应许他，恐怕连累了梦鹿。她教他到澳门去避一下。不料他出门不久，便有人打电话来说他在道上教人捉住了。她想她有几位住在澳门的朋友与当局几位要人很有交情，便留下一封信给梦鹿，匆匆地出门，要搭船到那里去找他们，求他们援救。刚一出门，她又退回来。她怕万一她也遭卓先生一样的命运，在道上被人逮去。在自己的房里坐下，想了一会，她还是不顾一切，决定要去冒这份险，于是把所余的现钱都移放在梦鹿的抽屉里，还签了一张支票给延禧。她想着纵然她的目的达不到，不能回家，梦鹿的生活一时也不致于受障碍。那时离开船的时候已经很近，她在仓促间什么都来不及检点，便赶到码头去了。

她到澳门，朋友们虽然找着，可都不肯援助，都说案情重大，不便出面求情，省得担当许多干系。在澳门奔走了好几天，一点结果都没有，不得已，只有回家。她在回家以前，已经知道许多旧同志们的命都完了。

志能说了许久，黄先生只是倾耳听着。她很懊恼地说："我希望这些事永远不会教我丈夫知道。我很惭愧，我不是一个好妻子，也不是一个好爱人，更不是一个革命家。最使我心痛的是我的行为证明了他们的话说：有资产的人们是不会革命的。"

黄先生说："他已多少知道一点你们的事。但你也不必悔恨，因为他自你去后，一点忿恨的神气却未曾发露出来，可见他还是爱你。至于说你不革命的话，那又未必然。你不是应许到党部去帮忙吗？那不也是革命工作吗？"

志能很诧异地说："他怎样知道呢？"

"你们的通信，他都教我看过，但我没告诉他什么。"黄先生又把梦鹿在刑场上被打的情形告诉她。

她说："不错，是有一个王志能女士，但他们用的都是假名字。这次不幸卓先生也死在里头。"她说时，现出很伤感的模样。她沉吟了一会，站起来，说："好罢，我要去求他饶恕，我要将一切的事情都告诉他。"

黄先生也站起来说："你要仔细一点，医生说他的眼睛和胳臂都被打坏了。纵然能好，也是一个残废人了。所以最好先别对他说这些事，自然我知道他一定会饶恕你，但你得为他忍一忍。"

志能的眼眶红了。黄先生说："我同你上去，等延禧回来，再同他去见他祖母。你知道东野先生最近把那孩子的家世发现了。一会儿他自然会告诉你。"志能没说什么，默默地随着上楼。

"东野先生，你看谁回来了！东野先生！"黄先生把门打开，让志能进去，然后反扣上门，一步一步下楼去等候延禧。

人非人

离电话机不远的廊子底下坐着几个听差，有说有笑，但不晓得到底是谈些什么。忽然电话机响起来了，其中一个急忙走过去摘下耳机，问："喂，这是社会局，您找谁？"

"……"

"唔，您是陈先生，局长还没来。"

"……"

"科长？也没来，还早呢。"

"……"

"请胡先生说话。是咯，请您候一候。"

听差放下耳机径自走进去，开了第二科的门，说："胡先生，电话。请到外头听去罢。屋里的话机坏了。"

屋里有三个科员，除了看报抽烟以外，个个都像没事情可办。靠近窗边坐着的那位胡先生出去以后，剩下的两位起首谈论起来。

"子清，你猜是谁来的电话？"

“没错，一定是那位。”他说时努嘴向着靠近窗边的另一个座位。

“我想也是她。只有可为这傻瓜才会被她利用。大概今天又要告假，请可为替她办桌上放着的那几宗案卷。”

“哼，可为这大头！”子清说着摇摇头，还看他的报。一会他忽跳起来说：“老严，你瞧，定是为这事。”一面拿着报纸到前头的桌上，铺着大家看。

可为推门进来。两人都昂头瞧着他。严庄问：“是不是陈情又要揸你大头？”

可为一对忠诚的眼望着他，微微地笑，说：“这算什么大头小头！大家同事，彼此帮忙……”

严庄没等他说完，截着说：“同事！你别侮辱了这两个字罢。她是缘着什么关系进来的？你晓得么？”

“老严，您老信一些闲话，别胡批评人。”

“我倒不胡批评人，你才是糊涂人哪。你想陈情真是属意于你？”

“我倒不敢想。不过是同事……”

“又是‘同事’，‘同事’，你说局长的候选姨太好不好？”

“老严，您这态度，我可不敢佩服，怎么信口便说些伤人格的话？”

“我说的是真话，社会局同人早就该鸣鼓而攻之，还留她在同人当中出丑。”

子清也像帮着严庄，说：“老胡是着了迷，真是要变成老糊涂了。老严说的对不对，有报为证。”说着又递方才看的那张报纸给可为，指着其中一段说：“你看！”

可为不再作声，拿着报纸坐下了。

看过一遍，便把报纸扔在一边，摇摇头说："谣言，我不信。大概又是记者访员们的影射行为。"

"嗤！"严庄和子清都笑出来了。

"好个忠实信徒！"严庄说。

可为皱一皱眉头，望着他们两个，待要用话来反驳，忽又低下头，撇一下嘴，声音又吞回去了。他把案卷解开，拿起笔来批改。

十二点到了。严庄和子清都下了班。严庄临出门，对可为说："有一个叶老太太请求送到老人院去。下午就请您去调查一下罢。事由和请求书都在这里。"他把文件放在可为桌上便出去了。可为到陈情的位上捡捡那些该发出的公文。他想反正下午她便销假了，只捡些待发出去的文书替她签押，其余留着给她自己办。

他把公事办完，顺将身子望后一靠，双手交抱在胸前，眼望着从窗户射来的阳光，凝视着微尘纷乱地盲动。

他开始了他的玄想。

陈情这女子到底是个什么人呢？他心里没有一刻不悬念着这问题。他认得她的时间虽不很长，心里不一定是爱她，只觉得她很可以交往，性格也很奇怪，但至终不晓得她一离开公事房以后干的什么营生。有一晚上偶然看见一个艳妆女子，看来很像她，从他面前掠过，同一个男子进万国酒店去。他好奇地问酒店前的车夫，车夫告诉他那便是有名的"陈皮梅"。但她在公事房里不但粉没有擦，连雪花膏一类保护皮肤的香料都不用。穿的也不好，时兴的阴丹士林外国布也不用，

只用本地织的粗棉布。那天晚上看见的只短了一副眼镜，她日常戴着深紫色的克罗克斯。局长也常对别的女职员赞美她。但他信得过他们没有什么关系，像严庄所胡猜的。她哪里会做像给人做姨太太那样下流的事？不过，看早晨的报，说她前天晚上在板桥街的秘密窟被警察拿去，她立刻请出某局长去把她领出来。这样她或者也是一个不正当的女人。每常到肉市她家里，总见不着她。她到哪里去了呢？她家里没有什么人，只有一个老妈子，按理每月几十块薪水准可以够她用了。她何必出来干那非人的事？想来想去，想不出一个恰当的理由。

钟已敲一下了，他还叉着手坐在陈情的位上，双眼凝视着。心里想或者是这个原因罢，或者是那个原因罢？

他想她也是一个北伐进行中的革命女同志，虽然没有何等的资格和学识，却也当过好几个月战地委员会的什么秘书长一类的职务。现在这个职位，看来倒有些屈了她，月薪三十元，真不如其他办革命的同志们。她有一位同志，在共同秘密工作的时候，刚在大学一年级，幸而被捕下狱。坐了三年监，出来，北伐已经成功了。她便仗着三年间的铁牢生活，请党部移文给大学，说她有功党国，准予毕业。果然，不用上课，也不用考试，一张毕业文凭便到了手。另外还安置她一个肥缺。陈情呢？白做走狗了！几年来，出生入死，据她说，她亲自收掩过几次被枪决的同志。现在还有几个同志家属，是要仰给于她的。若然，三十元真是不够。然而，她为什么下去找别的事情做呢？也许严庄说的对。他说陈在外间，声名狼藉，若不是局长维持她，她给局长一点便宜，恐怕连这小小差事也要掉了。

这样没系统和没伦理的推想，足把可为的光阴消磨了一点多钟。他饿了，下午又有一件事情要出去调查，不由得伸伸懒腰，抽出一个抽屉，要拿浆糊把批条糊在卷上。无意中看见抽屉里放着一个巴黎拉色克香粉小红盒。那种香气，直如那晚上在万国酒店门前闻见的一样。她用这东西么？他自己问。把小盒子拿起来，打开，原来已经用完了。盒底有一行用铅笔写的小字，字迹已经模糊了，但从铅笔的浅痕，还可以约略看出是“北下洼八号”。唔，这是她常去的一个地方罢？每常到她家去找她，总找不着，有时下班以后自请送她回家时，她总有话推辞。有时晚间想去找她出来走走，十次总有九次没人应门，间或一次有一个老太太出来说，“陈小姐出门啦。”也许她是一只夜蛾，要到北下洼八号才可以找到她，也许那是她的朋友家，是她常到的一个地方。不，若是常到底地方，又何必写下来呢？想来想去总想不透。他只得皱皱眉头，叹了一口气，把东西放回原地，关好抽屉，回到自己座位。他看看时间快到一点半，想着不如把下午的公事交代清楚，吃过午饭不用回来，一直便去访问那个叶姓老婆子。一切都弄停妥以后，他戴着帽子，径自出了房门。

一路上他想着那一晚上在万国酒店看见的那个，若是陈修饰起来，可不就是那样。他闻闻方才拿过粉盒的指头，一面走，一面玄想。

在饭馆随便吃了些东西，老胡便依着地址去找那叶老太太。原来叶老太太住在宝积寺后的破屋里。外墙是前几个月下大雨塌掉的，破门里放着一个小炉子，大概那便是她的移

动厨房了。老太太在屋里听见有人，便出来迎客，可为进屋里只站着，因为除了一张破炕以外，椅桌都没有。老太太直让他坐在炕上，他又怕臭虫，不敢径自坐下。老太太也只得陪着站在一边。她知道一定是社会局长派来的人，开口便问："先生，我求社会局把我送到老人院的事，到底成不成呢？"那种轻浮的气度，谁都能够理会她是一个不问是非，想什么便说什么的女人。

"成倒是成，不过得看看你的光景怎样。你有没有亲人在这里呢？"可为问。

"没有。"

"那么，你从前靠谁养活呢？"

"不用提啦。"老太太摇摇头，等耳上那对古式耳环略为摆定了，才继续说："我原先是一个儿子养我。那想前几年他忽然入了什么要命党，——或是敢死党，我记不清楚了，——可真要了他的命。他被人逮了以后，我带些吃的穿的去探了好几次，总没得见面。到巡警局，说是在侦缉队；到侦缉队，又说在司令部；到司令部，又说在军法处。等我到军法处，一个大兵指着门前的大牌楼，说在那里。我一看可吓坏了！他的脑袋就挂在那里！我昏过去大半天，后来觉得有人把我扶起来，大概也灌了我一些姜汤，好容易把我救活了，我睁眼一瞧已是躺在屋里的炕上。在我身边的是一个我没见过的姑娘。问起来，才知道是我儿子的朋友陈姑娘。那陈姑娘答允每月暂且供给我十块钱，说以后成了事，官家一定有年俸给我养老。她说入要命党也是做官，被人砍头或枪毙也算功劳。我儿子的名字，一定会记在功劳簿上的。唉，现在的世界到底是怎么一回事，我也糊涂了。陈姑娘养活了我，又把我的侄孙，他也是没爹娘的，带到她家，给他进学堂。现在还是她养着。”

老太太正要说下去，可为忽截着问：“你说这位陈姑娘，叫什么名字？”

“名字？”她想了很久，才说，“我可说不清，我只叫她陈姑娘，我侄孙也叫她陈姑娘。她就住在肉市大街，谁都认识她。”

“是不是戴着一副紫色眼镜的那位陈姑娘？”

老太太听了他的问，像很兴奋地带着笑容望着他连连点头说：“不错，不错，她戴的是紫色眼镜。原来先生也认识她，陈姑娘。”她又低下头去，接着说补充的话：“不过，她晚上常不戴镜子。她说她眼睛并没毛病，只怕白天太亮了，戴着挡挡太阳，一到晚上，她便除下了。我见她的时候，还是不戴镜子的多。”

“她是不是就在社会局做事？”

“社会局？我不知道。她好像也入了什么会似地。她告诉我从会里得的钱除分给我以外，还有两三个人也是用她的钱。大概她一个月的入款最少总有二百多，不然，不能供给那么些人。”

“她还做别的事吗？”

“说不清。我也没问过她。不过她一个礼拜总要到我这里来三两次。来的时候多半在夜里。我看她穿得顶讲究的。坐不一会，每有人来找她出去。她每告诉我，她夜里有时比日里还要忙。她说，出去做事，得应酬，没法子。我想她做的

事情一定很多。”

可为越听越起劲，像那老婆子的话句句都与他有关系似地。他不由得问：“那么，她到底住在什么地方呢？”

“我也不大清楚，有一次她没来，人来我这里找她。那人说，若是她来，就说北下洼八号有人找，她就知道了。”

“北下洼八号，这是什么地方？”

“我不知道。”老太太看他问得很急，很诧异地望着他。

可为愣了大半天，再也想不出什么话问下去。

老太太也莫名其妙，不觉问此一声：“怎么，先生只打听陈姑娘？难道她闹出事来了么？”

“不，不，我打听她，就是因为你的事。你不说从前都是她供给你么？现在怎么又不供给了呢？”

“嗐！”老太太摇着头，揸着拳头向下一顿，接着说：“她前几天来，偶然谈起我儿子。她说我儿子的功劳，都教人给上在别人的功劳簿上了。她自己的事情也是飘飘摇摇，说不定那一天就要下来。她教我到老人院去挂个号，万一她的事情不妥，我也有个退步，我到老人院去，院长说现在人满了，可是还有几个社会局的额，教我立刻找人写禀递到局里去。我本想等陈姑娘来，请她替我办，因为那晚上我们有点拌嘴，把她气走了。她这几天都没来，教我很着急，昨天早晨，我就在局前的写字摊花了两毛钱，请那先生给写了一张请求书递进去。”

“看来，你说的那位陈姑娘我也许认识。她也许就在我们局里做事。”

“是么？我一点也不知道。她怎么今日不同您来呢？”

“她有三天不上衙门了。她说今儿下午去，我没等她便出来啦。若是她知道，也省得我来。”

老太太不等更真切的证明，已认定那陈姑娘就是在社会局的那一位。她用很诚恳的眼光射在可为脸上问：“我说，陈姑娘的事情是不稳么？”

“没听说，怕不至于罢。”

“她一个月支多少薪水？”

可为不愿意把实情告诉她，只说：“我也弄不清，大概不少罢。”

老太太忽然沉下脸去发出失望带着埋怨的声音说：“这姑娘也许嫌我累了她，不愿意再供给我了。好好的事情在做着，平白地瞒我干什么！”

“也许她别的用费大了，支不开。”

“支不开？从前她有丈夫的时候也天天嚷穷。可是没有一天不见她穿缎戴翠，穷就穷到连一个月给我几块钱用也没有，我不信。也许这几年所给我的，都是我儿子的功劳钱，瞒着我，说是她拿出来的。不然，我同她既不是亲，又不是戚，她凭什么养我一家？”

可为见老太太说上火了，忙着安慰她说：“我想陈姑娘不是这样人。现在在衙门里做事，就是做一天算一天，谁也保不定能做多久，你还是不要多心罢。”

老太太走前两步，低声地说：“我何尝多心？她若是一个正经女人，她男人何致不要她。听说她男人现时在南京或是上海当委员，不要她啦。他逃后，她的肚子渐渐大起来，花了好些钱到日本医院去，才取下来。后来我才听见人家说，

他们并没穿过礼服，连酒都没请人喝过，怨不得拆得那么容易。”

可为看老太太一双小脚站得进一步退半步的，忽觉他也站了大半天，脚步未免也移动一下。老太太说：“先生，您若不嫌脏就请坐坐，我去沏一点水您喝，再把那陈姑娘的事细细地说给您听。”可为对于陈的事情本来知道一二，又见老太太对于她的事业的不明了和怀疑，料想说不出什么好话。即如到医院堕胎，陈自己对他说是因为身体软弱，医生说非取出不可。关于她男人遗弃她的事，全局的人都知道。除他以外多数是不同情于她的。他不愿意再听她说下去，一心要去访北下洼八号，看到底是个什么人家。于是对老太太说：“不用张罗了，您的事情，我明天问问陈姑娘，一定可以给你办妥。我还有事，要到别处去，你请歇着罢。”一面说，一面踏出院子。

老太太在后面跟着，叮咛可为切莫向陈姑娘打听，恐怕她说坏话。可为说：“断不会。陈姑娘既然教你到老人院，她总有苦衷，会说给我知道，你放心罢。”出了门，可为又把方才拿粉盒的手指举到鼻端，且走且闻，两眼像看见陈情就在他前头走，仿佛是领他到北下洼去。

北下洼本不是热闹街市，站岗的巡警很优游地在街心踱来踱去。可为一进街口，不费力便看见八号的门牌。他站在门口，心里想：“找谁呢？”他想去问岗警，又怕万一问出了差，可了不得。他正在踌躇，当头来了一个人，手里一碗酱，一把葱，指头还吊着几两肉，到八号的门口，大嚷：“开门。”他便向着那人抢前一步，话也在急忙中想出来。

“那位常到这里的陈姑娘来了么？”

那人把他上下估量了一会，便问“哪一位陈姑娘？您来这里找过她么？”

“我……”他待要说没有时，恐怕那人也要说没有一位陈姑娘。许久才接着说：“我跟人家来过。我们来找过那位陈姑娘。她一头的刘海发不像别人烫得像石狮子一样，说话像南方人。”

那人连声说：“唔，唔，她不一定来这里。要来，也得七八点以后。您贵姓？有什么话请您留下，她来了我可以告诉她。”

“我姓胡。只想找她谈谈。她今晚上来不来？”

“没准，胡先生今晚若是来，我替您找去。”

“你到那里找她去呢？”

“哼，哼！！”那人笑着，说，“到她家里。她家就离这里不远。”

“她不是住在肉市吗？”

“肉市？不，她不住在肉市。”

“那么她住在什么地方？”

“她们这路人没有一定的住所。”

“你们不是常到宝积寺去找她么？”

“看来您都知道，是她告诉您她住在那里么？”

可为不由得又要扯谎，说：“是的，她告诉过我。不过方才我到宝积寺，那老太太说到这里来找。”

“现在还没黑。”那人说时仰头看看天，又对着可为说，“请您上市场去绕个弯再回来，我替您叫她去。不然请进来歇

一歇，我叫点东西您用，等我吃过饭，马上去找她。”

“不用，不用，我回头来罢。”可为果然走出胡同口，雇了一辆车上公园去，找一个僻静的茶店坐下。

茶已沏过好几次，点心也吃过，好容易等到天黑了。十一月的黝云埋没了无数的明星，悬在园里的灯也被风吹得摇动不停，游人早已绝迹了，可为直坐到听见街上的更夫敲着二更，然后踱出园门，直奔北下洼而去。

门口仍是静悄悄的，路上的人除了巡警，一个也没有。他急进前去拍门。里面大声问：“谁？”

“我姓胡。”

门开了一条小缝，一个人露出半脸，问：“您找谁？”

“我找陈姑娘”，可为低声说。

“来过么？”那人问。

可为在微光里虽然看不出那人的面目，从声音听来，知道他并不是下午在门口同他问答的那一个。他一手急推着门，脚先已踏进去，随着说：“我约过来的。”

那人让他进了门口。再端详了一会，没领他望那里走，可为也不敢走了。他看见院子里的屋子都像有人在里面谈话，不晓得进那间合适，那人见他不像是来过的。便对他说：“先生，您跟我走。”

这是无上的命令，教可为没法子不跟随他，那人领他到后院去穿过两重天井，过一个穿堂，才到一个小屋子，可为进去四围一望，在灯光下只见铁床一张，小梳妆桌一台放在窗下，桌边放着两张方木椅。房当中安着一个发不出多大暖气的火炉。门边还放着一个脸盆架，墙上只有两三只冻死了的蝈蝈，还囚在笼里像妆饰品一般。

“先生请坐，人一会就来。”那人说完便把门反掩着。可为这时心里不觉害怕起来。他一向没到过这样的地方，如今只为要知道陈姑娘的秘密生活，冒险而来，一会她来了，见面时要说呢，若是把她羞得无地可容，那便造孽了。一会，他又望望那扇关着的门。自己又安慰自己说：“不妨，如果她来，最多是向她求婚罢了。……她若问我怎样知道时，我必不能说看见她的旧粉盒子。不过，既是求爱，当然得说真话，我必得告诉她我的不该，先求她饶恕……”

门开了，喜惧交迫的可为，急急把视线连在门上，但进来的还是方才那人。他走到可为跟前，说：“先生，这里的规矩是先赏钱。”

“你要多少？”

“十块，不多罢。”

可为随即从皮包里取出十元票子递给他。

那人接过去。又说：“还请您打赏我们几块。”

可为有点为难了，他不愿意多纳，只从袋里掏出一块，说：“算了罢。”

“先生，损一点，我们还没把茶钱和洗褥子的钱算上哪，多花您几块罢。”

可为说：“人还没来，我知道你把钱拿走，去叫不去叫？”

“您这一点钱，还想叫什么人？我不要啦，您带着。”说着真个把钱都交回可为，可为果然接过来，一把就往口袋里塞。那人见是如此，又抢进前揸住他的手，说：“先生，您这算什么？”

“我要走。你不是不替我把陈姑娘找来吗？”

“你瞧，你们有钱的人拿我们穷人开玩笑来啦？我们这里有白进来，没有白出去的。你要走，也得把钱留下。”

“什么，你这不是抢人么？”

“抢人？你平白进良民家里，非奸即盗，你打什么主意？”那人翻出一副凶怪的脸，两手把可为拿定，又嚷一声，推门进来两个大汉，把可为团团围住，问他，“你想怎样？”可为忽然看见那么些人进来，心里早已着了慌，简直闹得话也说不出来。一会他才鼓着气说：“你们真是要抢人么？”

那三人动手掏他的皮包了。他推开了他们，直奔到门边，要开门。不料那门是望里开的，门里的钮也没有了。手滑拧不动。三个人已追上来。他们把他拖回去，说：“你跑不了。给钱罢。舒服要钱买，不舒服也得用钱买。你来找我们开心，不给钱，成么？”

可为果真有气了。他端起门边的脸盆向他们扔过去。脸盆掉在地上，砰嘣一声，又进来两个好汉。现在屋里是五个打一个。

“反啦？”刚进来的那两个同声问。

可为气得鼻息也粗了。

“动手罢。”说时迟，那时快，五个人把可为的长褂子剥下来，取下他一个大银表，一支墨水笔，一个银包，还送他两拳，加两个耳光。

他们抢完东西，把可为推出房门，用手巾包着他的眼和塞着他的口，两个揸着他的手，从一扇小门把他推出去。

可为心里想：“糟了！他们一定下毒手要把我害死了！”

手虽然放了，却不晓得抵抗，停一回，见没有什么动静，才把嘴里手巾拿出来，把绑眼的手巾打开，四围一望原来是一片大空地，不但巡警找不着，连灯也没有。他心里懊悔极了，到这时才疑信参半，自己又问：“到底她是那天酒店前的车夫所说底陈皮梅不是？”慢慢地踱了许久才到大街，要报警自己又害羞，只得急急雇了一辆车回公寓。

他在车上，又把午间拿粉盒的手指举到鼻端间，忽而觉得两颊和身上的余痛还在，不免又去摩挲摩挲。在道上，一连打了几个喷嚏，才记得他的大衣也没有了。回到公寓，立即把衣服穿上，精神兴奋异常，自在厅上踱来踱去，直到极疲乏的程度才躺在床上。合眼不到两个时辰，睁开眼时，已是早晨九点，他忙爬起来坐在床上，觉得鼻子有点不透气，于是急急下床教伙计提热水来。过一会，又匆匆地穿上厚衣服，上衙门去。

他到办公室，严庄和子清早已各在座上。

“可为，怎么今天晚到啦？”子清问。

“伤风啦，本想不来的。”

“可为，新闻又出来了！”严庄递给可为一封信，这样说。“这是陈情辞职的信，方才一个孩子交进来的。”

“什么？她辞职！”可为诧异了。

“大概是昨天下午同局长闹翻了。”子清用报告的口吻接着说，“昨天我上局长办公室去回话，她已先在里头，我坐在室外候着她出来。局长照例是在公事以外要对她说些‘私事’。我说的‘私事’你明白。”他笑向着可为，“但是这次不晓得为什么闹翻了。我只听见她带着气说：‘局长，请不要动手动

脚，在别的夜间你可以当我是非人，但在日间我是个人，我要在社会做事，请您用人的态度来对待我。’我正注神听着，她已大踏步走近门前，接着说：‘撤我的差罢，我的名誉与生活再也用不着您来维持了。’我停了大半天，至终不敢进去回话，也回到这屋里。我进来，她已走了。老严，你看见她走时的神气么？”

“我没留神。昨天她进来。像没坐下，把东西捡一捡便走了，那时还不到三点。”严庄这样回答。

“那么，她真是走了。你们说她是局长的候补姨太，也许永不能证实了。”可为一面接过信来打开看，信中无非说些官话。他看完又摺起来，纳在信封里，按铃叫人送到局长室。他心里想陈情总会有信给他，便注目在他的桌上。明漆的桌面只有昨夜的宿尘，连纸条都没有。他坐在自己的位上，回想昨夜的事情，同事们以为他在为陈情辞职出神，调笑着说：“可为，别再想了，找苦恼受干甚么？方才那送信的孩子说，她已于昨天下午五点钟搭火车走了，你还想什么？”

说者无心，听者有意，可为只回答：“我不想什么，只估量她到底是人还是非人。”说着，自己摸自己的嘴巴，这又引他想起在屋里那五个人待遇他的手段。他以为自己很笨，为什么当时不说是社会局人员，至少也可以免打。不，假若我说是社会局的人，他们也许会把我打死咧。……无论如何，那班人都可恶，得通知公安局去逮捕，房子得封，家具得充公。他想有理，立即打开墨盒，铺上纸，预备起信稿，写到“北下洼八号”，忽而记起陈情那个空粉盒。急急过去，抽开屉子，见原物仍在。他取出来，正要望袋里藏，可巧被子清看见。

“可为，到她屜里拿什么？”

“没什么！昨天我在她座位上办公，忘掉把我一盒日快丸拿去，现在才记起。”他一面把手插在袋里，低着头，回来本位，取出小手巾来擤鼻子。

春桃

这年的夏天分外地热。街上的灯虽然亮了，胡同口那卖酸梅汤的还像唱梨花鼓的姑娘要着他的铜碗。一个背着一大篓字纸的妇人从他面前走过，在破草帽底下虽看不清她的脸，当她与卖酸梅汤的打招呼时，却可以理会她有满口雪白的牙齿。她背上担负得很重，甚至不能把腰挺直，只如骆驼一样，庄严地一步一步踱到自己门口。

进门是个小院，妇人住的是塌剩下的两间厢房。院子一大部分是瓦砾。在她的门前种着一棚黄瓜，几行玉米。窗下还有十几棵晚香玉。几根朽坏的梁木横在瓜棚底下，大概是她家最高贵的坐处。她一到门前，屋里出来一个男子，忙帮着她卸下背上的重负。

“媳妇，今儿回来晚了。”

妇人望着他，像很诧异他的话。“什么意思？你想媳妇想疯啦？别叫我媳妇，我说。”她一面走进屋里，把破草帽脱下，顺手挂在门后，从水缸边取了一个小竹筒向缸里一连舀了好几次，喝得换不过气来，张了一会嘴，到瓜棚底下把篓子拖到一边，便自坐在朽梁上。

那男子名叫刘向高。妇人的年纪也和他差不多，在三十左右，娘家也姓刘。除掉向高以外，没人知道她的名字叫做春桃。街坊叫她做捡烂纸的刘大姑，因为她的职业是整天在街头巷尾垃圾堆里讨生活，有时沿途嚷着“烂字纸换取灯儿”。一天到晚在烈日冷风里吃尘土，可是生来爱干净，无论冬夏，每天回家，她总得净身洗脸。替她预备水的照例是向高。

向高是个乡间高小毕业生，四年前，乡里闹兵灾，全家逃散了，在道上遇见同是逃难的春桃，一同走了几百里，彼此又分开了。

她随着人到北京来，因为总布胡同里一个西洋妇人要雇一个没混过事的乡下姑娘当“阿妈”，她便被荐去上工。主妇见她长得清秀，很喜爱她。她见主人老是吃牛肉，在馒头上涂牛油，喝茶还要加牛奶，来去鼓着一阵膻味，闻不惯。有一天，主人叫她带孩子到三贝子花园去，她理会主人家的气味有点像从虎狼栏里发出来的，心里越发难过，不到两个月，便辞了工。到平常人家去，乡下人不惯当差，又挨不得骂，上工不久，又不干了。在穷途上，她自己选了这捡烂纸换取灯儿的职业，一天的生活，勉强可以维持下去。

向高与春桃分别后的历史倒很简单，他到涿州去，找不着亲人，有一两个世交，听他说是逃难来的，都不很愿意留他住下，不得已又流到北京来。由别人的介绍，他认识胡同口那卖酸梅汤的老吴，老吴借他现在住的破院子住，说明有人来赁，他得另找地方。他没事做，只帮着老吴算算账，卖

卖货。他白住房子白做活，只赚两顿吃。春桃的捡纸生活渐次发达了，原住的地方，人家不许她堆货，她便沿着德胜门墙根来找住处。一敲门，正是认识的刘向高。她不用经过许多手续，便向老吴赁下这房子，也留向高住下，帮她的忙。这都是三年前的事了。他认得几个字，在春桃捡来和换来的字纸里，也会抽出些少比较能卖钱的东西，如画片或某将军、某总长写的对联、信札之类。二人合作，事业更有进步。向高有时也教她认几个字，但没有什么功效，因为他自己认得的也不算多，解字就更难了。

他们同居这些年，生活状态，若不配说像鸳鸯，便说像一对小家雀罢。

言归正传。春桃进屋里，向高已提着一桶水在她后面跟着走。他用快活的声调说："媳妇，快洗罢，我等饿了。今晚咱们吃点好的，烙葱花饼，赞成不赞成？若赞成，我就买葱酱去。"

"媳妇，媳妇，别这样叫，成不成？"春桃不耐烦地说。

"你答应我一声，明儿到天桥给你买一顶好帽子去。你不说帽子该换了么？"向高再要求。

"我不爱听。"

他知道妇人有点不高兴了，便转口问："到底吃什么？说呀！"

"你爱吃什么，做什么给你吃。买去罢。"

向高买了几根葱和一碗麻酱回来，放在明间的桌上。春桃擦过澡出来，手里拿着一张红帖子。

"这又是哪一位王爷底龙凤帖！这次可别再给小市那老李

了。托人拿到北京饭店去，可以多卖些钱。”

“那是咱们的。要不然，你就成了我的媳妇啦？教了你一两年的字，连自己的姓名都认不得！”

“谁认得这么些字？别媳妇媳妇的，我不爱听。这是谁写的？”

“我填的。早晨巡警来查户口，说这两天加紧戒严，那家有多少人，都得照实报。老吴教我们把咱们写成两口子，省得麻烦。巡警也说写同居人，一男一女，不妥当。我便把上次没卖掉的那份空帖子填上了。我填的是辛未年咱们办喜事。”

“什么？辛未年？辛未年我哪儿认得你？你别捣乱啦。咱们没拜过天地，没喝过交杯酒，不算两口子。”

春桃有点不愿意，可还和平地说出来。她换了一条蓝布裤。上身是白的，脸上虽没脂粉，却呈露着天然的秀丽。若她肯嫁的话，按媒人的行情，说是二十三四的小寡妇，最少还可以值得一百八十的。

她笑着把那礼帖搓成一长条，说：“别捣乱！什么龙凤帖？烙饼吃了罢。”她掀起炉盖把纸条放进火里，随即到桌边和面。

向高说：“烧就烧罢，反正巡警已经记上咱们是两口子；若是官府查起来，我不会说龙凤帖在逃难时候丢掉的么？从今儿起，我可要叫你做媳妇了。老吴承认，巡警也承认，你不愿意，我也要叫。媳妇嗳！媳妇嗳！明天给你买帽子去，戒指我打不起。”

“你再这样叫，我可要恼了。”

“看来，你还想着那李茂。”向高的神气没像方才那么高

兴。他自己说着，也不一定要春桃听见，但她已听见了。

“我想他？一夜夫妻，分散了四五年没信，可不是白想？”春桃这样说。她曾对向高说过她出阁那天的情形。花轿进了门，客人还没坐席，前头两个村子来人说，大队兵已经到了，四处拉人挖战壕，吓得大家都逃了，新夫妇也赶紧收拾东西，随着大众望西逃。同走了一天一宿。第二宿，前面连嚷几声“胡子来了，快躲罢”，那时大家只顾躲，谁也顾不了谁。到天亮时，不见了十几个人，连她丈夫李茂也在里头。她继续方才的话说：“我想他一定跟着胡子走了，也许早被人打死了。得啦，别提他啦。”

她把饼烙好了，端到桌上。向高向沙锅里舀了一碗黄瓜汤，大家没言语，吃了一顿。吃完，照例在瓜棚底下坐坐谈谈。一点点的星光在瓜叶当中闪着。凉风把萤火送到棚上，像星掉下来一般。晚香玉也渐次散出香气来，压住四围的臭味。

“好香的晚香玉！”向高摘了一朵，插在春桃底鬓上。

“别糟蹋我的晚香玉。晚上戴花，又不是窑姐儿。”她取下来，闻了一闻，便放在杇梁上头。

“怎么今儿回来晚啦？”向高问。

“吓！今儿做了一批好买卖！我下午正要回家，经过后门，瞧见清道夫推着一大车烂纸，问他从那儿推来的；他说是从神武门甩出来的废纸。我见里面红的、黄的一大堆，便问他卖不卖；他说，你要，少算一点装去罢。你瞧！”她指着窗下那大篓，“我花了一块钱，买那一大篓！赔不赔，可不晓得，明儿检一检得啦。”

“宫里出来的东西没个错。我就怕学堂和洋行出来的东西，分量又重，气味又坏，值钱不值，一点也没准。”

“近年来，街上包东西都作兴用洋报纸。不晓得哪里来的那么些看洋报纸的人。捡起来真是分量又重，又卖不出多少钱。”

“念洋书的人越多，谁都想看看洋报，将来好混混洋事。”

“他们混洋事，咱们捡洋字纸。”

“往后恐怕什么都要带上个洋字，拉车要拉洋车，赶驴要赶洋驴，也许还有洋骆驼要来。”向高把春桃逗得笑起来了。

“你先别说别人。若是你有钱，你也想念洋书，娶个洋媳妇。”

“老天爷知道，我绝不会发财。发财也不会娶洋婆子。若是我有钱，回乡下买几亩田，咱们两个种去。”

春桃自从逃难以来，把丈夫丢了，听见乡下两字，总没有好感想。她说：“你还想回去？恐怕田还没买，连钱带人都没有了。没饭吃，我也不回去。”

“我说回我们锦县乡下。”

“这年头，那一个乡下都是一样，不闹兵，便闹贼；不闹贼，便闹日本，谁敢回去？还是在这里捡捡烂纸罢。咱们现在只缺一个帮忙的人。若是多个人在家替你归着东西，你白天便可以出去摆地摊，省得货过别人手里，卖漏了。”

“我还得学三年徒弟才成，卖漏了，不怨别人，只怨自己不够眼光。这几个月来我可学了不少。邮票，那种值钱，那种不值，也差不多会瞧了。大人物的信札手笔，卖得出钱，卖不出钱，也有一点把握了。前几天在那堆字纸里捡出一张

康有为的字，你说今天我卖了多少？”他很高兴地伸出拇指和食指比仿着，“八毛钱！”

“说是呢！若是每天在烂纸堆里能捡出八毛钱就算顶不错，还用回乡下种田去？那不是自找罪受么？”春桃愉悦的声音就像春深的莺啼一样。她接着说：“今天这堆准保有好的给你捡。听说明天还有好些，那人教我一早到后门等他。这两天宫里的东西都赶着装箱，往南方运，库里许多烂纸都不要。我瞧见东华门外也有许多，一口袋一口袋给陆续地扔出来。明儿你也打听去。”

说了许多话，不觉二更打过。她伸伸懒腰站起来说：“今天累了，歇吧！”

向高跟着她进屋里。窗户下横着土炕，够两三人睡的。在微细的灯光底下，隐约看见墙上一边贴着八仙打麻雀的谐画，一边是烟公司“还是他好”的广告画。春桃的模样，若脱去破帽子，不用说到瑞蚨祥或别的上海成衣店，只到天桥搜罗一身落伍的旗袍穿上，坐在任何草地，也与“还是他好”里那摩登女差不上下。因此，向高常对春桃说贴的是她的小照。

她上了炕，把衣服脱光了，顺手掀一张被单盖着，躺在一边。向高照例是给她按按背，捶捶腿。她每天的疲劳就是这样含着一点微笑，在小油灯的闪烁中，渐次得着苏息。在半睡的状态中，她喃喃地说：“向哥，你也睡罢，别开夜工了，明天还要早起咧。”

妇人渐次发出一点微细的鼾声，向高便把灯灭了。

一破晓，男女二人又像打食的老鸹，急飞出巢，各自办各的事情去。

刚放过午炮，什刹海的锣鼓已闹得喧天。春桃从后门出来，背着纸篓，向西不压桥这边来。在那临时市场的路口，忽然听见路边有人叫她："春桃，春桃！"

她的小名，就是向高一年之中也罕得这样叫唤她一声。自离开乡下以后，四五年来没人这样叫过她。

"春桃，春桃，你不认得我啦？"

她不由得回头一瞧，只见路边坐着一个叫化子。那乞怜的声音从他满长了胡子的嘴发出来。他站不起来。因为他两条腿已经折了。身上穿的一件灰色的破军衣，白铁钮扣都生了锈，肩膀从肩章的破缝露出，不伦不类的军帽斜戴在头上，帽章早已不见了。

春桃望着他一声也不响。

"春桃，我是李茂呀！"

她进前两步，那人的眼泪已带着灰土透入蓬乱的胡子里。她心跳得慌，半晌说不出话来，至终说："茂哥，你在这里当叫化子啦？你两条腿怎么丢啦？"

"嗳，说来话长。你从多咱起在这里呢？你卖的是什么？"

"卖什么！我捡烂纸咧。……咱们回家再说罢。"

她雇了一辆洋车，把李茂扶上去，把篓子也放在车上，自己在后面推着。一直来到德胜门墙根，车夫帮着她把李茂扶下来。进了胡同口，老吴敲着小铜碗，一面问："刘大姑，今儿早回家，买卖好呀？"

"来了乡亲啦。"她应酬了一句。

李茂像只小狗熊，两只手按在地上，帮助两条断腿爬着。

她从口袋里拿出钥匙，开了门，引着男子进去。她把向高的衣服取一身出来，像向高每天所做的，到井边打了两桶水倒在小澡盆里教男人洗澡。洗过以后，又倒一盆水给他洗脸。然后扶他上炕坐，自己在明间也洗一回。

“春桃，你这屋里收拾得很干净，一个人住吗？”

“还有一个伙计。”春桃不迟疑地回答他。

“做起买卖来啦？”

“不告诉你就是捡烂纸么？”

“捡烂纸？一天捡得出多少钱？”

“先别盘问我，你先说你的罢。”

春桃把水泼掉，理着头发进屋里来，坐在李茂对面。

李茂开始说他的故事：

“春桃，唉，说不尽哟！我就说个大概罢。”

“自从那晚上教胡子绑去以后，因为不见了你，我恨他们，夺了他们一杆枪，打死他们两个人，拼命地逃。逃到沈阳，正巧边防军招兵，我便应了招。在营里三年，老打听家里底消息，人来都说咱们村里都变成砖瓦地了。咱们的地契也不晓得现在落在谁手里。咱们逃出来时，偏忘了带着地契。因此这几年也没告假回乡下瞧瞧。在营里告假，怕连几块钱的饷也告丢了。

“我安分当兵，指望月月关饷，至于运到升官，本不敢盼。也是我命里合该有事：去年年头，那团长忽然下一道命令，说，若团里的兵能瞄枪连中九次靶，每月要关双饷，还升差事。一团人没有一个中过四枪；中，还是不进红心。我可连发连中，不但中了九次红心，连剩下那一颗子弹，我也放了。我要显本领，背着脸，弯着腰，脑袋向地，枪从裤裆放过去，不偏不歪，正中红心。当时我心里多么快活呢。那团长教把我带上去。我心里想着总要听几句褒奖的话。不料那畜生翻了脸，愣说我是胡子，要枪毙我！他说若不是胡子，枪法决不会那么准。我的排长、队长都替我求情，担保我不是坏人，好容易不枪毙我了，可是把我的正兵革掉，连副兵也不许我当。他说，当军官的难免不得罪弟兄们，若是上前线督战，队里有个像我瞄得那么准，从后面来一枪，虽然也算阵亡，可值不得死在仇人手里。大家没话说，只劝我离开军队，找别的营生去。

“我被革了不久，日本人便占了沈阳；听说那狗团长领着他的军队先投降去了。我听见这事，愤不过，想法子要去找那奴才。我加入义勇军，在海城附近打了几个月，一面打，一面退到关里。前个月在平谷东北边打，我去放哨，遇见敌人，伤了我两条腿。那时还能走，躲在一块大石底下，开枪打死他几个。我实在支持不住了，把枪扔掉，向田边的小道爬，等了一天、两天，还不见有红十字会或红卍字会的人来。伤口越肿越厉害，走不动又没吃的喝的，只躺在一边等死。后来可巧有一辆大车经过，赶车的把我扶了上去，送我到一个军医的帐幕。他们又不瞧，只把我扛上汽车，往后方医院送。已经伤了三天，大夫解开一瞧，说都烂了，非用锯不可。在院里住了一个多月，好是好了，就丢了两条腿。我想在此地举目无亲，乡下又回不去；就说回去得了，没有腿怎能种田？求医院收容我，给我一点事情做，大夫说医院管治不管留，也不管找事。此地又没有残废兵留养院，迫着我不得不

出来讨饭，今天刚是第三天。这两天我常想着，若是这样下去，我可受不了，非上吊不可。”

春桃注神听他说，眼眶不晓得什么时候都湿了。她还是静默着。李茂用手抹抹额上的汗，也歇了一会。

“春桃，你这几年呢？这小小地方虽不如咱们乡下那么宽敞，看来你倒不十分苦。”

“谁不受苦？苦也得想法子活。在阎罗殿前，难道就瞧不见笑脸？这几年来，我就是干这捡烂纸换取灯的生活，还有一个姓刘的同我合伙。我们两人，可以说不分彼此，勉强能度过日子。”

“你和那姓刘的同住在这屋里？”

“是，我们同住在这炕上睡。”春桃一点也不迟疑，她好像早已有了成见。

“那么，你已经嫁给他？”

“不，同住就是。”

“那么，你现在还算是我的媳妇？”

“不，谁的媳妇，我都不是。”

李茂的夫权意识被激动了。他可想不出什么话来说。两眼注视着地上，当然他不是为看什么，只为有点不敢望着他的媳妇。至终他沉吟了一句：“这样，人家会笑话我是个活王八。”

“王八？”妇人听了他的话，有点翻脸，但她的态度仍是很和平。她接着说：“有钱有势的人才怕当王八。像你，谁认得？活不留名，死不留姓，王八不王八，有什么相干？现在，我是我自己，我做的事，决不会玷着你。”

“咱们到底还是两口子，常言道，一夜夫妻百日恩——”

“百日恩不百日恩我不知道。”春桃截住他的话，“算百日恩，也过了好几十个百日恩。四五年间，彼此不知下落；我想你也想不到会在这里遇见我。我一个人在这里，得活，得人帮忙。我们同住了这些年，要说恩爱，自然是对你薄得多。今天我领你回来，是因为我爹同你爹的交情，我们还是乡亲。你若认我做媳妇，我不认你，打起官司，也未必是你赢。”

李茂掏掏他的裤带，好像要拿什么东西出来，但他的手忽然停住，眼睛望望春桃，至终把手缩回去撑着席子。

李茂没话，春桃哭。日影在这当中也静静地移了三四分。

“好罢，春桃，你做主。你瞧我已经残废了，就使你愿意跟我，我也养不活你。”李茂到底说出这英明的话。

“我不能因为你残废就不要你，不过我也舍不得丢了他。大家住着，谁也别想谁是养活着谁，好不好？”春桃也说了她心里的话。

李茂的肚子发出很微细的咕噜咕噜声音。

“噢，说了大半天，我还没问你要吃什么！你一定很饿了。”

“随便罢，有什么吃什么。我昨天晚上到现在还没吃，只喝水。”

“我买去。”春桃正踏出房门，向高从院外很高兴地走进来，两人在瓜棚底下撞了个满怀。“高兴什么？今天怎样这早就回来？”

“今天做了一批好买卖！昨天你背回的那一篓，早晨我打开一看，里头有一包是明朝高丽王上的表章，一份至少可卖

五十块钱。现在我们手里有十份！方才散了几份给行里，看看主儿出得多少，再发这几份。里头还有两张盖上端明殿御宝的纸，行家说是宋家的，一给价就是六十块，我没敢卖，怕卖漏了，先带回来给你开开眼。你瞧……”他说时，一面把手里的旧蓝布包袱打开，拿出表章和旧纸来。“这是端明殿御宝。”他指着纸上的印纹。

“若没有这个印，我真看不出有什么好处，洋宣比它还白咧。怎么宫里管事的老爷们也和我一样不懂眼？”春桃虽然看了，却不晓得那纸的值钱处在哪里。

“懂眼？若是他们懂眼，咱们还能换一块几毛么？”向高把纸接过去，仍旧和表章包在包袱里。他笑着对春桃说：“我说，媳妇……”

春桃看了他一眼，说：“告诉你别管我叫媳妇。”

向高没理会她，直说：“可巧你也早回家。买卖想是不错。”

“早晨又买了像昨天那样的一篓。”

“你不说还有许多么？”

“都教他们送到晓市卖到乡下包落花生去了！”

“不要紧，反正咱们今天开了光，头一次做上三十块钱的买卖。我说，咱们难得下午都在家，回头咱们上什刹海逛逛，消消暑去，好不好？”

他进屋里，把包袱放在桌上。春桃也跟进来。她说：“不成，今天来了人了。”说着掀开帘子，点头招向高，“你进去。”

向高进去，她也跟着。“这是我原先的男人。”她对向高说过这话，又把他介绍给李茂说：“这是我现在的伙计。”

两个男子，四只眼睛对着，若是他们眼球的距离相等，他们的视线就会平行地接连着。彼此都没话，连窗台上歇的两只苍蝇也不做声。这样又教日影静静地移一二分。

“贵姓？”向高明知道，还得照例地问。

彼此谈开了。

“我去买一点吃的。”春桃又向着向高说，“我想你也还没吃罢？烧饼成不成？”

“我吃过了。你在家，我买去罢。”

妇人把向高拖到炕上坐下，说：“你在家陪客人谈话。”给了他一副笑脸，便自出去。

屋里现在剩下两个男人，在这样情况底下，若不能一见如故，便得打个你死我活。好在他们是前者的情形。但我们别想李茂是短了两条腿，不能打。我们得记住向高是拿过三五年笔杆的，用李茂的分量满可以把他压死。若是他有枪，更省事，一动指头，向高便得过奈何桥。

李茂告诉向高，春桃的父亲是个乡下财主，有一顷田。他自己的父亲就在他家做活和赶叫驴。因为他能瞄很准的枪，她父亲怕他当兵去，便把女儿许给他，为的是要他保护庄里的人们。这些话，是春桃没向他说过的。他又把方才春桃说的话再述一遍，渐次迫到他们二人切身的问题上头。

“你们夫妇团圆，我当然得走开。”向高在不愿意的情态底下说出这话。

“不，我已经离开她很久，现在并且残废了，养不活她，也是白搭。你们同住这些年，何必拆？我可以到残废院去。听说这里有，有人情便可进去。”

这给向高很大的诧异。他想，李茂虽然是个大兵，却料不到他有这样的侠气。他心里虽然愿意，嘴上还不得不让。这是礼仪的狡猾，念过书的人们都懂得。

“那可没有这样的道理。”向高说，“教我冒一个霸占人家妻子的罪名，我可不愿意。为你想，你也不愿意你妻子跟别人住。”

“我写一张休书给她，或写一张契给你，两样都成。”李茂微笑诚意地说。

“休？她没什么错，休不得。我不愿意丢她的脸。卖？我那儿有钱买？我的钱都是她的。”

“我不要钱。”

“那么，你要什么？”

“我什么都不要。”

“那又何必写卖契呢？”

“因为口讲无凭，日后反悔，倒不好了。咱们先小人，后君子。”

说到这里，春桃买了烧饼回来。她见二人谈得很投机，心下十分快乐。

“近来我常想着得多找一个人来帮忙，可巧茂哥来了。他不能走动，正好在家管管事，捡捡纸。你当跑外卖货。我还是当捡货的。咱们三人开公司。”春桃另有主意。

李茂让也不让，拿着烧饼望嘴送，像从饿鬼世界出来的一样，他没工夫说话了。

“两个男子，一个女人，开公司？本钱是你的？”向高发出不需要的疑问。

“你不愿意吗？”妇人问。

“不，不，不，我没有什么意思。”向高心里有话，可说不出来。

“我能做什么？整天坐在家里，干得了什么事？”李茂也有点不敢赞成。他理会向高的意思。

“你们都不用着急，我有主意。”

向高听了，伸出舌头舐舐嘴唇，还吞了一口唾沫。李茂依然吃着，他的眼睛可在望春桃，等着听她的主意。

捡烂纸大概是女性心中的一种事业。她心中已经派定李茂在家把旧邮票和纸烟盒里的画片捡出来。那事情，只要有手有眼，便可以做。她合一合，若是天天有一百几十张卷烟画片可以从烂纸堆里捡出来，李茂每月的伙食便有了门。邮票好的和罕见的，每天能捡得两三个，也就不劣。外国烟卷在这城里，一天总销售一万包左右，纸包的百分之一给她捡回来，并不算难。至于向高还是让他捡名人书札，或比较可以多卖钱的东西。他不用说已经是个行家，不必再受指导。她自己干那吃力的工作，除去下大雨以外，在狂风烈日底下，是一样地出去捡货。尤其是在天气不好的时候，她更要工作，因为同业们有些就不出去。

她从窗户望望太阳，知道还没到两点，便出到明间，把破草帽仍旧戴上，探头进房里对向高说：“我还得去打听宫里还有东西出来没有。你在家招呼他。晚上回来，我们再商量。”

向高留她不住，便由她走了。

好几天的光阴都在静默中度过。但二男一女同睡一铺炕上定然不很顺心。多夫制的社会到底不能够流行得很广。其

中的一个缘故是一般人还不能摆脱原始的夫权和父权思想。由这个，造成了风俗习惯和道德观念。老实说，在社会里，依赖人和掠夺人的，才会遵守所谓风俗习惯；至于依自己的能力而生活的人们，心目中并不很看重这些。像春桃，她既不是夫人，也不是小姐；她不会到外交大楼去赴跳舞会，也没有机会在隆重的典礼上当主角。她的行为，没人批评，也没人过问；纵然有，也没有切肤之痛。监督她的只有巡警，但巡警是很容易对付的。两个男人呢，向高诚然念过一点书，含糊地了解些圣人的道理，除掉些少名份的观念以外，他也和春桃一样。但他的生活，从同居以后，完全靠着春桃。春桃的话，是从他耳朵进去的维他命，他得听，因为于他有利。春桃教他不要嫉妒，他连嫉妒的种子也都毁掉。李茂呢，春桃和向高能容他住一天便住一天，他们若肯认他做亲戚，他便满足了。当兵的人照例要丢一两个妻子。但他的困难也是名份上的。

向高的嫉妒虽然没有，可是在此以外的种种不安，常往来于这两个男子当中。

暑气仍没减少，春桃和向高不是到汤山或北戴河去的人物。他们日间仍然得出去谋生活。李茂在家，对于这行事业可算刚上了道，他已能分别那一种是要送到万柳堂或天宁寺去做糙纸的，那一样要留起来的，还得等向高回来鉴定。

春桃回家，照例还是向高侍候她。那时已经很晚了，她在明间里闻见蚊烟的气味，便向着坐在瓜棚底下的向高说：“咱们多会点过蚊烟，不留神，不把房子点着了才怪咧。”

向高还没回答，李茂便说：“那不是熏蚊子，是熏秽气，我央刘大哥点的。我打算在外面地下睡。屋里太热，三人睡，实在不舒服。”

“我说，桌上这张红帖子又是谁的？”春桃拿起来看。

“我们今天说好了，你归刘大哥。那是我立给他的契。”声从屋里的炕上发出来。

“哦，你们商量着怎样处置我来！可是我不能由你们派。”她把红帖子拿进屋里，问李茂，“这是你的主意，还是他的？”

“是我们俩的主意。要不然，我难过，他也难过。”

“说来说去，还是那话。你们都别想着咱们是丈夫和媳妇，成不成？”

她把红帖子撕得粉碎，气有点粗。

“你把我卖了多少钱？”

“写几十块钱做个彩头。白送媳妇给人，没出息。”

“卖媳妇，就有出息？”她出来对向高说，“你现在有钱，可以买媳妇了。若是给你阔一点……”

“别这样说，别这样说。”向高拦住她的话，“春桃，你不明白。这两天，同行的人们直笑话我。……”

“笑你什么？”

“笑我……”向高又说不出来。其实他没有很大的成见，春桃要怎办，十回有九回是遵从的。他自己也不明白这是什么力量。在她背后，他想着这样该做，那样得照他的意思办；可是一见了她，就像见了西太后似地，样样都要听她的懿旨。

“噢，你到底是念过两天书，怕人骂，怕人笑话。”

自古以来，真正统治民众的并不是圣人的教训，好像只是打人的鞭子和骂人的舌头。风俗习惯是靠着打骂维持的。

但在春桃心里，像已持着“人打还打，人骂还骂”的态度。她不是个弱者，不打骂人，也不受人打骂。我们听她教训向高的话，便可以知道。

“若是人笑话你，你不会揍他？你露什么怯？咱们的事，谁也管不了。”

向高没话。

“以后不要再提这事罢。咱们三人就这样活下去，不好吗？”

一屋里都静了。吃过晚饭，向高和春桃仍是坐在瓜棚底下，只不像往日那么爱说话。连买卖经也不念了。

李茂叫春桃到屋里，劝她归给向高。他说男人的心，她不知道，谁也不愿意当王八；占人妻子，也不是好名誉。他从腰间拿出一张已经变成暗褐色的红纸帖，交给春桃，说：“这是咱们的龙凤帖。那晚上逃出来的时候，我从神龛上取下来，揣在怀里。现在你可以拿去，就算咱们不是两口子。”

春桃接过那红帖子，一言不发，只注视着炕上破席。她不由自主地坐下，挨近那残废的人，说：“茂哥，我不能要这个，你收回去罢。我还是你的媳妇。一夜夫妻百日恩，我不做缺德的事。今天看你走不动，不能干大活，我就不要你，我还能算人吗？”

她把红帖也放在炕上。

李茂听了她的话，心里很受感动。他低声对春桃说：“我瞧你怪喜欢他的，你还是跟他过日子好。等有点钱，可以打发我回乡下，或送我到残废院去。”

“不瞒你说”，春桃的声音低下去，“这几年我和他就同两口子一样活着，样样顺心，事事如意；要他走，也怪舍不得。不如叫他进来商量，瞧他有什么主意。”她向着窗户叫，“向哥，向哥！”可是一点回音也没有。出来一瞧，向哥已不在了。这是他第一次晚间出门。她愣一会，便向屋里说：“我找他去。”

她料想向高不会到别的地方去。到胡同口，问问老吴。老吴说望大街那边去了。她到他常交易的地方去，都没找着。人很容易丢失，眼睛若见不到，就是渺渺茫茫无寻觅处。快到一点钟，她才懊丧地回家。

屋里的油灯已经灭了。

“你睡着啦？向哥回来没有？”她进屋里，掏出洋火，把灯点着，向炕上一望，只见李茂把自己挂在窗棂上，用的是他自己的裤带。她心里虽免不了存着女性的恐慌，但是还有胆量紧爬上去，把他解下来。幸而时间不久，用不着惊动别人，轻轻地抚揉着他，他渐次苏醒回来。

杀自己的身来成就别人是侠士的精神。若是李茂的两条腿还存在，他也不必出这样的手段。两三天以来，他总觉得自己没多少希望，倒不如毁灭自己，教春桃好好地活着。春桃于他虽没有爱，却很有义。她用许多话安慰他，一直到天亮。他睡着了，春桃下炕，见地上一些纸灰，还剩下没烧完的红纸。她认得是李茂曾给她的那张龙凤帖，直望着出神。

那天她没出门。晚上还陪李茂坐在炕上。

“你哭什么？”春桃见李茂热泪滚滚地滴下来，便这样问他。

“我对不起你。我来干什么？”

“没人怨你来。”

“现在他走了，我又短了两条腿。……”

“你别这样想。我想他会回来。”

“我盼望他会回来。”

又是一天过去了。春桃起来，到瓜棚摘了两条黄瓜做菜，草草地烙了一张大饼，端到屋里，两个人同吃。

她仍旧把破帽戴着，背上篓子。

“你今天不大高兴，别出去啦！”李茂隔着窗户对她说。

“坐在家里更闷得慌。”

她慢慢地踱出门。作活是她的天性，虽在沉闷的心境中，她也要干。中国女人好像只理会生活，而不理会爱情，生活的发展是她所注意的，爱情的发展只在盲闷的心境中沸动而已。自然，爱只是感觉，而生活是实质的，整天躺在锦帐里或坐在幽林中讲爱经，也是从皇后船或总统船运来的知识。春桃既不是弄潮儿的姊妹，也不是碧眼胡的学生，她不懂得，只会莫名其妙地纳闷。

一条胡同过了又是一条胡同。无量的尘土，无尽的道路，涌着这沉闷的妇人。她有时嚷“烂纸换洋取灯儿”，有时连路边一堆不用换的旧报纸，她都不捡。有时该给人两盒取灯，她却给了五盒。胡乱地过了一天，她便随着天上那班只会嚷嚷和抢吃的黑衣党慢慢地踱回家。仰头看见新贴上的户口照，写的户主是刘向高妻刘氏，使她心里更闷得厉害。

刚踏进院子，向高从屋里赶出来。

她瞪着眼，只说：“你回来……”其余的话用眼泪连续下去。

“我不能离开你，我的事情都是你成全的。我知道你要我帮忙。我不能无情无义。”其实他这两天在道上漫散地走，不晓得要往哪里去。走路的时候，直像脚上扣着一条很重的铁镣，那一面是扣在春桃手上一样。加以到处都遇见“还是他好”的广告，心情更受着不断的搅动，甚至饿了他也不知道。

“我已经同向哥说好了。他是户主，我是同居。”

向高照旧帮她卸下篓子。一面替她抹掉脸上底眼泪。他说：“若是回到乡下，他是户主，我是同居。你是咱们的媳妇。”

她没有做声，直进屋里，脱下衣帽，行她每日的洗礼。

买卖经又开始在瓜棚底下念开了。他们商量把宫里那批字纸卖掉以后，向高便可以在市场里摆一个小摊，或者可以搬到一间大一点点的房子去住。

屋里，豆大的灯火，教从瓜棚飞进去的一只油葫芦扑灭了。李茂早已睡熟，因为银河已经低了。

“咱们也睡罢。”妇人说。

“你先躺去，一会我给你捶腿。”

“不用啦，今天我没走多少路。明儿早起，记得做那批买卖去，咱们有好几天不开张了。”

“方才我忘了拿给你。今天回家，见你还没回来，我特意到天桥去给你带一顶八成新的帽子回来。你瞧瞧！”他在暗里摸着那帽子，要递给她。

“现在那里瞧得见！明天我戴上就是。”

院子都静了，只剩下晚香玉的香还在空气中游荡。屋里微微地可以听见“媳妇”和“我不爱听，我不是你的媳妇”等对答。

无法投递之邮件

给诵幼

不能投递之原因——地址不明，退发信人写明再递。

诵幼，我许久没见你了。我近来患失眠症。梦魂呢，又常困在躯壳里飞不到你身边，心急得很。但世间事本无容人着急的余地，越着急越不能到，我只得听其自然罢了。你总不来我这里，也许你怪我那天藏起来，没有出来帮你忙的缘故。呀，诵幼，若你因那事怪了我，可就冤枉极了！我在那时，全身已抛在烦恼的海中，自救尚且不暇，何能顾你？今天接定慧的信，说你已经被释放了，我实在欢喜得很！呀，诵幼，此后须更小心和男子相往来。你们女子常说“男子坏的很多”，这话诚然不错。但我以为男子的坏，并非他生来就是如此的，是跟女子学来的。诵幼，我说这话，请你不要怪我。你的事且不提，我拿文锦的事来说罢。他对于尚素本来是很诚实的，但尚素要将她和文锦的交情变为更亲密的交情，故不得不胡乱献些殷勤。呀，女人的殷勤，就是使男子变坏的砒石哟！我并不是说女子对于男子要很森严、冷酷，像怀霄待人一样，不过说没有智慧的殷勤是危险的罢了。

我盼望你今后的景况像湖心的白鹄一样。

给贞蕤

不能投递之原因——此人已离广州。

自走马营一别，至今未得你的消息。知道你的生活和行脚僧一样，所以没有破旅愁的书信给你念。昨天从秫香处听见你的近况，且知道你现在住在这里，不由得我不写这几句话给你。

我的朋友，你想北极的冰洋上能够长出花菖蒲，或开得像尼罗河边的王莲来么？我劝你就回家去罢。放着你清凉而恬淡的生活不享，飘零着找那不知心的“知心人”，为何自找这等刑罚？纵说是你当时得罪了他，要找着他向他谢罪，可是罪过你已认了，那温润不挠、如玉一般的情好岂能弥补得毫无瑕疵？

我的朋友，我常想着我曾用过一管笔，有一天无意中把笔尖误烧了，（因为我要学篆书，听人说烧尖了好写），就不能再用它。但我很爱那笔，用尽许多法子，也补救不来；就是拿去找笔匠，也不能出什么主意，只是教我再换过一管罢了。我对于那天天接触的小宝贝，虽舍不得扔掉，也不能不把它藏在笔囊里。人情虽不能像这样换法，然而，我们若在

不能换之中，姑且当做能换，也就安慰多了。你有心牺牲你的命运，他却无意成就你的愿望，你又何必！我劝你早一点回去罢，看你年少的容貌或逃镜影中，在你背后的黑影快要闯入你的身里，把你青春一切活泼的风度赶走，把你光艳的躯壳夺去了。

我再三叮咛你，不知心的“知心人”，纵然找着了，只是加增懊恼，毫无用处的。

给小峦

不能投递之原因——此人已入疯人院。

绿绮湖边的夜谈，是我们所不能忘掉的。但是，小峦，我要告诉你，迷生决不能和我一样，常常惦念着你，因为他的心多用在那恋爱的遗骸上头。你不是教我探究他的意思吗？我昨天一早到他那里去，在一件事情上，使我理会他还是一个爱的坟墓的守护者。若是你愿意听这段故事，我就可以告诉你。

我一进门时，他垂着头好像很悲伤的样子，便问：“迷生，你又想什么来？”他叹了一声才说：“她织给我的领带坏了！我身边再也没有她的遗物了！人丢了，她的东西也要陆续地跟着她走，真是难解！”我说：“是的，太阳也有破坏的日子，何况一件小小东西，你不许它坏，成么？”

“为什么不成。若是我不用它，就可以保全它，然而我怎能不用？我一用她给我留下的器用，就借那些东西要和她交通，且要得着无量安慰。”他低垂的视线牵着手里的旧领带，接着说：“唉，现在她的手泽都完了！”

小峦，你想他这样还能把你惦记在心里么？你太轻于自信了。我不是使你失望，我很了解他，也了解你，你们固然是亲戚，但我要提醒除你疏淡的友谊外，不要多走一步。因为，凡最终的地方，都是在对岸那很高、很远、很暗，且不能用平常的舟车达到的。你和迷生的事，据我现在的观察，纵使蜘蛛的丝能够织成帆，蛲螂的甲能够装成船，也不能渡你过第一步要过的心意的沪洋。你不要再发痴了，还是回向莲台，拜你那低头不语的偶像好。你常说我给麻醉剂你服，不错的！若是我给一毫一厘的兴奋剂你服，恐怕你要起不来了。

答劳云

不能投递之原因——劳云已投金光明寺，在岭上，不能递。

中夜起来，月还在座，渴鼠蹑上桌子偷我笔洗里的墨水喝，我一下床它就吓跑了。它惊醒我，我吓跑它，也是公道的事情。到窗边坐下，且不点灯，回想去年此夜，我们正在了因的园里共谈，你说我们在万本芭蕉底下直像草根底下斗鸣的小虫。唉，今夜那园里的小虫必还在草根底下叫着，然而我们呢？本要独自出去一走，争奈院里鬼影历乱，又没有侣伴，只得作罢了。睡不着，偏想茶喝，到后房去，见我的小丫头被慵睡锁得很牢固，不好解放她，喝茶的念头，也得

作罢了。回到窗边坐下，摩摩窗棂，无意摩着你前月的信，就仗着月灯再念了一遍。可幸你的字比我写得还要粗大，念时尚不费劲。在这时候，只好给你写这封回信。

劳云，我对了因所说，哪得天下荒山，重叠围合，做个大监牢——野兽当逻卒，古树作栅栏，烟云拟桎梏，茑萝为索链，——闲散地囚禁你这流动人愁怀的诗犯？不想你真要自首去了！去也好，但我只怕你一去到那里便成诗境，不是诗牢了。

你问我为什么叫你做诗犯，我自己也不知其所以然。我觉得你的诗虽然很好，可是你心里所有的和手里写出来的总不能适合，不如把笔摔掉，到那只许你心儿领会的诗牢去更妙。遍世间尽是诗境，所以诗人易做。诗人无论遇着什么，总不肯竫嘿着，非发出些愁苦的诗不可，真是难解。譬如今夜夜色，若你在时，必要把院里所有的调戏一番，非教它们都哭了，你不甘心。这便是你的过犯了。所以我要叫你做诗犯，很盼望你做个诗犯。

一手按着手电灯，一手写字，很容易乏，不写了。今夜起来，本不是为给你写回信，然而在不知不觉中，就误了我半小时，不能和我那个“月”默谈。这又是你的罪过！

院里的虫声直如鬼哭，听得我毛发尽竦。还是埋头枕底，让那只小鼠畅饮一场罢。

给琰光

不能投递之原因——琰光南归就婚，嘱所有男友来书均

退回。

你在我心中始终是一个生面人，彼此间再也不能有什么微妙深沉的认识了。这也是难怪的。白孔雀和白熊虽是一样清白，而性情的冷暖各不相同，故所住的地方也不相同。我看出来了！你是白熊，只宜徘徊于古冰峥嵘的岩壑间，当然不能与我这白孔雀一同飞翔于缨藤缕缕、繁花树树的森林里。可惜我从前对你所有意绪，到今日落得寸断毫分，流离到踪迹都无。我终恨我不是创作者呀！怎么连这刹那等速的情爱时间也做不来？

我热极了，躺在病床上，只是同冰作伴。你的情愫也和冰一样，我愈热，你愈融，结果只使我戴着一头冷水。就是在手中的，也消融尽了。人间第一痛苦就是无情的人偏会装出多情的模样，有情的倒是缄口束手，无所表示！启芳说我是泛爱者，劳生说我是兼爱者，但我自己却以为我是困爱者。我实对你说，我自己实不敢作，也不能作爱恋业，为困于爱，故镇日颠倒于这甜苦的重围中，不能自行救度。爱的沉沦是一切救主所不能救的。爱的迷蒙是一切“天人师”所不能训诲开示的。爱的刚愎是一切“调御丈夫”所不能降伏的。

病中总希望你来看看我，不想你影儿不露，连信也不来！似游丝的情绪只得因着记忆的风挂搭在西园西篱，晚霞现处。那里站着我儿时曾爱，现在犹爱的邕。她是我这一生第一个女伴，二十四年的别离，我已成年，而心像中的邕还是两股小辫垂在绿衫儿上。毕竟是别离好呵！别离的人总不会老的，你不来也就罢了，因为我更喜欢在旧梦中寻找你。

你去年对我说那句话，这四百日中，我未尝忘掉要给你一个解答。你说爱是你的，你要予便予，要夺便夺。又说要得你的爱须付代价。咦，你老脱不掉女人的骄傲！无论是谁，都不能有自己的爱，你未生以前，爱恋早已存在，不过你偷了些少来眩惑人罢了。你到底是个爱的小窃，同时是个爱的典质者。你何尝花了一丝一忽的财宝，或费了一言一动的劳力去索取爱恋，你就想便宜得来，高贵地售出？人间第二痛苦就是出无等的代价去买不用劳力得来的爱恋。我实在告诉你，要代价的爱情，我买不起。

焦把纸笔拿到床边，迫着我写信给你，不得已才写了这一套话。我心里告诉我说，从诚实心表见出来的言语，永不至于得罪人，所以我想上头所说的不会动你的怒。

给憬然三姑

不能投递之原因——本宅并无“三姑”称谓。

我来找你，并不是不知道你已嫁了，怎么你总不敢出来和我叙叙旧话？我一定要认识你的“天”以后才可以见你么？三千里的海山，十二年的隔绝，此间：每年、每月、每个时辰、每一念中都盼着要再会你。一踏入你的大门，我心便摆得如秋千一般，几乎把心房上的大脉震断了。谁知坐了半天，你总不出来！好容易见你出来，客气话说了，又坐我背后。那时许多人要与我谈话，我怎好意思回过脸去向着你？

合卺酒是女人的懵兜汤，一喝便把儿女旧事都忘了，所以你一见了我，只似曾相识，似不相识，似怕人知道我们曾相识，两意三心，把旧时的好话都撇在一边。

那一年的深秋，我们同在昌华小榭赏残荷。我的手误触在竹栏边的仙人掌上，竟至流血不止。你从你的镜囊取出些粉纸，又拔两根你香柔而黑甜的头发，为我裹缠伤处。你记得那时所说的话么？你说："这头发虽然不如弦的韧，用来缠伤，足能使得，就是用来系爱人的爱也未必不能胜任。"你含羞说出的话真果把我心系住，可是你的记忆早与我的伤痕一同丧失了。

又是一年的秋天，我们同在屋顶放一只心形纸鸢。你扶着我的肩膀看我把线放尽了。纸鸢腾得很高，因为风力过大，扯得线儿欲断不断。你记得你那时所说的话么？你说："这也不是'红线'，容它断了罢。"我说："你想我舍得把我偷闲做成底'心'放弃掉么？纵然没有红线，也不能容它流落。"你说："放掉假心，还有真心呢。"你从我手里把白线夺过去，一撒手，纸鸢便翻了无数的筋斗，带着堕线飞去，挂在皇觉寺塔顶。那破心的纤维也许还存在塔上，可是你的记忆早与当时的风一样地不能追寻了。

有一次，我们在流花桥上听鹧鸪，你的白袜子给道旁的曼陀罗花汁染污了。我要你脱下来，让我替你洗净。你记得当时你说什么来？你说："你不怕人笑话么，——岂有男子给女人洗袜子的道理？你忘了我方才用栀子花蒂在你掌上写了我的名字么？一到水里，可不把我的名字从你手心洗掉，你怎舍得？"唉，现在你的记忆也和写在我掌上的名字一同消灭了！

真是！合卺酒是女人懈兜汤，一喝便把儿女旧事都忘了。但一切往事在我心中都如残机的线，线线都相连着，一时还不能断尽。我知道你现在很快活，因为有了许多子女在你膝下。我一想起你，也是和你对着儿女时一样地喜欢。

给爽君夫妇

不能投递之原因——爽君逃了，不知去向。

你的问题，实在是时代问题，我不是先知，也不能决定说出其中的秘奥。但我可以把几位朋友所说的话介绍给你知道，你定然要很乐意地念一念。

我有一位朋友说：“要双方发生误解，才有爱情。”他的意思以为相互的误解是爱情的基础。若有一方面了解，一方面误解，爱也无从悬挂的。若两方面都互相了解，只能发生更好的友谊罢了。爱情的发生，因为我不知道你是怎么一回事，你不知道我是怎么一回事。若彼此都知道很透彻，那时便是爱情的老死期到了。

又有一位朋友说：“爱情是彼此的帮助：凡事不顾自己，只顾人。”这句话，据我看来，未免广泛一点。我想你也知道其中不尽然的地方。

又有一位朋友说：“能够把自己的人格忘了，去求两方更高的共同人格便是爱情。”他以为爱情是无我相的，有“我”的执着不能爱，所以要把人格丢掉；然而人格在人间生活的期间内是不能抛弃的，为这缘故，就不能不再找一个比自己人格更高尚的东西。他说这要找的便是共同人格。两方因为再找一个共同人格，在某一点上相遇了，便连合起来成为爱情。

此外有许多陈腐而很新鲜的论调我也不多说了。总之，爱情是非常神秘，而且是一个人一样的。近时的作家每要夸炫说：“我是不写爱情小说，不做爱情诗的。”介绍一个作家，也要说：“他是不写爱情的文艺的。”我想这就是我们不能了解爱情本体的原因。爱情就是生活，若是一个作家不会描写，或不敢描写，他便不配写其余的文艺。

我自信我是有情人，虽不能知道爱情的神秘，却愿多多地描写爱情生活。我立愿尽此生，能写一篇爱情生活，便写一篇；能写十篇，便写十篇；能写百、千、亿、万篇，便写百、千、亿、万篇。立这志愿，为的是安慰一般互相误解、不明白的人。你能不骂我是爱情牢狱的广告人么？

这信写来答覆爽君。亦雄也可同念。

覆诵幼

不能投递之原因——该处并无此人。

“是神造宇宙、造人间、造人、造爱；还是爱造人、造人间、造宇宙、造神？”这实与“是男生女，是女生男”的旧谜一般难决。我总想着人能造的少，而能破的多。同时，这一方面是造，那一方面便是破。世间本没有“无限”。你破璞来造你的玉簪，破贝来造你的珠珥，破木为梁，破石为墙，破蚕、绵、麻、麦、牛、羊、鱼、鳖的生命来造你的日用饮

食，乃至破五金来造货币、枪弹，以残害同类、异种的生命。这都是破造双成的。要生活就得破。就是你现在的“室家之乐”也从破得来。你破人家亲子之爱来造成的配偶，又何尝不是破？破是不坏的，不过现代的人还找不出破坏量少而建造量多的一个好方法罢了。

你问我和她的情谊破了不，我要诚实地回答你说：诚然，我们的情谊已经碎为流尘，再也不能复原了；但在清夜中，旧谊的鬼灵曾一度蹑到我记忆的仓库里，悄悄把我伐情的斧——怨恨——拿走。我揭开被褥起来，待要追它，它已乘着我眼中的毛轮飞去了。这不易寻觅的鬼灵只留它的踪迹在我书架上。原来那是伊人的文件！我伸伸腰，揉着眼，取下来念了又念，伊人的冷面复次显现了。旧的情谊又从字里行间复活起来。相怨后的复和，总解不通从前是怎么一回事，也诉不出其中的甘苦。心面上的青紫惟有用泪洗濯而已。有涩泪可流的人还算不得是悲哀者。所以我还能把壁上的琵琶抱下来弹弹，一破清夜的岑寂。你想我对着这归来的旧好必要弹些高兴的调子。可是我那夜弹来弹去只是一阕《长相忆》，总弹不出《好事》！这奈何，奈何？我理会从记忆的坟里复现的旧谊，多年总有些分别。但玉在她的信里附着几句短词嘲我说：

噫，说到相怨总是表面事，
心里的好人儿仍是旧相识。
是爱是憎本容不得你做主，
你到底是个爱恋的奴隶！

她所嘲于我的未免太过。然而那夜的境遇实是我破从前一切情愫所建造的。此后，纵然表面上极淡的交谊也没有，而我们心心的理会仍可以来去自如。

你说爱是神所造，劝我不要拒绝，我本没有拒绝，然而憎也是神所造，我又怎能不承纳呢？我心本如香水海，只任轻浮的慈惠船载着喜爱的花果在上面游荡。至于满载痴石嗔火的簰筏，终要因它的危险和沉重而消没净尽，焚毁净尽。爱憎既不由我自主，那破造更无消说了。因破而造，因造而破，缘因更迭，你哪能说这是好，那是坏？至于我的心迹连我自己也不知道，你又怎能名其奥妙？人到无求，心自清宁，那时既无所造作，亦无所破坏。我只觉我心还有多少欲念除不掉，自当勇敢地破灭它至于无余。

你，女人，不要和我讲哲学。我不懂哲学。我劝你也不要希望你脑中有百“论”、千“说”、亿万“主义”，那由他“派别”，辩来论去，逃不出鸡子方圆的争执。纵使你能证出鸡子是方的，又将如何？你还是给我讲讲音乐好。近来造了一阕《暖云烘寒月》琵琶谱，顺抄一份寄给你。这也是破了许多工夫造得来的。

覆真龄

不能投递之原因——真龄去国，未留住址。

自与那人相怨后，更觉此生不乐。不过旧时的爱好，如洁白的寒鹭，三两时间飞来歇在我心中泥泞的枯塘之岸，有

时漫涉到将干未干的水中央，还能使那寂静的平面随着她的步履起些微波。

唉，爱姊姊和病弟弟总是孪生的呵！我已经百夜没睡了。我常说，我的爱如香冽的酒，已经被人饮尽了，我哀伤的金罍里只剩些残冰的融液，既不能醉人，又足以冻我齿牙。你试想，一个百夜不眠的人，若渴到极地，就禁得冷饮么？

“为爱恋而去的人终要循着心境的爱迹归来”，我老是这样地颠倒梦想。但两人之中，谁是为爱恋先走开的？我说那人，那人说我。谁也不肯循着谁的爱迹归来。这委是一件胡卢事！玉为这事也和你一样写信来呵责我，她真和她眼中的瞳子一样，不用镜子就映不着自己。所以我给她寄一面小镜去。她说：“女人总是要人爱的”，难道男子就不是要人爱的？她当初和球一自相怨后，也是一样蒙起各人的面具，相逢直如不识。他们两个复和，还是我的工夫，我且写给你看。

那天，我知道球要到帝室之林去赏秋叶，就怂恿她与我同去。我远地看见球从溪边走来，借故撇开她，留她在一棵枫树底下坐着，自己藏在一边静观。人在落叶上走是秘不得底。球的足音，谅她听得着。球走近树边二丈相离的地方也就不往前进了。他也在一根横卧的树根上坐下，拾起枯枝只顾挥拨地上的败叶。她偷偷地看球，不做声，也不到那边去。球的双眼有时也从假意低着的头斜斜地望她。他一望，玉又假做看别的了。谁也不愿意表明谁看着谁来。你知道这是很平常的事。由爱至怨，由怨至于假不相识，由假不相识也许能回到原来的有情境地。我见如此，故意走回来，向她说：“球在那边哪！”她回答：“看见了。”你想这话若多两个字

"钦此"，岂不成这娘娘的懿旨？我又大声嚷球。他的回答也是一样地庄严，几乎带上"钦此"二字。我跑去把球揪来。对他们说："你们彼此相对道道歉，如何？"到底是男子容易劝。球到她跟前说："我也不知道怎样得罪你。他迫着我向你道歉，我就向你道歉罢。"她望着球，心里愉悦之情早破了她的双颊冲出来。她说："人为什么不能自主到这步田地？连道个歉也要朋友迫着来。"好了。他们重新说起话来了！

她是要男子爱的，所以我能给她办这事。我是要女人爱的，故毋需去瞅睬那人，我在情谊的道上非常诚实，也没有变动，是人先离开的。谁离开，谁得循着自己心境的爱迹归来。我哪能长出千万翅膀飞入苍茫里去找她？再者，他们是醉于爱的人，故能一说再合。我又无爱可醉，犯不着去讨当头一棒的冷话。您想是不是？

给怀霄

不能投递之原因——此信遗在道旁，由陈斋夫拾回。

好几次写信给你都从火炉里捎去。我希望当你看见从我信笺上出来那几缕烟在空中飘扬的时候，我的意见也能同时印入你的网膜。

怀霄，我不愿意写信给你的缘故，因为你只当我是有情的人，不当我是有趣的人。我常对人说，你是可爱的，不过你游戏天地的心比什么都强，人还够不上爱你。朋友们都说我爱你，连你也是这样想，真是怪事！你想男女得先定其必

能相爱，然后互相往来么？好人甚多，怎能个个爱恋他？不过这样的成见不止你有，我很可以原谅你。我的朋友，在爱的田园中，当然免不了三风四雨。从来没有不变化的天气能教一切花果开得斑斓，结得磊砢的。你连种子还没下，就想得着果实，便是办不到的。我告诉你，真能下雨的云是一声也不响的。不掉点儿的密云，雷电反发射得弥满天地。所以人家的话，不一定就是事实，请你放心。

男子愿意做女人的好伴侣、好朋友，可不愿意当她们的奴才，供她们使令。他愿意帮助她们，可不喜欢奉承谄媚她们，男子就是男子，媚是女人的事。你若把“女王”“女神”的尊号暂时收在镜囊里，一定要得着许多能帮助你的朋友。我知道你的性地很冷酷，你不但不愿意得几位新的好友，或极疏淡的学问之交，连旧的你也要一个一个弃绝掉。嫁了的女朋友，和做了官的男相识，都是不念旧好的。与他们见面时，常竟如路人。你还未嫁，还未做官，不该施行那样的事情。我不是呵责你，也不是生气，——就使你侮辱我到极点，我也不生气。我不过尽我的情劝告你罢了。说到劝告，也是不得已的。这封信也是在万不得已的境遇底下写的。写完了，我还是盼望你收不到。

覆少觉

不能投递之原因——受信人地址为墨所污，无法投递。

同年的老弟：我知道怀书多病，故月来未尝发信问候，恐惹起她的悲怨。她自说："我有心事万缕，总不愿写出、说出。到无可奈何时节，只得由它化作血丝飘出来。"所以她也不写信告诉我她到底是害什么病。我想她现时正躺在病榻上呢。

唉，怀书的病是难以治好的。一个人最怕有"理想"。理想不但能使人病，且能使人放弃他的性命。她甚至抱着理想的理想，怎能不每日病透二十四小时？她常对我说："有而不完全，宁可不有。"你想"完全"真能在人间找得出来的么？就是遍游亿万尘沙世界，经过庄严劫，贤劫，星宿劫，也找不着呀！

玉官

一

想起来直像是昨天的事情，可是前前后后已经相隔几十年。

那时正闹着中东战争，国人与兵士多半是鸦片抽得不像人形，也不像鬼样。就是那不抽烟的，也麻木得像土俑一般。枪炮军舰都如明器，中看不中用。虽然打败仗，许多人并没有把它当作一件大事，也没感到何等困苦。不过有许多人是直接受了损害的，玉官的丈夫便是其中的一个。他在一艘战舰上当水兵，开火不到一点钟的时间便阵亡了。玉官那时在闽南本籍的一个县城，身边并没有积蓄，丈夫留给她的，只是一间比街头土地庙稍微大一点的房子和一个不满两岁的男孩。她不过是二十一岁，如果愿意再醮，还可以来得及。但是她想：带油瓶诸多不便，倒不如依老习惯抚孤成人，将来若是孩子得到一官半职，给她请个封诰，表个贞节，也就不枉活了一生。

自从立定了主意以后，玉官的家门是常常关着。她每日只在屋里做一些荷包烟袋之类，送到苏杭铺去换点钱。亲戚朋友本来就很少，要从他们得着什么资助是绝不可能的，她所得的工资只够衣食之费，想送孩子到学塾去，不说书籍、纸笔费没着落，连最重要的老师束修，一年一千文制钱，都没法应付。房子是不能卖的，就使能卖，最多也不过十几二十两银子。她丈夫有个叔伯弟弟，年纪比她大，时常来看她。他很殷勤，每一来到，便要求把哥哥的灵柩从威海卫运回来。其实，他哥哥有没有尸身还成问题，他的要求只是逼嫂嫂把房子或侄儿卖掉的一种手段。他更大的野心，便是劝嫂嫂嫁了，他更可以沾着许多利益。玉官已觉得叔叔是欺负她，不过面子上不能说穿了，每次来，只得敷衍他。

叔叔的名字在城里是没人注意的，他虽然进过两年乡塾，有名有字，但因为功课不好，被逐出学，所以认得他的人还是叫他的小名"粪扫"。他见玉官屡次都是推诿，心还不死。一天，在见面的时候，他竟然对嫂嫂说，你这么年轻，孩子命又脆，若过几年有什么山高水低，把你的青春耽误了，岂不要后悔一辈子？他又说没钱读书，怎能有机会得到功名？纵使有学费，也未必能够入学中举。纵然入学中举，他不一定能得一官半职，也不一定能够享到他的福。种种说话，无非是劝她服从目前的命运，万般计划，无非是劝她自己找个吃饭的地方。这在玉官方面，当然是叔叔给她的咒诅，每一说到，就不免骂了几声"黑心肚的路旁尸"，可是也没奈他何。

因为粪扫来骚扰，玉官待要到县里去存个案底，又想到她自己，一个年轻寡妇，在衙门口出头露面，总是不很妥当。

况且粪扫所要求运柩的事也不见得完全是没理由，她想丈夫停灵在外本不合适，本得想法子，可是她十指纤纤，能办得什么事？房子不能卖出，儿子不能给人，自己不愿改嫁。她并不去问丈夫的灵柩到底有没有，她想就是剩下衣冠也得运回来安葬。她恨不得把她的儿子，她的唯一的希望，快快地长大成人，来替她做这些事情。为避免叔叔的麻烦，她有时也想离开本乡，把儿子带到天涯无藤葛处，但这不过也是空想：第一，她没有资财，转动不了；第二，她不认识字，自己不能做儿子的导师；第三，离乡别井，到一个人地俱疏的地方，也不免会受人欺负；第四，……还有说不尽的理由萦回在她心里。到底还是关起大门，过着螺介式生活，人不惹她时，不妨开门探头；人惹她时，立刻关门退步，这样是再安全不过的了。她为运灵的事，常常关在屋里痛哭，有时点起香烛在厅上丈夫的灵位前祈祷，许愿。

虽然关着门，粪扫仍是常常来，这教玉官的螺介政策不能实施。他一来到，不开门是不行的，但寡妇的家岂能容男子常来探访！纵然两方是清白的亲属关系，在这容易发恶酵的社会里，无论如何，总免不掉街头坊尾的琐语烦言。玉官早已想到这一层，《周礼》她虽然没考究过，但从姑婆、舅公一辈的人物的家教传下来“男女授受不亲”“叔嫂不通问”一类的法宝，有时也可以祭起来。不过这些法宝是不很灵的，因为她所处的不是士大夫的环境，不但如此，粪扫知道她害怕，越发天天来麻烦她。人们也真个把他们当做话柄，到处都可以听见关于他们的事情的街谈巷议。

同街住着一个“拜上帝”的女人名叫金杏，人家称她做杏官。她丈夫姓陈，几个月前，因为把妻家的人打伤了，官府要拿人，便不知去向。事情的起因，是杏官被她的侄儿引领入教，回到家里，不由分说把家里的神像、神主破个干净。丈夫气不过，便到妻家理论，千不该把内侄打个半死。这事由教会洋牧师出头，非要知县拿人来严办一下不可。因为人逃了，这案至终在悬着。

杏官在街坊上很有点洋势力，谁也不敢惹她。但知道她的都不很看得起她，背地里都管她叫连累丈夫的“吃教婆”。她侄儿原先在教会的医院当药剂师，人们没有一个不当他是个配迷魂药、引人破神主、毁神像的老手。杏官自从被他引领入了教，便成为一个很热心的信徒，到处对人宣讲。但她并不是职业的传教士，她的生活是靠着在一个通商口岸的一家西药房的股息来维持，一年可以支三百块钱左右。她原来住在别的地方，新近才搬到玉官隔邻几家来住。一家只有三口，她和两个女儿雅丽、雅言。雅丽是两岁多，雅言才几个月。玉官在她搬来的时候便认识她，不过没有什么来往。近来因为受不了叔叔的压迫，常常倒扣上家门，携着一天的粮食和小儿到杏官家去躲避，杏官也很寂寞，所以很欢迎她来做伴。

杏官家里的陈设虽然不多，却是十分干净。房子是一厅两房的结构，中厅悬着一幅“天路历程图”，桌上放着一本很厚的金边黑羊皮《新旧约全书》，金边多已变成红褐色，书皮的光泽也没有了，书角的残折纹和书里夹的纸片，都指示着主人没一天不把它翻阅几次。厅边放着一张小风琴，她每天也短不了按几次，和着她口里唱的赞美诗歌。这些生活，都

是玉官以前没曾见过的。她自从螺介式生活变为早出晚归的飞鸟式生活以来，心境比较舒坦得多。在陈家寄托，使她理会吃教的人也和常人一样和蔼可亲，甚至能够安慰人，她免不了问杏官所信的都是什么。她心里总不明白杏官告诉她凡人都有罪，都当忏悔和重生的道理；自认为罪人，可笑；无代价地要一个非亲非故来替死，可笑；人和万物都是上帝的手捏出来的，也可笑；处女单独怀孕，谁见过？更可笑。她笑是心里笑，可不敢露在脸上，因为她不能与杏官辩论，也想不出什么理由来说她不对，杏官不在跟前的时候，她偷偷地掀开那本经书看看，可惜都是洋字，一点也看不懂。她心里想，杏官平时没听她说过洋话，怎么能念洋书？这不由得她不问。杏官告诉她那是“白话字”，三天包会读，七天准能写，十天什么意思都能表达出来。她很鼓励玉官学习。玉官便“爱，卑，西，——”念咒般学了好几天。果然灵得很！七天以后，她居然能把那厚本书念得像流水一般快。

洋姑娘常到杏官家里，玉官往时没曾在五尺以内见过外国人，偶尔在街上遇见，自己总是远远地站开，正眼也不敢看他们一下。无论多么镇定，她一见洋人，心里总有七分害怕。她怕洋人铰人头发去做符咒；怕洋人挖人眼睛去做药材；怕洋人把迷魂药弹在她身上，使她额头上印上十字，做出亵渎神明、侮谩祖宗的事。她正在厅上做活，洋姑娘忽然敲门进来，连忙退到屋里。杏官和洋姑娘互道了“平安”，便谈些教里的话，她虽然不很懂那位姑娘的话，从杏官的回答，知道是关于她有股份的那间药房的事情。她听见洋姑娘说药房卖吗啡，给别的教友攻击，那经理在聚集礼拜的时候，当众忏悔，愿意献出一笔款子来，在乡间修盖一所福音堂；因为杏官是股东，所以她来说说。杏官对于商务本不明白，听了姑娘一番话，只是感谢上帝，没说别的。洋姑娘临出门的时候又托杏官替她找一个“阿妈”，每月工钱六百文，管住不管吃。

杏官心血来潮，回到屋里，一味撺掇玉官去混这份事情。玉官想一个月六百文，吃用去四百，还剩二百；管住，她的房子便可以赁出去，一个月至少可以得一二百文，为孩子将来的学费，当然比手磨破了做针凿，一天得不了一二十文好得多。最要紧的是，粪扫再也不敢向她捣乱。她点了头，却要杏官保证那洋姑娘不会给她迷魂汤喝，也不会在她睡觉时挖掉她儿子的眼睛，或铰掉她的头发。上工的日子已经约定，她心里仍是七上八下，怕语言不通，怕洋人脾气不好，怕这，怕那。

洋姑娘许玉官把孩子带在身边，给她一间很小的卧房，就在福音堂后面。她主人的住处不过隔着几棵龙眼树，相离约距五丈远。她自己的房子赁不出去，因为教堂距离也很近，她本来想早出晚归，又怕粪扫来搅扰，孩子放在家里又没人照顾，不如把门窗关严，在礼拜天悄悄地回来看看。每月初一、十五，她破晓以前回家打扫一遍，在神位和祖先神主前插一炷香，有时还默祷片时，这旧房简直就像她的家祠，虽然没得赁出去，她倒也很安心。

粪扫知道了嫂嫂混了洋事，惹不起，许久没见面了。赶巧在一个礼拜天早晨，玉官回家的时候，他已在门口等着。他是从杏官打听出她每在那时候回家的。一进门，他还是旧

话重提，卖房子运灵，接着就是借钱。玉官说了他几句，叫他以后莫来麻烦她，不然她便告教堂到衙门去告他一状。正在分会不开的时候，杏官进来了。她也帮着玉官说了粪扫几句，把他说得垂头丧气，踱出嫂嫂家门。她们也随着出来，把门倒锁着，到教堂去了。粪扫一面走，一面想，看她们走远了，回头到嫂嫂家门口，见锁得牢牢地，四围的墙壁又很高，没法子进去。越起越把怨恨移在杏官身上。他以为杏官不该引他嫂嫂到教堂去工作，因而动意要到她家去看有什么可拿的没有，借此泄泄愤气。不想到了杏官家，门也是关得严严地，沿着墙走到后门，望望四围都是旷地，没有人往来，他从土堆里找出一根粗铅丝，轻轻把门闩拨动，一会工夫就把门打开了。进到屋里，看见两个小女孩正在床上熟睡，箱笼虽有几个，可都上了锁。桌上没有什么值钱的东西，便去动那箱的锁。开锁的声音，几乎把孩子惊醒了，手一停住，计便上心，他到床边，轻轻地把雅丽抱在怀里，用一张小毯蒙着她。在拿小毯的时候，发见了两锭压床褥的纹银，他喜出望外，连忙捡起掖在身边，从原路出去，一溜烟似地跑了。

二

粪扫一跑出城外，抱着孩子，心里在盘算着。那时当地有些人家很喜欢买不满三岁的女婴来养，大了当丫头使唤；尤其是有女儿的中等家庭，买了一个小丫头，将来大了可以用来做小姐的陪嫁婢。他立定主意要卖雅丽，不过不能在本城或近乡干，总得走远一点。在路边歇着的时候，他把银锭取出来放在手里掂一掂，觉得有十来两重，自己咧着嘴笑了一会。正要把银子放回口袋里，忽然看见远处来了人，走得非常地快。他疑心是来追他的，站起来，抱着孩子，撒开腿便跑。转了几个弯，来到渡头，胡乱地跳上一只正要启航的船，坐在舱底，他的心头还是怔忡地跳跃着。

他受了无数的虚惊，才辗转地到了厦门，手里抱着孩子，一点办法也想不出来，他没理会没有媒婆，买卖人口是不容易得着门道，自己又不能抱出去满街嚷嚷。住了好些日子，没把孩子卖出去，又改了主意。他想，不如到南洋去，省得住久了给人看出破绽来。

在一个朦胧的早晨，他随着店里一帮番客来到码头。因为是一个初出口岸的人，没理会港口有多少航线，也不晓怎样搭伙上大船去。他胡乱上了围着渡头的一只小艇，因为那上头也满载着客人，便想着是同一道的。谁知不凑巧，艇夫把他送上上海船去了！他上了船，也没问个明白，只顾深密躲藏起来。一直到船开出港口以后，才从旁人的话知道自己上错了船，无可奈何，只得忍耐着，自己再盘算一下。

一天两天在平静的海面进行着，那时正在三伏期间，舱里热得不可耐，雅丽直嚷要妈妈。他只得对同舱的人说，他是她的叔叔，因为哥哥在南洋去世，他把嫂嫂同孩子接回家乡，不料嫂嫂在路上又得了病，相继死掉了。他是要回乡去，不幸上错了船。一番有情有理的话，把听的人都说得感动起来。有人还对他说上海的泉、漳人也很多，船到时可以到会馆去求些盘缠，或找些事情，都不很难。他见人们不怀疑他，才把心意放宽了，此后时常抱着孩子在甲板上走来走去。

在船到上海的前一天，一个老妈走到粪扫身边说，她的太太要把孩子抱去看看。粪扫还没问她什么意思，她已随着说出来。她说她的太太在半个月以前刚丢了一位小姐，昨天在舱里偶然听见他的孩子，不觉太太伤心起来，泪涟涟地哭着她那位小姐。方才想起又哭，一定要把孩子抱去给她看看。她说她的太太很仁慈，看过了一定会有赏钱给的，问了一番彼此的关系，粪扫便把雅丽交给那女佣抱到官舱里去。

大半天工夫，佣人还没把孩子抱回来，急得粪扫一头冷汗。他上到甲板，在官船门口探望，好容易盼得那佣人出来。她说，太太一看他的孩子，便觉得眼也像她的小姐，鼻也像她的小姐，甚至头发也像得一毫不差。那女孩子，真有造化，教太太看中了。

粪扫却有一点小聪明，他把女佣揪到甲板边一个稍微僻静的地方，问她太太是个什么人。

从女佣口里，他知道那太太是钦差大臣李爵相幕府里熟悉洋务一位顶红的黄道台的太太，女佣启发他多要一点钱。他却想借着机缘求一个长远的差使，在船上不便讲价，相约上岸以后再谈。

黄太太自从见过雅丽以后，心地开朗多了。她一时也离不开那孩子，船一到，便教人把粪扫送到一间好一点的客栈去。她回公馆以后，把事情略微交待，便赶到客栈里来。她的心比粪扫还急，粪扫知道这买卖势在必成，便故意地装出很不舍得的情态。这把那黄太太憋得越急了，粪扫不愿意卖断，只求太太赏他一碗饭吃，太太以为这在将来恐怕拖着一条很长的尾巴，两边磋商了一半天，终于用一百两银子附带着一个小差使，把雅丽换去了。

粪扫认识的字不多，黄太太只好把他荐到苏松太兵备道衙门里当个亲兵什长，他的名字也改了。在衙门里做事倒还安分，道台渐渐提拔他，不到一年工夫又把他荐到游击衙门当哨官去。他有了一个小功名，更是奋发，将余间的工夫用在书籍上，居然在短期内把文理弄顺了。有时他也到上海黄公馆的门房去，因为他很感激恩主黄太太的栽培，同时也想看看雅丽的生活。

雅丽居然是一位娇滴滴的小姐，有一个娘姨伺候着她。小屋里，什么洋玩意儿都有，单说洋娃娃也有二三十个。天天同妈妈坐在一辆维多利亚马车出去散步，吃的喝的，不用提，都是很精美的。她越长越好看，谁见了都十分赞羡，说孩子有造化，不过黄太太绝对不许人说小姐是抱来的。她爱雅丽就和亲生的一样，她屡次小产，最后生的那个，养了一年多又死了。在抱雅丽的时候，她到城隍庙去问了个卦，城隍老爷与“小半仙”都说得抱一个回来养，将来可以招个弟弟。自从抱了雅丽以后，她的身体也是一天好似一天，菩萨说她的运气转好了，使她越发把女儿当做活宝。黄观察并不常回家，爵相在什么地方，他便随着到什么地方去，所以家里除掉太太小姐以外，其余都是当差的。

门房的人都知道粪扫是小姐的叔父，他一来到，当然是格外客气。那时候，他当然不叫“粪扫”了，而官名却不能随便叫出来的，所以大家都称他做李总爷或李哨官。过年过节，李总爷都来叩见太太，太太叮咛他不得说出小姐与他彼此的关系，也不敢怠慢他。

三

李总爷既然有了官职，心里真也惦着他哥哥的遗体，虽曾寄信到威海卫去打听，却是一点踪迹都没有。他没敢写信给他嫂嫂，怕惹出大乱子来不好收拾。那边杏官因为丢了孩子，便立刻找牧师去。知县老爷出了很重的花红赏格，总是一点头绪都没有。原差为过限销不了差，不晓得挨了多少次的大板子。自然，谁都怀疑是玉官的小叔子干的，只为人赃不在，没法证明。几个月几个月的工夫忽忽地过去，城里的人也渐渐把这事忘记掉，连杏官的情绪也随日松弛，逐渐复原了。

玉官自从小叔子失踪以后，心境也清爽了许多，洋主人意外地喜欢她，因为她又聪明，又伶俐。传教是她主人的职业，在有空的时候，她便向玉官说教。教理是玉官在杏官家曾领略过一二的，所以主人一说，她每是讲头解尾，闻一知十。她做事尤其得人喜欢，那般周到，那般妥贴，是没有一个仆人能比得上的。主人一意劝她进教，把小脚放开，允许她若是愿意的话，可以造就她，使她成为一个“圣经女人”，每月薪金可以得到二两一钱六分，孩子在教堂里念书，一概免缴学费。

经过几个星期的考虑，她至终允许了。主人把她的儿子暂时送到一个牧师的家里，伴着几个洋孩子玩。虽然不以放脚为然，她可也不能不听主人的话。她的课程除掉圣经以外，还有“真道问答”“天路历程”和圣诗习唱。姑娘每对她说天路是光明、圣洁、诚实，人路是黑暗、罪污、虚伪，但她究竟看不出大路在那里。她虽然找不到天使，却深信有魔鬼，好像她在睡梦中曾遇见过似地。她也不很信人路就如洋姑娘说的那般可怕可憎。

一年的修业，玉官居然进了教。对于教理虽然是人家说什么，她得信什么，在她心中却自有她的主见，儿子已进了教堂的学塾，取名李建德，非常聪明，逢考必占首名，塾师很喜欢他。不到两年，他已认识好几千字，英语也会说好些。玉官不久也就了“圣经女人”的职务，每天到城乡各处去派送福音书、圣迹图，有时对着太太姑娘们讲道理。她受过相当的训练，口才非常好，谁也说她不赢。虽然她不一定完全信她自己的话，但为辩论和传教的原故，她也能说得面面俱圆。“为上帝工作，物质的享受总得牺牲一点。”玉官虽常听见洋教士对着同工的人们这样说，但她对于自己的薪金已很满意；加上建德在每天放学后到网球场去给洋教士们捡球，因而免了学费，更使她乐不可支。这时她不用再住在福间堂后面的小房子，已搬回本宅去了。她是受条约保护的教民，街坊都有几分忌畏她。住宅的门口换上信教的对联：“爱人如己，在地若天。”门楣上贴上“崇拜真神”四个字。厅上神龛不晓得被挪到那里，但准知道她把神主束缚起来，放在一个红口袋里，悬在一间屋里的半阁的梁下。那房门是常关着，像很神圣的样子。她不能破祖先的神主，因为她想那是大逆不道，并且于儿子的前程大有关系。她还有个秘密的地方，就是厨房灶底下，那里是她藏银子的地方。此外一间卧房是她母子俩住着。

不久，北方闹起义和团来了，城里几乎也出了乱子，好

在地方官善于处理，叫洋人都到口岸去。玉官受洋主人的嘱托，看守礼拜堂后的住宅。几个月后，事情平静了，洋主人回来，觉得玉官是个热心诚信的人，管理的才干也不劣，越发信任她。从此以后，玉官是以传教着了名。在与人讲道时，若遇见问虽如“上帝住在什么地方”、“童贞女生子”、“上帝若是慈悲，为什么容魔鬼到别处去害人，然后定被害者的罪”等问题，虽然有口才，她只能回答说，那是奥妙的道理，不是人智与语言所能解明的。她对于教理上不明白的地方，有时也不敢去请洋教士们；间或问了，所得的回答，她也不很满意。她想，反正传教是劝人为善，把人引到正心修身的道上，哪管他信的是童贞女生子或石头缝里爆出来的妖精。她以为神奇的事迹也许有，不过与为善修行没甚关系。这些只在她心里存着。至于外表上，为要名副其实，做个遵从圣教的传道者，不能不反对那拜偶像、敬神主、信轮回等等旧宗教，说那些都是迷信，她那本罗马字的白话《圣经》不能启发她多少神学的知识，有时甚至令她觉得那班有学问的洋教士们口里虽如此说，心里不一定如此信。她的装束，在道上，谁都看出是很特别的黑布衣裙；一只手里永不离开那本大书，一只手常拿着洋伞；一双尖长的脚，走起来活像母鹅的步伐。这样，也难为她，一天平均要走十多里路。

城乡各处，玉官已经走惯了。她下乡的时候，走乏了便在树荫底下歇歇。以后她的布教区域越大，每逢到了一天不能回城的乡村，便得在外住一宿。住的地方也不一定，有教堂当然住在教堂里，而多半的时候却是住在教友家中。她为人很和蔼，又常常带些洋人用过的玻璃瓶、饼干匣，和些现成药材，如金鸡纳霜、白树油之类，去送给乡下人，因此，人们除掉不大爱听她那一套悔罪拜真神的道理以外，对她都很亲切。

因为工作优越，玉官被调到邻县一个村镇去当传道，一个月她回家两三天。这是因为建德仍在城里念书，不能随在身边，她得回来照料，同时可以报告她一个月的工作。离那村镇十几里的官道上不远，便是她公婆的坟墓。她只在下葬的时候到过那里，自入教以来，好些年就没人去扫祭。一天下午，她经过那道边，忽然想起来，便寻找了一回，果然在乱草蒙茸中找着了。她教田里农人替她除干净，到完工的时候已是黄昏时分，赶不上回镇。四处的山头都教晚云笼罩住，树林里的归鸟噪得很急。初夏的稻田，流水是常响着的。田边的湿气蒸着几朵野花，颜色虽看不清楚，气味还可以闻得出来，她拄着洋伞，一手提着书包，慢慢地踱进树林里那个小村。那村与树林隔着一条小溪，名叫锦鲤社，没有多少人，因为男丁都到南洋谋生去了。同时又是在一条官道上，不说是士商行旅常要经过，就是官兵、土匪凡有移动，也必光临，所以年来居民越少，剩下的只有几十个老农和几十个妇孺。教会在那里买了一所破旧的大房子，预备将来修盖教堂和学堂。玉官知道那就是用杏官入股的那间药房的献金买来的，当晚便到那里去歇宿。

房买过来虽有了些日子，却还没有动工改建，只有一个看房的住在门内。里面卧房、厢房、厅堂，一共十几间。外门还有一所荒凉的花园，前门外是一个大鱼池，水几乎平岸。因为太静，院子里所有的声音都可以听见。在众多的声音当

中，像蝙蝠拍着房檐，轻风吹着那贴在柱上的残破春联，钻洞的老鼠，扑窗的甲虫，园后的树籁，门前的鱼跃，不惯听见的人，在深夜里，实在可以教他信鬼灵的存在。

看房子的是个四十岁左右的男子，名叫廉，姓陈，玉官是第一次来投宿。他问明了，知道她是什么人，便给她预备晚饭。他在门外的瓜棚底下排起餐具，让玉官坐在一边候着，因为怕屋里一有灯光便会惹得更多蚊子飞进去。棚柱上挂着一盏小风灯，人面是看不清楚的。吃过晚饭以后，玉官坐在原位与陈廉闲谈。他含着一杆旱烟，抱膝坐在门坎上，所谈无非是房子的来历和附近村乡的光景，他又告诉玉官说那房子是凶宅，主人已在隔溪的林外另盖了一座大厦，所以把它卖掉。又说他一向就在那里看房，后来知道是卖给教会开学堂，本想不干了，因为教会央求旧主人把他留到学堂开办的时候，故此不得不勉强做下去。从他的话知道他不但不是教徒，并且是很不以信教为然的。他原不是本村人，不过在那里已经住过许久，村里的情形都很熟悉。他的本业是挑着肉担，吹起法螺，经村过社，卖完了十几二十斤肉，恰是停午。看房子是他的临时的副业，他不但可以多得些工钱，同时也落个住处。村里若是酬神演戏，他在早晨卖肉以后，便在戏台下摆卤味摊。有时他也到别的村镇去，一去也可以好几天不回来。

玉官自从与丈夫离别以后，就没同男人有过夜谈。她有一点忘掉自己，彼此直谈到中夜，陈廉才领她到后院屋里去睡。他出来倒扣着大门，自己就在爪棚底下打铺。在屋里的玉官回味方才的谈话，闭眼想象灯光下陈廉的模糊的样子，心里总像有股热气向着全身冲动，躺在床上翻来覆去，直睡不着。她睁着眼听外面许多的声音，越听越觉得可怕。她越害怕，越觉得有鬼迫近身边。天气还热，她躺在竹床上没盖什么。小油灯，她不敢吹灭它，怕灭了更不安心。她一闭着眼就不敢再睁开，因为她觉得有个大黑影已经站在她跟前。连蚊子咬，她也不敢拍，躺着不敢动，冷汗出了一身，至终还是下了床，把桌上放着的书包打开，取出《圣经》放在床上，口里不歇地念乃西信经和主祷文，这教她的心平安了好些。四围的声音虽没消灭，她已抱着《圣经》睡着了。一夜之间，她觉得被鬼压得几乎喘不了气。好容易等到鸡啼，东方渐白，她坐起来，抱着圣书出神。她想中国鬼大概不怕洋圣经和洋祷文，不然，昨夜又何故不得一时安宁？她下床到门口，见陈廉已经起来替她烧水做早餐，陈廉问她昨夜可睡得好。玉官不敢说什么，只说蚊子多点而已。她看见陈廉的枕边也放着一本小册子，便问他那是什么书。陈廉说是《易经》，因为他也怕鬼。她恍然大悟中国鬼所怕的，到底是中国圣书！

一夜的经过，使玉官确信世间是有鬼的。吃过早饭以后，身上觉得有点烧，陈廉断定她是昨夜受了凉，她却不以为然。她端详地看着陈廉，心里不晓得发生了一种什么作用，形容不出来，好像得着极大的愉快和慰安。他伺候了一早晨，不但热度不退，反加上另一样的热在心里。本来一清早，陈廉得把担子挑着到镇上去批肉。这早晨伺候玉官，已是延迟了许多时候，见她确像害病，便到镇里顺便替她找一顶轿子把她送回城里。走了一天多，才回到家里，她躺在床上发了几

天烧，自己不自在，却没敢告诉人。

她想，这也许是李家的祖先作祟，因为她常离家，神主没有敬拜的缘故。建德回家也是到杏官那边去的时候多，自玉官调到别处，除教友们有时借来聚聚会以外，家里可说是常关锁着，她在床上想来想去，心里总是不安，不由得起来，在夜静的时候，从梁上取下红口袋，把神主抱出来，放在案上。自己重新换了一套衣服，洗净了手，拈着香向祖先默祷一回。她虽然改了教，祖先崇拜是没曾改过。她常自己想着如果死后有灵魂的存在，子孙更当敬奉他们。在地狱里的灵魂也许不能自由，在天堂里的应有与子孙交通的权利。灵魂睡在坟墓里等着最后的审判，不是她所佩服的信条。并且她还有她自己的看法，以为世界末日未到，善恶的审判未举行，谁该上天，谁该入地，当然不知，那么，世间充满了鬼灵是无疑的。她没曾把她这意思说过出来，因为《圣经》没这样说，牧师也没这样教她。她又想，凡是鬼灵都会作威作福，尤其是恶鬼的假威福更可怕，所以袪除邪恶鬼灵的咒语图书，应当随身携着。家里的祖先虽不见得是恶鬼，为要安慰他们，也非常时敬拜不可。

自她拜过祖先以后，身体果然轻快得多，精神也渐次恢复了。此后每出门，她的书包里总夹着一本《易经》。她有时也翻翻看，可是怪得很，字虽认得好些个，意义却完全不懂！她以为这就是经典有神秘威力的所在，敬惜字纸的功德，她也信。在无论什么地方，一看见破字条、废信套、残书断简，她都给捡起来，放在就近的仓圣炉里。

四

忽忽又过了几年，建德已经十来岁了。玉官被调到锦鲤去住，兼帮管附近村落的教务。建德仍在城里，每日到教堂去上课，放学后，便同雅言一起玩。杏官非常喜爱建德，每见他们在一起，便想象他们是天配的一对。她也曾把这事对玉官提过，不过二人的意见不很一致。杏官的理想是把建德送到医院去当学生，七八年后，出来到通商口岸去开间西药房，她知道许多西医从外边回来，个个都很阔绰。有些从医院出来，开张不到两年，便在乡下买田置园，在城里盖大房子。这一本万利的买卖，她当然希望她的未来女婿去干。玉官的意见却有两端：第一，牧师们希望她的儿子去学神道，将来当传教士；第二，她自己仍是望儿子将来能得一官半职，纵然不能为她建一座很大的牌坊，小小的贞节方匾也足够满她的意。关于第一端，杏官以为聪明的孩子不应当去学神道，应当去学医：至于第二端，她又提醒玉官说的教人不能进学，因为进学得拜孔孟的牌位，这等于拜偶像，是犯诫的。基本的功名不能得，一官半职从何而来？在理论上杏官好像是胜一筹。可是玉官不信西药房便是金矿坑，她仍是希望她的儿子好好地念书，只要文章做得好，不怕没有禀保。建德的前程目前虽然看不清，玉官与杏官的意见尽管不一致，二人的子女的确是像形影相随；至终，婚约是由双方的母亲给定好了。

在建德正会做文章的时候，科举已经停了。玉官对于这事未免有点失望，然而她还没抛弃了她原来的理想，希望建

德得着一官半职，仍是她生活中最强的原动力。从许多方面，她听见学堂毕业生也可以得到举人进士的功名，最容易是到外洋游学，她请牧师想法子把建德送出洋去，牧师的条件是要他习神学，回来当教士，这当然不是她理想中儿子的前程。不得已还是把建德安置在一个学膳费俱免的教会学堂。那时这种学堂是介绍新知的唯一机关。她想十年八年后，她的积蓄必能供给建德到外国去，因为有人告诉她说，到美国可以半工半读，勤劳些的学生还可以寄钱回家，只要预备一千几百的盘缠就可以办得到，玉官这样打定了主意，仍旧下乡去做她的事情。

年月过得很快，玉官的积蓄也随着加增，因为计算给建德去留学，致使她的精神弄得恍恍惚惚，日忘饮食，夜失睡眠。在将近清明的一个晚上，她得着建德病得很厉害的信，使她心跳神昏，躺在床上没睡着，睡着了，又做一个梦。梦见她公公、婆婆站在她跟前，形状像很狼狈，衣服不完，面有菜色。醒来，坐床上，凝思了一回，便断定是许多年没到公姑坟上去祭扫，也许儿子的病与这事有关。从早晨到下午，她想不出什么办法。祭墓是吃教人所不许的。纸钱，她也不能自己去买。她每常劝人不要费钱买纸钱来烧，今日的难题可落在她自己身上了！她为这事纳闷，坐不住，到村外，踱过溪桥，到树林散步去。

自从锦鲤的福音堂修盖好以后，陈廉已不为教会看守房子，每天仍旧挑着肉担，到处吹螺。他与玉官相遇放林外，便坐在桥上攀谈起来。谈话之中，陈廉觉得她心神好像有所惦挂，问起原由，才知道她做了鬼梦。陈廉不用怀疑地说，她公婆本来并不信教，当然得用世俗的习惯来拜他们。若是不愿意人家知道的话，在半夜起程，明天一早便可以到坟地。祭回再回城里去也无不可。同时，他可以替她预备酒肉、香烛等祭品。玉官觉得他很同情，便把一切预备的事交待他去办，到时候在村外会他。住在那乡间的人们为赶程的缘故，半夜动身本是常事，玉官也曾做过好几次，所以福音堂的人都不大理会。

月光盖着的银灰色世界好像只剩下玉官和陈廉。山和树只各伴着各的阴影，一切都静得怪可怕的。能够教人觉得他们还是在人间的，也许就是远村里偶然发出来的犬吠。他们走过树下时，一只野鸟惊飞起来，拍翅的声，把玉官吓得心跳肉颤，骨软毛悚。陈廉为破除她的恐怖，便与她并肩而行，因为他若在前，玉官便跟不上；他若在后，玉官又不敢前进。他们一面走，一面谈，谈话的范围离不开各人的家世。陈廉知道玉官是希望着她的儿子将来能够出头，给她一个好的晚景。玉官却不知道陈廉到底是个什么人，因为他不大愿意说他家里的事。他只说，他什么人都没有，只是赚多少用多少。这互述身世的谈话刚起头，鱼白色的云已经布满了东方的天涯。走不多时，已到了目的地，陈廉为玉官把祭品安排停当，自己站在一边。玉官拈着香，默祷了一回，跪下磕了几个头。当下她定要陈廉把祭品收下自用。让了一回，陈廉只得听从，领着她出了小道，便各自分手。

陈廉站在路边，看她走远了，心里想，像这样吃教的婆娘倒还有些人心。他赞羡她的志气，悲叹她的境遇，不觉叹了几口气，挑着担子，慢慢地往镇里去。

玉官心里十分感激陈廉，自丈夫去世以后，在一想起便能使她身上发生一种奇妙的感觉的还是这个人。她在道上只顾想着这个知己，在开心的时候他会微笑，可是有时忽然也现出庄肃的情态，这大概是她想到陈廉也许不会喜欢她，或彼此非亲非故所致罢。总之，假如“彼此为夫妇”的念头，在玉官心里已不知盘桓了多少次，在道上几乎忘掉她赶程回家的因由。几次的玄想，帮助她忘记长途的跋涉。走了很远才到一个市镇，她便雇了一顶轿子，坐在里头，还玄想着。不知不觉早已到了家门，从特别响亮的拍门声中知道她很着急。门一开，站在她面前的不是别人，正正确确地是她的儿子建德。她发了愣，说她儿子应当在床上躺着，因为那时已经快到下午十点钟了。建德说他并没有病，不过前两天身上有点不舒服，向学校告了几天假罢了。其实他是恋上了雅言，每常借故回家。玉官一踏进厅堂，便见雅言迎出来，建德对他母亲说，亏得他的未婚妻每日来做伴，不然真要寂寞死了，这教玉官感激到了不得，建德顺即请求择日完婚，他用许多理由把母亲说动了，杏官也没异议，于是玉官把她的积金提些出来，一面请教会调她回来城里工作，等过一年半载再回原任。

举行婚礼那一天，照例她得到教堂去主婚。牧师念圣经祈祷，祝福，所有应有的礼节一一行过。回到家中，她想着儿子和新妇当向她磕头，哪里想到他们只向她弯了弯腰。揖不像揖，拜不像拜！她不晓得那是什么礼，还是杏官伶俐，对她说，教会的信条记载过除掉向神以外，不能向任何人物拜跪，所以他只能行鞠躬礼。玉官心想，想不到教会对于拜跪看得那么严重，祖先不能拜已经是不妥，现在连父母也不能受子女最大的敬礼了！她以为儿子完婚不拜祖先总是不对的。第四天一早趁着建德和雅言出门拜客的时候，她把神主请下来，叩拜了一阵，心里才觉稍微安适一点。

五

自从雅言嫁到玉官家里，一切都很和气，玉官真个享了些婆福，出外回来，总有热茶热汤送到她面前。媳妇是想不到地恭顺，连在地上捡得一红纸条都交回给她。一见面便妈妈长妈妈短地问，把她老人家奉承得眉飞目舞，逢人便赞。

花无百日香，媳妇到底不是自家人，不到半年，玉官对于雅言有些厌恶了，原因是建德入了革命党。她以为雅言知道，没劝他犹可说，连告诉她一声都没有。他同十几个同志预谋到同安举事，回应武汉；不料事机不密，被逮了十几个人，连他也在内，知县已经把好几个人杀了。这消息传到玉官耳边，急得她捶胸跄地，向天号哭，一面向上帝祈祷，一面向祖先许愿。她以为媳妇不懂得爱护丈夫，连这杀头大罪，也不会阻止他，教他莫去干，她向着雅言一面哭，一面骂，骂得媳妇也哭起来。

玉官到牧师那里，求他到县里去说人情，把儿子保出来。一面又用了许多银子托人到县里去想法子。她的钱用够了，也就有人出来证明建德是被诬陷，可不是吗！他的年纪不过是十八九，懂得什么革命呢？加以洋牧师到知县面前面保，不好拒绝，恐怕惹出领事甚至公使的照会，不是玩的。当下

知县把建德提出来，教训了几句，命保人具结，当堂释放。牧师搂着他，两眼望天直祷告了一刻工夫。出了衙门，一面走，一面劝建德不要贪图世间的功业，要献身给天国。建德的入党也是糊里糊涂地，自思既然受了天恩，便当随教会的意思，要怎样便怎样，牧师当然劝他去当牧师。于是在他毕业中学之后，便被送到一个神学校去，牧师又劝玉官说，不要对于建德的将来太失望。他也许不能满足她一切的期望，但她应当要求一个更高的理想，活在理论的世界里。

玉官自从建德进神学校以后，仍旧下乡去布道，只留着雅言在家。她的私积为建德的婚事和官司用得精光，一想起来，那怨恨便飞到雅言身上。因此她一回来，媳妇虽然像往常那般奉承，她总免不了要挑眼，找岔，雅言常常受她的气，不晓得暗地里哭了多少次。这样下去，两人的感情便随日丧失，竟然交口对骂起来。在玉官看来，媳妇当然是不孝，她想无论叫谁来评判，也要判雅言为不孝，可是她没想到凡事都有例外。第一，她的儿子并不这样想；第二，她的亲家母也没以她的女儿为不然。她儿子一从学校回来，她没别的话，一切怨恶的箭都向雅言发射，射得她体无完肤。儿子听得受不了，教她装聋扮哑，这样倒使他母亲把他也骂个臭，说他不长进，听媳妇的话，同媳妇一鼻孔出气，合谋要气死她。建德在家里，最使她忿忿不平的是雅言躲在屋里与儿子密谈。她想，儿媳妇若非淫荡，便是长舌，这于家庭，于她自己，都是有害无利。到亲家母那里去分会罢，她在气不过的时候，总是这样想。可是一到杏官那里，她都没得着同情的解答。她若说雅言亲匿丈夫不招呼她，杏官便回答她，年轻的夫妇应当那样，因为《圣经》说，夫妇应当合为一体，况且她女儿嫁的是丈夫，不是婆婆。

又是一个时候，玉官在杏官面前啰嗦得没开交，激嬲了杏官，杏官便说她如果是眼红儿媳妇与儿子亲密，把她撇在一边，没人来理，为何不去改嫁？她又劝玉官不要把雅言迫得太甚，因为女儿已经有娠，万一有什么差错，她是不答应的。这把玉官气得捶胸大哭，伸过手来，一巴掌便落在杏官脸上。这样的"断然处置"，当然不能使杏官忍受，两个女人在紧张的情形底下不宣而战。

交了两三手，杏官一句话提醒了她，说她身为布道家，不能这般任性，玉官羞得满脸涨热，心里的难受直如受了天上人间最酷的刑罚。她坐在一边喘气，眼泪源源地滴在襟前。惭愧的小心情迫着她向杏官求饶恕，杏官当下又安慰了她几句，她将她自己作比，说她把丈夫丢了，把一个女儿丢了，也是这样过活，万事都依赖上天，随遇而安，那就快活了。做人到不必斤斤于寻求自己的享乐受用，名誉恭敬，如她心里想着子女无论如何是孝顺的，他们也自然地不给她气受了。

玉官出了杏官的门，心里仍然有无限的亏欠。她还没看出那"理想"的意义，她仍然要求"现实"：生前有亲朋奉承，死后能万古流芳，那才不枉做人。她虽走着天路，却常在找着达到这目的人路。因为她不敢确定她是在正当的路程上走着，她想儿子和媳妇那样不理会她，将来的一切必使她陷在一个很孤寂的地步。她不信只是冷清的一个人能够活在这世界里。富，贵，福，寿，康，宁，最少总得攀着一样。

到家里，和衣躺在床上，雅言上前问好，她也没理会，

足足睡了一天一夜，她觉得她一切的希望都是空的。从希望、理想，想到实际，使她感到她现在的工作也没意味。想透一点，甚至有点辜负良心。但是她又想回来，以为造就儿子的前程就是她的良心。她的工作，劳力，也和用在其他的事业上一样，主人要她怎样做，她便怎样做，主人要她怎样说，她便怎样说。她是一个职业的妇人，不是一个尼姑。不过儿子是她的，如今他像是属于别的女人，不大受她统制，再也不需要她了。这使她的工作意义根本动摇。想来想去，还是得为自己想。从自己想到她的亡夫，从亡夫又想到陈廉。她想到陈廉，几乎把一切的苦恼都忘掉，好像他就是在黑洞里的一盏引路灯，随着它走，虽然旁的都看不见，却深信它一定可以引到一条出路。

她已决定辞掉女传道的职业，跟着陈廉在村里住。她想陈廉一定会答应的，因为写了一封没具理由的辞职书递给传道公会。洋姑娘来慰留她，问她到底为什么不满意，她只是说不出来。用女人的心来猜女人，说不出来的不过是一两件事而已。洋姑娘忖度玉官若非到乡下传教被不信的人们所侮辱，便是在陇陌间给暴徒伤害了她的清白，这个，除掉祈祷以外，绝不能对外人声张。她们祷告了半天，却也没什么结果，洋姑娘还是劝她权且担任下去，等公会开会来讨论。

她回到锦鲤，一心要同陈廉说她这一点心事。因为离社几十里的一个村庄演戏赛会，陈廉到那戏台下卖卤味去了。等了一天，两天，他都没回来，以致她的心情时刻在转动着。

五六天后，醮打完了，陈廉赚了些钱，很高兴地回到社里。他做了许多年的买卖，身边有了够上置几十亩地的积蓄，都放在镇上生利。大王庙口那棵樟树有一条很粗的根露出地面一尺多高，往来的人们每坐在那上头歇息，玉官出外回来也常坐在那里与陈廉闲谈。听着隔溪的鸟声很可以使人忘却疲倦，他坐在那里正计算着日间的收入，抬头看见玉官立即让坐，说了许多间话，渐次谈到他们俩人结合的事。这在陈廉方面是一件可诧异的事，吃教人愿意嫁给世俗人。但是玉官把她的真情说出来，说得陈廉也动了心。他说，若是彼此成亲，这社里是不能住的，他可以把积蓄提出来，一同到南洋去做小买卖。

玉官一向不曾对陈廉说过她与家人不和的事情。陈廉是十几年没到过城里去，所以玉官的实在光景，他也不大明了。还是他自己对玉官说，他从前也住在城里，因为犯了些事，逃到锦鲤来。他把事情的原委说出来，玉官心里想，那不就是杏官的事情吗？她嘴里虽没说出来，从他说的妻子姓金、有两个女儿的话推想起来，不是杏官是谁？玉官独自忖度半晌，一言不发。陈廉看她发愣，以为是计划到南洋的事情，也不细细问她。至终玉官站起来告诉他，彼此仔细想过，再作最后的决定，她快快地回到教堂，心里盘算：这事是问明白好呢？还是由它呢？陈廉本是个极反对信洋教的，自从在村里与玉官认识以后，态度便渐渐变了，他虽不接近教会，然而一见玉官，每至谈到不知时辰。他常说他从前的脾气很坏，动不动就打人；自来到乡间，性格便醇了许多；自与玉官相识以后，更善得像羔羊一般，玉官到底有什么法力能够吸引他，旁人也不得而知。他安分营生，从来没曾与人动过口角，所有的村人都看他是个老实人。与玉官结婚原不

是他的奢望，因为玉官的要求，他也就不加考虑地答允。但从玉官怀疑他是杏官的逃夫以后，心里已冷了七八分。她没敢把杏官与她的关系说出，也许是以为到南洋结婚还有考虑的余地。

雅言分娩的日期近了，杏官只忙着做外孙的衣帽，没工夫顾别的。玉官辞职的事，她一点也不理会，建德也从学校回来照料，到时请了一个西法接生婆来，玉官心里是随便请个本地的吉祥姥姥，所花的当要比用洋法、带着钳子、叉子的接生婆省得多。不过她这几个月来的心事大变，什么事都不愿意主张，一心只等着公会准她辞职，她再改嫁。生产的一切只得由着杏官照料，接生婆足足闹了一天也没把婴儿抱下来，雅言是痛得冒出一头冷汗。全家的人也都急得坐也坐不住，站也站不住，到深夜，一个男婴堕了地，产母躺在床上，面色惨白。大家忙着照料婴儿，竟没觉得雅言的灵魂已离开躯壳。玉官摩摩雅言的心头还热，可是呼吸已经停了，不由得大叫。个个看见这样，也都随着狂叫一阵，至终认定是没希望。接生婆也没法子，口中喃喃，一半像祈祷，一半像自白，杏官是哭得死去活来，玉官是眼瞪瞪说不出一句话，枯坐在一边，建德也只顾擦着眼泪。第二天早晨，他便出门去办一切应办的事。全家忙了好几天，才把丧事弄停妥了，孩儿由杏官看护，抱回外家去。

媳妇死了以后，玉官对着建德像恢复了从前一切的希望，自古道“一山不容二虎，一国不容二主”，也许家里没有两个女人，婆媳对奏的交响乐作不起来，多有清静的时间教她默想。她现在也不觉得再醮是需要，反而有了祖母的心情，她算算自己的年纪是四十二三，虽然现不出十分老，可是已有孙子。一个祖母还要嫁给一个后祖父么？她想到这里也不觉失笑。她还是安心做她的事，栽培儿子，接受了教会的慰留。

她觉得对陈廉不住，想把杏官的近况告诉他，但没预备好要说的话。同时她又不敢告诉杏官，怕杏官酸性发作起来，奚落她几句，反倒不好受。

六

自从雅言去世以后，教会便把玉官调回城里，乡间的工作暂时派别人去替代，为的是给她一点时间来照料孙儿。建德这时候也在神学校毕业了，教会一时没有相当的位置安置他，校长因为爱惜他的才学，便把他送到美国再求深造，玉官年中也张罗些钱寄去给他。她的景况虽然比前更苦，精神却是很活泼的。

流水账一般的年月一页一页地翻得很快，她的孙儿天锡也渐次长大了。教会仍旧派她到锦鲤和附近的乡间去工作，可是垂老的心情再也不向陈廉开放了。陈廉对于从前彼此所计划的事本来是无可无不可的，何况已经隔了许多年，情感也就随着冷下去。他在城里自己开了一间小肉铺子，除非是收账或定货，轻易不到锦鲤来，彼此见面的机会越少。

欧洲的大战，使教会在乡间的工作不如从前那么顺利。这情形到处都可以看出来。因为一方面出钱的母会大减布道的经费，一方面是反对基督教的人们因为回教的民族自相残杀，更得着理论的根据。接着又来了种种主义，如国家主义、

共产主义等运动，从都市传到乡间，从口讲达到身行。这是社会制度上一场大风雨，思想上一度大波澜，区区的玉官虽有小聪明，也挡不住这新潮的激荡。乡间的小学教师时常与她辩论，有时辩到使她结舌无言，只有闭目祈祷。其实她对于她自己的信仰，如说摇动是太重的话，最少可以说是弄不清楚。她也不大想做传道，一心只等建德回来，若能给她一个恬静安适的生活，心里就非常满足了。

建德一去便是八九年，战后的美国，男女是天天狂欢着的。他很羡慕这种生活，到了该回国的年限也不愿意回来。在最后一二年间，他不再向母亲要钱，因为他每月有点小小的入款，是由辅助一位牧师记账得来的工资。在留学生当中，他算是很能办事的一个。

在一个社交的晚会上，他认识了一个南京的女学生黄安妮，建德与她一见面，便如前好几生的相识，彼此互相羡慕。安妮家里只有一位母亲，父亲留下的一大桩财产都是用母亲和她名字存在银行里。要说她学的是什么，却很难说，因为她的兴趣是常改变的。她学过一年多的文学，又改习家庭经济。不久厌恶了，又改学绘画，由绘画又改习音乐，因为她受不了野外的日光。由音乐又改习哲学，因为美学是哲学的一部门。太高深的学问又使她头痛，至终又改习政治。在美国，她也算是老资格，谁都知道她。缺德的同学给她起个外号叫“学园里的黄蝴蝶”，但也有许多故意表示亲切的同学管她叫安妮，她对人们怎样称呼她都不在意，因为她是蝴蝶，同时也是花；是艺术家，同时也是政治家。当她是花的时候，其他的蝴蝶都先后地拥护着她，追随着她，向她表示这样那样。她常转变的学业，使她滞留在外国，转眼间已到了四七年华。不回国也不要紧，反正她不必为生活着急。在外国有受用处，便尽量受用，什么野球会、麻雀会、晚餐会、跳舞会，乃至“公难尾巴会”，她都有份，而且忙个不停。

建德是她意中人之一，她觉得他的性情与她非常相投。自从相识以后，二人常是如影随形，分离不开。有一次，他接到杏官一封信说要给他介绍一个亲戚的女儿。她说得天仙不如那位小姐的美丽，希望建德同意与她订婚。建德把信拿给安妮看，安妮大半天也没说半句话。这个使建德理会她是属意于他，越发与她亲密起来。

玉官知道儿子在外国已经有了女朋友，心里虽然高兴，只是为他不回来着急。她也常接建德的信说起安妮怎样怎样好，有时也附寄上二人同拍的照片。她看了自然很开心，早忘掉从前与雅言的淘气，心境比前好得多。建德年来不要她再寄钱去使用，身边的积蓄也渐次丰裕起来。天锡仍在杏官家住着，虽然到小学去念书，因为外祖母非常溺爱他，一早出门，便不定到那里去玩，到放学的时候才回来。学校报告他旷课，杏官也不去理会。玉官从乡间回家，最多也不过是十天八天，哪里顾到孙子的功课。

天锡在学校里简直就是花果山的小猴王，爬墙上树，钻洞揭瓦，无所不为，先生也没奈他何。有一次他与一个小同学到郊外一座荒废的玄元观去，上了神座，要把偶像头上戴的冕旒摘下来玩，神像拱着双手捧着玉圭看来是非常庄严的。他们攀到袖子，不提防那两只泥手连袖子塌了下来，好像是神君显灵把他们推到地下的光景。他的脑袋磕在龛栏上，血

流不止。那小同学却只擦破了皮，他把书包打开，拿出几张竹纸，忙忙地捂在天锡头上，不到一分钟，满都红了，于是又加上几张，脱下汗衫加裹得紧紧地，才稍微好一点。他们且不回家，还在庙里穿来穿去，那玄元观在几十年前是一座香火很盛的庙宇，后来因为各乡连年闹兵，外处侨居在城里的，人死了不能就葬，都把灵柩停厝在那里，传说那里的幽鬼很猛烈，所以连乞丐都不敢在里头歇宿。各间屋子除掉满布木板长箱以外，一个人都没有，门窗早教人拉去做火烧了。

小同学自己到后院去，试要找出什么好玩的东西。天锡却因头痛，抱着脑袋坐在大门的槛上等他。等了一回，忽然听见一声巨响从后院发出来。他赶紧进去，看见小同学躺在血泊当中，眼瞪瞪，说不出话来。他也莫名其妙，直去扶那孩子。孩子已经断了气，走不动，反染得他一身都是血。无可奈何，天锡只得把尸首撂在地下，脸青青地溜出庙门。

天锡不敢径自回家，只在树林里坐着，直等到斜阳没后，家家灯火闪烁到他眼前，才颓唐地踱进城去。一进家门，杏官看见他一身血渍，当然吓得半晌说不出话来。天锡不敢说别的，只说在外头摔了一跤，把头摔破了。杏官少不了一面骂，一面忙去舀水替他洗头面手脚，换上衣服，端上吃的。在放学后，天锡每得在外头玩到很晚才回家，所以常是吃完就睡。

过了两天，城里哄传玄元观里出了命案，引得一般不投稿的新闻访员，老的少的，男的女的，都赶出城去看热闹，不到半天工夫，玄元观直像开了庙会，早有十几担卖花生汤、油炸脍、芝麻糖的排在那里。庙门口已有几个兵士把守住，不许闲人进去。人们把那几个兵士团团围住，好像来到只为看看他们似的。不一会，人们在喝让道的声中分出一条小道，县长持着手杖和他的公人大摇大摆地来到庙门口。兵士举枪立正，行礼，煞是威风，在场有些老百姓看见这种神气，恐怕要想自己将来死的时候也得请一位官员来验尸，才可以引得许多人来增光闾里。县长进到后院，用香帕掩着鼻子，略微问了几句，仵作照例也报告些死者的状态。几个公人东张西望，其中一个看见离尸首下远的一个灵柩底盖板是斜放着，没有盖严，便上前去检验。也一掀开棺盖，便看见里头全是军人，还有许多炸弹，不由嚷了一声“炸弹呀！”那县长是最怕这样东西的，一听见他嚷，吓得扔了手杖，撒开腿往庙门外直奔，一般民众见县长直在人丛中乱窜，也各自分头狂奔。有些以为是白日闹鬼，有些以为是县长着魔，有些是莫名其妙，看见人家乱跑，也跟着乱跑一阵。

县长走了很远，才教几个公人把他扶住，请他先回衙门去，再请司令部派军队去搜查。原来近几个月间，县里常发现私藏军火的地方，间中也找出画上镰刀、铁锤的红旗。军政人员也不知道那是代表什么，见了军火，只乐得没收，其余的都不去理会它们。庙外还是围满了群众，个个都昂着头，望这里，望那里，好像等待什么奇迹的出现一般。忽听见远地嚷着“一二三四”，“一二三四”，带着整齐的脚音，越来越近。大家知道是兵队来了，急忙让道，兵士们进到庙里，把发现的枪支炸弹等物分帮运进城里。

仵作把尸验完，出到庙门口，围着他的群众，忙问死的是什么人。他把死者模样、服饰，略略说出，不到片刻工夫

都传开了。当时有一个妇人大啼大哭，闯进庙里，口里不住地叫“儿，心肝，肉”她断定是贼人把她儿子害死，非要把凶手找出来不可。那时兵士们已经回去了，随着进去看热闹的人们中间，有劝她快到县衙去报案的，有劝她出花红缉凶的。她哭得死去活来，直说要到小学校去质问校长。公人把她带到衙门里，替她写状，县长稍微问了几句话，便命人送她回家。

好几天的调查，搔动了全城的人。杏官被校长召去问话，才知道玄元观的命案与天锡有关，回来细细地问孙子，果然。她立刻带着天锡去找洋牧师，说明原委。洋牧师劝他自首去，说这事于他一点过失也没有。杏官想想也是道理，于是忙带着孙子去找校长，求他做过保证。校长却劝她不要去惹官厅，一进衙门，是非是闹不清的，说不定要用两千三千才能洗刷干净，不如先请牧师到衙门去疏通一下，再定办法，杏官无奈，又去找洋牧师。到了县衙门，县长忙把他请到客厅去，一见天锡年纪并不大，不像个凶首，心里已想不追究，加上天锡自己说明那天的光景，命案一部分的情由就明白了。县长说他还得细细调查那些军火是哪里来的，是不是与天锡和他的同学有关。洋牧师当然极力辩论天锡是个好孩子，请县长由他担保，随传随到，县长也就答应了。临出门时，听见衙门里的人说，月来四处的风声很紧，反对现政府的叛徒到处埋伏，那些军火当然是他们秘密存贮在那庙里的。他带天锡回到杏官家里，把一切的情形都告诉了她。杏官听说大乱将到，心里更加不安，等牧师去后，急急写了一封信给玉官，问她怎样打算。

玄元观发现军火的事，县里虽没查出什么头绪，但杏官听见街上有人说李建德曾做革命党，这事又与他女婿有关，莫非就是他运的。事情又凑巧得很，在兵士运回去的军火当中，发现了有些贴上李字第几号的字条。他们正在研究这“李”字是什么意思。天锡被传到营里问了好些次，终不能证明他知道其中的底细。谁也不知道那些假棺木是从哪里、在什么时候停在庙里，天锡也是偶然和同学到那里玩，他家里和常到的地方也没一点与军火相关的痕迹。为避祸起见，杏官在神不知鬼不觉的一个早晨，带着天锡悄悄地离开县城，到口岸去了。

七

玉官传教的区域已不像往年那么平静，早晚牛羊哞哞于于声音常从参着军号战鼓的杂响。什么警备令和戒严令，一两个月中总会来几次。陈总司令退出福建以后，兵队随地扎营是好几年来常见的事，玉官和其他民众一样，不加注意。

自从接到杏官报告天锡的事以后，她一心想回城里去看看，那几天是她在乡间布道的期间，好容易把礼拜天忙过了，想在星期以前赶到锦鲤过夜，第二天一早赶程回家，不料还没看见大王庙，前路已有几个行人回头走。他们说大路上有许多臂缠红布的兵士把住，无论是谁都不许通行。玉官不得已，只得折回，到一个小村里。那里有一家信教的农夫，因为地方不多，他把玉官安置在稻草房里。她闻着稻草房附近的粪堆和茅厕的气味已经不大受得住，又加上大大小小的老

鼠，穿出窜进像没理会她也在里头似的。她心里断定，凡老鼠自由来往的屋里必定是有鬼的。不过她已得到陈廉防鬼的补术，把《圣经》和《易经》放在身边，放心躺在稻草上。治鬼虽有妙术，避臭却无奇方，玉官好容易到夜深了才合得眼睛睡着了。

她在梦中觉得有枪声和许多人的脚步声、吵嚷声，睁开眼已看见离她不远的稻草已经着了火，她无暇思索那是子弹引的火还是人放的火，扯起衣裙，往外便跑，那时已过夜半，全村都在火光里照着。她想事情是凶多吉少，不如逃到瓜田边那座看守棚去躲避一下。棚里的人已不在，她钻进去蹲着，心里非常害怕，闭着眼睛求上帝，睁着眼睛求祖宗。村里的人声夹着火焰四处发射，原来一队臂缠红布的兵到村里掳人。村里的人早就听闻数年来中国各地“闹兵”的事情。他们也知道有一种军队叫作“土共”，其他还有“红军”“苏维埃军”等名目。但土与非土到底有什么分别，他们说不出来；他们只从行为来判断，凡是焚掠村庄，掳人勒索，不顾群众的安全与利益行为和强盗一般的，他们便叫那些人做土共。这次来的大概也是土共，因为他们在村里足足掳掠了一夜。玉官在棚里没敢闭眼睛，直等到天亮。看守棚只是一片竹篷罩成的一个圆穹，两头没什么遮拦，她若不出来，往来的人必要看见她。她想，还是赶回锦鲤去再作计较，可是走不多远，就被几个开路先锋断道无帅拦住。

她成了那队戴黑帽缠红布的军队的俘虏，被送到另一个村里。被掳来的妇女都聚在一处，有许多是玉官认识的。纷乱了几天，各人都派上一种工作。所谓工作是浣洗、缝补、炊煮等，玉官是专管缝补的，那队人马的破衣烂帽特别多，把她两只手忙得发颤，到连针也拿得像铜柱一样重才勉强歇，这样的生活于她算是破天荒第一遭。自从当了传教士以后，她的生活的单调，天天循规蹈矩地生活着，没人催促她，也没人监视她。如今却是相反，生活直如囚徒一般，她怀念着在外国的儿子和城里的小孙，又想到不晓得什么时候才能脱离这场大难。她没有别的方法，流出几行泪就当安慰了自己。

有十几天的工夫在村外开了仗，缠红布的人们被打死了不少。他们退到村里，把轻重及其他一切货宝匆忙地收拾起来，齐向村后二十多里的密林退却。村中的男女丁口，马牛羊鸡犬豕，能带的也都得跟着他们走，一时人畜的号叫声响入云际，因为谁也不愿意跟他们做这样危险的旅行，可也没法摆脱。全村顿然显得像死寂的废墟，所剩的只有十几个老公公老婆婆，婴孩能走路也得随着走，在怀抱的就由各人母亲决断，不能带或不愿带的可以扔在路边，或留在村里。受伤的战士走不动的也被打死，因为怕被敌方掳去受刑逼供。

走了七八里路，队长忽然发现一张非常重要的地图和一本编号名册留在村里被打死的一个领队的身上。那是最重要的文件，绝对不能遗失，更不能落在敌人手里。队长要一个男人和一个女人扮成夫妇回去搜寻。玉官早想找机会逃脱，便即自告奋勇。她说，她认识几条小快捷方式，可以很迅速回来。同行的男子是“老同志”，一路监视着玉官，半步也不肯放松，从小道走果然很快就到了村外。那时官兵还没来到，但隔着篱笆，那人已听见村里那几个剩下的老人在骂他们是土匪，官兵一来要怎样做他们的引导。玉官于是教那人就在

竹荫底下等着，怕他进去不方便。那人把死者记在臂上的号数告诉她，由她自己进去。玉官本来是想一进村里便躲起来的，继而想到那人身边有枪，若等急了，必会自己进来，岂不又是血斗？她于是按着号数找寻，果然在路边一具尸首的衣袋里找出他们所要的文件。那时全村只是卧着凌乱的尸体和破碎的军需品，各家的门户都关得严严地。玉官在道上来回走了些时候，也没见人。她带着文件到林底下，交给那人，教他飞步向前走，说她走不动，随后跟着来。那人得着地图名册也自很满足，不顾一切地撒开腿便跑。玉官见那人走远了，且自回到村里。她想，那里不能久停，于是沿着田边的小径，向着锦鲤社投奔。

她那一双改组派的尖长脚，要手里的洋伞来扶持才能放步的，如今还得在小径上跋涉，所以更显得蹒跚可怜。好容易走到社口，又被两个灰衣军士拦住。他们不由分说，把她带到营长帐前。营长便命把她发落，颜色好像大失所望。他们都是外省人，说的话，玉官一句也不懂。两个兵士把她领到一间大屋子里，她认得是社里祠堂后院的厢房，那前院还有兵一小队驻扎着，她对二人说，是住在巷尾那间福音堂里，但说来说去，都说不清。他们也不懂得她的话，在屋里已有八九个女人，有在一边啼哭的，有坐着发愣的，也有些像不很关心的。玉官想着，这大概也是拉来替兵士们缝补衣服的罢。

原来在用武之地，军队的纪律若是差一点，必有两件事情是他们尽先要办的：第一件是点点当地有多少粮食，第二是数数有多少妇女。没有粮食和妇女，仗是不能打的，几个妇女一见玉官进来都围着她哭，要她搭救。玉官在那里工作那么些年，自然个个认得，但她也是女子，自己也没把握。前些日子在那一村被逮的时候，她也承认过自己是教徒，结果是被打了几个耳光，被骂了几句“帝国主义走狗”，所以对于用教会的名义，她有点胆怯。妇女当中有一个是由玉官引进教的，反劝玉官在危难时不要舍弃她的上帝。她从袖里取出一本《圣经》交给玉官，说她出来的时候什么都没有带，就带着那本书，请她翻开选一两节给大家讲讲。这话打中了玉官的心坎，于是从她手里把《圣经》接过来，自己慎重地念了几遍。

黄昏过后，各人啖了些粥水，玉官便要大家开始唱圣诗，祈祷，她翻开群众中惟一的《圣经》，拣出一章来念，一时全屋里显得很严肃。她越讲越起劲，劝大家要镇定，不要临难慌张，好像大家都预备着见危授命的神情。玉官自己也觉得刚强起来，心里想着所信的教也是常教人为义舍命。她讲过又唱，唱完又解，解完又祈祷，觉得大家像在当日罗马的斗场等待野兽来吃她们一般。这样把时间严肃地磨了几点钟，大约在九点钟后，几个兵士推进门来，就像饿虎扑食一般，个个动手来拉妇人们，笑嘻嘻地要望门外走。玉官因为挨着墙站着，没等来抓她便嚷起来。她叫所有的人停住，讲了一片“人都是兄弟姊妹，要彼此相爱，不得无礼”的道理。兵士中虽有一两个懂得本地话，但多数是听不明白，不过教堂聚会的仪式，他们是知道的。其中还有曾在别处的教堂听过好些次道理的。玉官叫一个懂话的人同她传译，说得非常诚恳。她告诉他们淫掠是人间最大的罪恶。她告诉他们在教

会里男女都是兄弟姊妹。她告诉他们凡动蛮力必死蛮力之下。她告诉他们，她们随时可以舍命。许多许多好教训都从她口里泻出，好像翻开一部宗教伦理大辞书一般。她也莫名其妙，越说越像有像舌头的火焰在身体里头燃烧着。那班兵士不知不觉地个个都松了手，把女人们放开。玉官又教大家都坐下，把本国传统的阴阳哲学如“敬祖利人是种福给子孙”、“淫人妻女自己妻女也淫于人”的话说了一大套。有些话沾染了新思想的说“饮食男女”原是本能，男子动起情欲来要女子，也和饿的时候动起食欲要吃一般。玉官又开导他们说，那原是不错，只是吃也得吃得合乎正义；杀人来吃固然不成，就是抢人所有的来吃，也是自私自利，不能算是正大光明的吃法。要女人是应该的，不过用强迫的手段，将来必要受报应的。兵士们本是要来取乐的，在听玉官起头教训他们的时候，有些还说他们是来找开心，不是来教堂礼拜，可是十几分钟以后，他们越听越入耳，终于大家坐下，听着玉官和那些女教友唱诗。玉官教那些女人都叫兵士们做兄弟，也教兵士们叫她们为姊妹，还允许他们随时可以来谈话。他们来要她们做什么都成，就是不许无礼。有什么要缝补的，她们也乐意服劳。同时又劝他们也感化他们的同伴，不要来骚扰，正在大受感动的时候，又有另一批的兵士进来，说他们等得太久了，屋里那班受感化的兵士便叫他们也坐下，经过几乎动武的阶段，情形也和缓下去了。知道他们外面还有人等着，索性把门关起来，保护着那几个女人，果然门外不断敲门带骂的声音。门里的兵士成排站起来，把门顶住。乱了一夜，鸡已啼了。玉官教兵上们回帐幕去，又教其中的小头目去见营长，请他出一个不许奸淫妇女的手令。这事也不用经过什么困难就办到了，玉官想危险期已经过去。于是教同伴的妇女们随便休息，她心想昨夜就像遇见鬼，平时她想着《易经》的功效可以治死鬼，如今她却想着《新旧约圣书》倒可以治活鬼，她切意祈祷感谢了一回，也自躺下歇息。

祠堂的前门虽然有兵把着，但后门是常关着的，从后门的夹道转过一条小巷便是福音堂。玉官哪里睡得着，她在想着黄昏一到，万一兵士们变了卦，那时怎办？她生来本是聪明，忽然便想起开了后门，带着那班妇女逃到那树起外国旗的教堂里。乡下的教堂就像洋道台衙门，谁敢胡乱撞进去？她立刻把意思告诉屋里的人，大家便抖擞起精神，先教玉官去把后门打开，然后回来领导她们。她把后门倒扣好，前门站岗的士兵还不知道。一进到福音堂便把大门关起，如约教看门的到营盘里问问有衣服要缝补的没有，说妇女们都在福音堂里。

她们在教堂里安住了七八天，兵士没敢去作非法的骚扰，可是拿衣服去缝补的和到堂里谈道的也不少。玉官惦念她的孙子，想着家里的人知道她被土共掳去，一定也很想念，便向众妇女辞别，把保护的责任交给住在福音堂里的职员。她出了村门，经过大王庙，见庙口一个哨兵在那里踱来踱去，她给哨兵打个招呼，那兵已经知道她是社里的女教士，也没上前盘问她。过了桥，慢踱到镇上，偶然想起陈廉许久没相见了。一打听，才知道前些日子闹共的时候，他把肉店收起来，带着老本“过番”去了，过番是到南洋去的意思，镇里的人告诉她说陈廉没留下地址，只知道他是往婆罗洲的一个

埠头去。玉官本来怀疑陈廉便是杏官的男人，想把事由向他说明，希望他回家完聚的；如今听见他出洋去了，心里却为杏官难过，因为她几乎得着他，又丢失了他。莫名其妙的失意，伴着她慢慢地在大道上走着。

八

城里的风声比郊外更紧，许多殷实的住户都预先知道大乱将至，迁避到别处去。玉官回到家门，见门已倒扣起来，便往教堂去打听究竟。看堂的把钥匙交给她，说杏官早已同天锡到通商口岸避乱去了。看堂的还告诉她，城里有些人传她失踪，也有些说她被杀的。她只得暂时回家歇息，再作计较。

不到几天工夫，官兵从锦鲤一带退回城中。再过几天，又不知退到哪里去，那缠红布的兵队没有耗费一颗子弹安然地占领了城郊一带的土地。民众说起来，也变得真快，在四十八点钟内，满城都是红旗招展，街上有宣传队、服务队、保卫队等。于是投机的地痞和学棍们都讲起全民革命，不成腔调的国际歌，也从他们口里唱出来了。这班新兴的或小一号的土劣把老字号的土劣结果了不少，可以说是稍快人心。但是一般民众的愉快还没达到尽头，愤恨又接着发生出来。他们不愿意把房契交出，也不懂得听“把群众组织起来”，“拥护苏军”，这一类的话。不过不愿意尽管不愿意，不懂尽管不懂，房契一样地要交出来，组织还得去组织。全城的男子都派上了工作，据他们说是更基本的，然而门道甚多，难以遍举。

因为妇女都有特殊工作，城中许多女人能逃的早已逃走了。玉官淡定一点，没往别处去，当然也被征到妇女工作的地方去。她一进门便被那守门的兵士向上官告发，说她是前次在锦鲤社通敌逃走的罪犯，领队的不由分诉便把她送到司令部去，玉官用她的利嘴来为自己辩护，才落得一个游街示众的刑罚。自从在锦鲤那一夜用道理感化那班兵士以后，她深信她的上帝能够保护她，一听见要把她游行，心里反为坦然，毫无畏惧。当下司令部的同志们把一顶圆锥形的纸帽子戴在她头上，一件用麻布口袋改造的背心套在她身上。纸帽上画着十字架，两边各写一行"帝国主义走狗"，背心上的装饰也是如此。"帝国主义走狗"是另一宗教的六字真言，玉官当然不懂得其中的奥旨。她在道上，心里想着这是侮辱她的信仰，她自己是清白的。她低着头任人拥着她，随着她，与围着她的人们侮辱，心里只想着她自己的事。她想，自己现在已经过了五十，建德已经留学好些年，也已二十六七了，不久回来，便可以替她工作，她便可以歇息。想到极乐处，无意喊出"啊哩流也"，把守兵吓了一跳，以为她是骂人，伸出手来就给她一巴掌。挨打是她日来尝惯的，所以她没有显出特别痛楚，反而喊了几声"啊哩流也"。

第二天的游行刚要开始，一出衙门口便接到特赦的命令，玉官被释，心境仍如昨天的光景，带着一副肿脸和一双乏腿慢慢地踱回家。家里，什么东西都被人搬走了，满地的树叶和搬剩的破烂东西，她也不去理会，只是急忙地走进厅中，仰望见梁上，那些神主还在悬着，一口气才喘出来。在墙边，只剩下两条合起来一共五条腿的板凳。她摇摇头，叹了一口

气，赶紧到厨房灶下，掀开一块破砖，伸手进去，把两个大扑满掏了出来，脸上才显出欣慰的样子。她要再伸手进去，忽然晕倒在地上。

不晓得经过多少时间，玉官才从昏朦中醒过来。她又渴又饿，两脚又乏到动不得，便就爬到缸边掬了一掬水送到口里，又靠在缸边一会，然后站起来。到米瓮边，掀开盖子一看，只剩下一点粘在缸底边的糠。挂在窗口的，还有两三条半干的葱和一颗大蒜头。在壁橱里，她取出一个旧饼干盒，盖是没有了，盒里还有些老鼠吃过的饼屑，此外什么都没有了。她吃了些饼屑，觉得气力渐渐复元，于是又到灶边，打破了一个扑满，把其余的仍旧放回原处。她把钱数好，放在灶头，再去舀了一盆水洗脸，打算上街买一点东西吃。走到院子，见地上留着一封信，她以为是她儿子建德写来的，不由得满心欢喜，俯着身子去捡起来。正要拆开看时，听见门外有人很急地叫着“嫂嫂，嫂嫂”。

玉官把信揣在怀里，忙着出去答应时，那人已跨过门坎踏进来。她见那人是穿一身黑布军服，臂上缠着一条红布徽识，头上戴着一顶土制的军帽，手里拿着一包东西。愣了一会，她才问他是干什么，来找的是谁。那人现出笑容，表示他没有恶意，一面迈步到堂上，一面说他就是当年的小叔子李粪扫，可是他现在的官名是李慕宁了。他说他现在是苏区政府的重要职员，昨天晚上刚到，就打听她的下落，早晨的特赦还是他讲的人情，玉官只有说些感激的话。她心里存着许多事情要问他，一时也不知道从何处提起。她请慕宁坐在那条三脚板凳上，声明过那是她家里剩下最好的家具。问起他“苏区政府”是什么意思，他可说得天花乱坠，什么共产主义、马克思主义、唯物史观，一套一套地搬，从玉官一句也听不懂的情形看来，他也许已经成为半个文人或完全学者。但她心里想这恐怕又是另一种洋教。其实慕宁也不是真懂得，除了几个名词以外，政治经济的奥义，大概也是一知半解。玉官不配与他谈论那关系国家大计的政论，他也不配与玉官解说，话门当然要从另一方面开展。慕宁在过去三十多年所经历的事情也不少，还是报告报告自己的事比较能着边际。他把手里那一包东西递给玉官，说是吃的东西。玉官接过来，打开一看，原来是乡下某地最有名的“马蹄酥”。她一连就吃了二十个，心里非常感激。她觉得小叔子的人情世故比以前懂得透澈，谈吐也不粗鲁，真想不到人世能把他磨炼到这步田地。

玉官并没敢问他当日把杏官的女儿雅丽抱到那里去，倒是他自己一五一十地说了些。他说在苏松太道台衙门里当差以后，又被保送到直隶将弁学堂去当学生。毕业后便随着一个标统做了许久的哨官。革命后跟着人入这党，入那党，倒这个，倒那个，至终也倒了自己，压碎自己的地盘。无可奈何改了一个名字，又是一个名字，不晓得经过多少次，才入深山组织政府。这次他便是从山里出来，与从锦鲤的同志在城里会师，同出发到别处去。他说“红军”的名目于他最合适，于是采用了，其实是彼此绝不相干，这也是所谓士共的由来。

雅丽的下落又怎样？慕宁也很爽直，一起给她报告出来。他说，在革命前不久，那位老道台才由粮道又调任海关道，

很发了些财。他有时也用叔叔的名义去看雅丽，所以两家还有些来往。革命后，那老道台就在上海摇身一变而成亡国遗老。他呢，也是摇身一变，变成一个不入八分的开国元勋。亡国遗老与开国元勋照例当有产业置在租借地或租界里头，照便应有金镑钱票存在外国银行里头。初时慕宁有这些，经不起几次的查抄与没收，弄得他到现在要回到民间去。至于雅丽的义父，是过着安定的日子。他们没有亲生的女子，两个老夫妇只守着她，爱护备至，雅丽从小就在上海入学。她的义父是崇拜西洋文明不过的人，非要她专学英文不可。她在那间教会办的女学堂，果然学得满口洋话，满身外国习气，吃要吃外国的，穿要穿外国的，用要用外国的，好像外国教会与洋行订过合同一般，教会学堂做广告，洋行卖现货。慕宁说，在他丢了地盘回到南方以前，那老道台便去世了，一大桩的财产在老太太手里，将来自然也是女儿的，雅丽在毕业后便到美国去留学。此后的事情，也就不知道了。他只知道她从小就不叫雅丽，在洋学堂里换的怪名字，他也叫不上来。他又告诉玉官，切不可把雅丽的下落说给杏官知道，因为她知道她的幸福就全消失了。他也不要玉官告诉杏官说李慕宁便是从前粪扫的化身。他心里想着到雅丽承受那几万财产的时候，他也可以用叔叔的名义，问她要一万八千使使。

玉官问他这么些年当然已经有了弟妇和侄儿女，慕宁摇摇头像是说没有，可又接着说他那年在河南的时候曾娶过一个太太。女人们是最喜欢打听别人的家世的，玉官当然要问那位婶子是什么人家的女儿。慕宁回答说她父亲是一个农人，欠下公教会的钱，连本带利算起，就使他把二十几亩地变卖尽了也不够还。放重利的神父却是个慈善家，他许这老农和全家人入教，便可以捐免了他的债，老头子不得已入了教。不过祖先的坟墓就在自己的田地里，入教以后，就不像以前那么拜法，觉得怪对祖先不起的。在礼拜的时候，神父教他念天主经，他记不得，每用太阳经来替代。有一次给神父发现了，说了他一顿，但他至终不明白为什么太阳经念不得。又每进教堂，神父教他“领圣体”的时候，都使他想不透一块薄薄的饼，不甜，不辣，一经过神父口中念念咒语，便立刻化成神肉，教他闭着眼睛，把那块神秘的神肉塞进他口里的神妙意义。他觉得这是当面撒谎，因而疑心神父什么特别作用，是要在他死后把他的眼睛或心肝挖去做洋药材呢？或是要把他的魂魄勾掉呢？他越想越疑心那象征的吃人肉行为一定更有深义存在，不然为什么肯白白免了他几百块钱的债？他越想越怕，宁愿把一个女儿变卖了来还债，于是这件事情展转游行到慕宁的军营。他是个长官，当然讨得起一个老婆，何况情形又那么可怜，便花了三百块钱财礼，娶了大姑娘过来当太太。他说他老丈人万万感激他，当他是大恩人，不敢看他是女婿。革命后还随他上了几任，享过些时老福，可惜前几年太太死了，老头子也跟着郁郁而亡，太太也没生过一男半女，所以现在还是个老鳏。

玉官问他的军队中人为什么反对宗教，没收人家的财产。慕宁便又照他常从反对宗教的书报中摘出的那套老话复述一遍。他说，近代的评论都以为基督教是建立在一个非常贫弱而不合理的神学基础上，专靠着保守的惯例与严格的组织来维持它的势力。人们不愿意思想，便随着惯例与组织漂

荡。这于新政治、社会、经济等的设施是很大的阻碍，所以不能不反对，何况它还有别的势力夹在里头。玉官虽然不以为然，可也没话辩驳。他又告诉玉官他们计划攻打这附近的城邑已经很久，常从口岸把军火放在棺材里运到山里去。前些日子，有一批在玄元观被发现了，教他们损失了好些军实。他又说，不久他们又要出发到一个更重要的地方去。这是微露出他们守不住这个城市和过几天附近会有大战的意思。他站起来、与玉官告辞，说他就住在司令部里，以后有工夫必要常来看她。

把慕宁送出门之后，玉官从口袋里掏出那封信，拆开一看，原来不是建德的，乃是杏官从鹭埠的租界寄来的。信里告诉她说天锡从楼上摔到地下，把腰骨摔断了。医生说情形很危险，教她立刻去照料。杏官寄信来的时候，大概不知道玉官正在受磨折。那封信好像是在她被逮的那一天到的。事情已经过了三四天，玉官想着几乎又晕过去了，逃得灾来遭了殃。她没敢埋怨天地，可是断定这是鬼魔相缠。

她顾不了许多，摒挡一切，赶到杏官寓所，一进门，便晕倒在地上。杏官急忙把她扶起来，看她没有什么气力，觉得她的病很厉害，也就送她到医院去。

匆匆地一个月又过去了，乡间还在乱着，从报章上，知李慕宁已经阵亡，玉官为这事暗地里也滴了几滴泪。她同天锡虽然出了医院，一时也不能回到老家去，只在杏官家里暂时住下。天锡的腰骨是不能复原的了，常常得用铁背心束着。这时她只盼着得到建德回国的信，天天到传教会的办事处去打听，什么事情都不介意。这样走了十几天，果然有消息了。

洋牧师不很高兴，可也不能不安慰玉官。他说建德已经回来了，现在要往南京供职，不能回乡看望大家。玉官以为是教会派她儿子到那么远去，便埋怨教会不在事前与她商量。洋牧师解释他们并没派建德到南京去，他们还是盼着他回来主持城里的教会，不过不晓得他得了谁的帮助，把教会这些年来资助他的学费连本带利，一概还清。他写了一封很恳切的信，说他的兴趣改变了，他的人生观改变了，他现在要做官。学神学的可以做官，真不能不赞叹洋教育是万能万通。玉官早也知道她儿子的兴趣不在教会，她从那一年的革命运动早已看出，不过为履行牧师营救的条件，他不能不勉强学他所不感到兴趣的学科。她自然也是心里暗喜，因为儿子能得一官半职本来也是她的希望。洋牧师虽然说得建德多么对不住教会，发了许多许多的牢骚，她却没有一句为儿子抱歉的话说出来，反问她儿子现在是薪金多少，当什么官职。洋牧师只道他的外国官名，中国名称他的本地话先生没教过，所以说不出来。他只说是管地方事情的地方官，然而地方官当然是管地方事情的，到底是个什么官呢？牧师也解不清，他只将建德的英文信中所写出的官职指出给她看。

从那次夏令会以后，建德与安妮往来越密。安妮不喜欢他回国当牧师，屡次劝他改行。她家与许多政治当局有裙带关系，甚至有些还在用着她家的钱。只要她一开口，什么差使都可以委得出来。好在建德也很自量，他不敢求大职务，只要一个关于经济的委员会里服务，月薪是二百元左右。这比当传教士的收入要多出三分之二。不过物质的收获，于他并不算首要，他的最重要的责任是听安妮的话。安妮在他身

上很有统制的力量。这力量能镇压母亲的慈爱，教会的恩惠。她替建德还清历年所用教会的费用，不但还利，并且捐了一笔大款修盖礼拜堂。她并不信教，更使建德觉得他是被赎出来的奴隶。他以为除掉与她结婚以外，再也没有其他更好的报答。但这意见，两方都还未曾提起。

玉官不久也被建德接到南京去了。她把家乡的房子交给杏官管理，身边带着几只衣箱和久悬在梁上的神主，并残废的天锡。她以为儿子得着官职，都是安妮的力量，加以对于教会偿还和捐出许多钱，更使她感激安妮的慷慨，虽然没见过面，却已爱上了她。建德见她儿子老穿着一件铁背心，要扶着拐棍才能走路，动弹一点也不活泼，心里总有一点不高兴，老埋怨着他的丈母没有用心调护。玉官的身体，自从变乱受了磨折，心脏病时发时愈。她在平时精神还好，但不能过劳，否则心跳得很厉害。建德对于母亲是格外地敬爱，一切进项都归她保管，家里的一切都归她调度。生活虽然富裕，她还是那么琐碎，厨房、卧房、浴室、天井，没有一件她不亲自料理。她比家里两个佣人做的还要认真。不到三个月，已经换了六次厨师傅，四次娘姨，他们都嫌老太太厉害，做不下去。

母子同住在一间洋房里，倒也乐融融地。玉官一见建德从衙门回来，心里有时也会想起雅言。在天朗气清的时候，她也会忆起那死媳妇所做的一两件称心意的事，因而感叹起来，甚至于掉泪，儿子的续弦问题同时也萦回在她心里。好几次想问他个详细，总没能得着建德确实意见，他只告诉她安妮的父亲是清朝的官，已经去世了。她家下有一个母亲，并无兄弟姊妹，财产却是不少，单就上海的地产就值得百万。玉官自然愿意儿子与安妮结婚，她一想起来自己便微微地笑，愉快的血液在她体内流行，使她几乎禁不起。建德常对他母亲说，安妮是个顶爱自由的女子，本来她可以与他一起回国，只因她还没有见过北冰洋和极光，想在天气热一点的时节，从加拿大去买一艘甲板船到那里去，过了冬天才回来。他们的事要等她回来才能知道，她没有意思要嫁给人也说不定。

平平淡淡地又过了一年。残春过去，已入初夏，安妮果然来电说她已经动身回国。日子算好了，建德便到上海去接她，就住在她家里。在那里逗留了好几天，建德向她求婚，她不用考虑便点了头。她走进去，拿出从外洋买回来的结婚头纱来给建德看，说她早已预备着听他说出求婚的话。他们心中彼此默印了一会，才坐下商量结婚的时日、地点、仪式等。安妮的主张便是大家的主张，这是当然的哩。她把结婚那天愿意办的事都安排停当，最后谈到婚后生活，安妮主张与玉官分居，她是一个小家庭的景慕者。

他们在上海办些婚仪上应备的东西，安妮发现了她从外洋带回来的头纱还比不上海市上所卖的那么时派，这大概是她在北冰洋的旅行太过长久，来不及看见新式货物。她不迟疑地又买上一条，她又强邀建德到那最上等的洋服店去做一套大礼服，所费几乎等于他的两个月薪俸。足足忙了几天，才放建德回南京去。

玉官知道儿子已经决定要与安妮结婚，愉快的心情顿然增长，可是在她最兴奋的时候建德才把婚后与她分居的话说出来。老太太一听便气得十指紧缩，一时说不出什么话，一

副失望的神情又浮露在她脸上。她想，这也许是受革命潮流的影响。她先前的意识以为革命是：换一个政府；换一样装束；以后世故阅历深，又想革命是：换一个夫人或一个先生。但是现在更进一步了，连“糟糠”的母亲，也得换一个。她猜想建德在结婚以后要与他的丈母同住，心里已十分不平；建德又提到结婚的日期和地点，更使她觉得儿子凡事没与她商量，因为他们预定行礼的一天是建德的父亲的忌日。这一点因为阳历与阴历的相差，建德当然是不会记得。而且他家的祭忌至终是由玉官一人秘密地举行，玉官要他们改个日子，建德说那日子是安妮择的，因为那天是她的生日。至于在上海行礼是因女家亲朋多，体面大，不能不将就，这也不能使玉官十分满意。她连叹了几口气，眼泪随着滴下来，回到房中，躺在床上，口中喃喃，不晓得喃些什么。

婚礼至终是按着预定的时间与地点举行，玉官在家只请出她丈夫的神主来，安在中堂，整整地哭了半天。一事不如意，事事都别扭，她闷坐在厅边发愣，好像全个世界都在反抗她。

第二天建德同新娘回来了，他把安妮介绍给他母亲，母亲非要她披起头纱来对她行最敬礼不可。她的理由是从前她做新娘时候，凤冠蟒袄总要穿戴三天。建德第一次结婚，一因家贫，仪文不能具备，二因在教堂行礼没有许多繁文礼节。现在的光景可不同了，建德已是做了官，应该排场排场。她却没理会洋派婚礼，一切完蛋糕分给贺客吃了之后，马上就把头纱除去，就是第二次结婚也未必再戴上它。建德给老太太讲理，越讲越使老人家不明白，不得已便求安妮顺从这一次，省得她老人家啼啼哭地。安妮只得穿上一身银色礼服，披起一条雪白的纱。纱是一份在身上两份在地上拖着，这在玉官眼里简直不顺。她身上一点颜色都没有，直像一个没着色的江西瓷人。玉官嫌白色不吉祥，最低限度，她也得披一条粉红纱出来。她在乡下见人披过粉红纱，以为这是有例可援。什么吉祥不吉祥且不用管，粉红纱压根儿就没有。安妮索性把头纱礼服都卸下来，回到房中生气，用外国话发牢骚，老太太也是一天没吃饭。她埋怨政府没规定一种婚礼必用的大红礼服，以致有这忤逆的行为。她希望政府宣布凡是学洋派披白头纱、不穿红礼眼的都不能算为合法的结婚。

第三天新婚夫妇要学人到庐山去度蜜月，安妮勉强出来与玉官辞行。玉官昨天没把她看得真，这次出门，她虽鼓着腮，眼睛却盯在安妮脸上。她觉得安妮有许多地方与雅言相仿佛，可是打扮得比谁都妖艳得多。在他们出门以后，老太太的气也渐渐平了。她想儿子和媳妇到底是自己的孩子们，意见不一致，也犯不上与他们赌气。她这样想，立时从心里高兴，喜容浮露出来。她把自己的卧房让出来，叫匠人来，把门窗墙壁修饰得俨然像一间新房。屋里的家私，她也为他们办妥，她完全是照着老办法，除去新房以外，别的屋子都是照旧，一滴灰水也没加上。

九

半个月以后，一对夫妇回来了。安妮一进屋里，便嫌家具村气太重，墙壁的颜色也不对。走到客厅，说客厅不时髦；

走到厨房，嫌厨房不干净；走到哪里，挑剔到哪里。玉官只想往好里做，可是越做越讨嫌，至终决意不管，让安妮自己去布置。安妮把玉官安置在近厨房的小房间，建德觉得过意不去，但也没法教安妮不这样办，因为原来说定婚后是要分居的。

安妮不但不喜欢玉官，并也不喜欢天锡。玉官在几个月来仔细地打听安妮的来历，怀疑她便是那年被她小叔子抱走的雅丽；屡次要告诉她，那是她的骨肉，至终没有勇气说出来。婆媳的感情一向不曾有过，有时两人一天面对面坐着，彼此不说话。安妮对建德老是说洋话，玉官一句也听不懂。玉官对建德说的是家乡话，安妮也是一窍不通，两人的互相猜疑从这事由可以想象得出来，最使玉官不高兴的是安妮要管家。为这事情，安妮常用那副像挂在孝陵里的明太祖御容向着玉官。建德的入款以前是交给老太太的，自从结婚以后，依老太太的意见仍以由她管理为是。她以为别的都可退让，惟独叫她不理家事做闲人，她就断断不依。安妮只许给她每月几块钱零用，使她觉得这是大逆不道。她心想，纵然儿子因她的关系做了“党戚”，也不该这样待遇家长。

安妮越来越感觉到不能与老太太同住，时时催建德搬家。她常对丈夫骂老太太这“老蟑螂”，耗费食物讨人嫌。老太太在一个人地生疏的地方，纵然把委屈诉给人听，也没有可诉的。她到教堂去，教友不懂她的话；找牧师，牧师也不能为她出什么主意，只劝她顺应时代的潮流，将就一点。她气得连教堂都不去了。她想她所信的神也许是睡着了，不然为什么容孩子们这么猖狂。

还有一件事使玉官不愉快的，她要建德向政府请求一个好像“怀清望峻”一类的匾额，用来旌表寡妇的。建德在衙门，才干虽然平常，办事却很稳健。他想旌表节妇的时代已经过去了。玉官屡次对他要求找一个门径，他总说不行。无论他怎么解释，玉官都觉得儿子没尽心去办，这样使她对于建德也不喜欢。但是建德以为他父亲为国捐躯，再也没有更光荣的，母亲实在也没有完全尽了抚孤成人的任劳，因此母子的意见，越来越相左。

安妮每天出去找房子，玉官只坐在屋里出神。她回想自守寡以来，所有的行为虽是为儿子的成功，归根，还是自私的。她几十年来的传教生活，一向都如“卖瓷器的用破碗”一般，自己没享受过教训的利益。在这时候，她忽然觉悟到这一点，立刻站起来，像在她生活里找出一件无价宝一般。她觉得在初寡时，她小叔子对她说的话是对的。她觉得从前的守节是为虚荣，从前的传教是近于虚伪，目前的痛苦是以前种种的自然结果，她要回乡去真正做她的传教生活，不过她先要忏悔，她至少要为人做一件好事，在她心里打定了一个主意。

她要离开她儿子那一天，没有别的话，只对他说她没对不住他，以后她所做的一切还是要为他的福利着想。儿子不知道她是什么意思，敷衍她几句便到衙门去了。儿媳妇是忙着找房子，一早便出门。她把几座神主包裹停当，放在桌上，留下一封信，便带着天锡，悄悄地到下关车站去。

十

回到家乡，教会仍然派她到锦鲤去。这次她可不做传教工作了，因为上了年纪的人，不能多走路，所以教会就派她做那里的小学校长。天锡与她住在一起，她很注意教育他。杏官在城里住，反感觉到孤寂，每常写信要天锡去住几天。

玉官每要把她对于安妮便是雅丽的怀疑说给杏官知道，却又防着万一不对，倒要惹出是非来。她想好在她的小叔子也死掉了，若她不说，再也没有知道这事的人，于是索性把话搁住。她觉得年来的工作非常有兴趣，不像从前那么多罣虑。教会虽然不理会这个，她心里却很明白现在是为事情而做事情，并不要求什么。建德间中也有信寄回来，有时还给她捎钱来。这个使她更喜欢，她把财物都放在发展学校的事业上头，认识她的都非常地夸赞她，但她每说这是她的忏悔行为。

两三年的时间就在忙中消失了。玉官办的学校越发发达，致她累得旧病不时发作，不得不求杏官来帮助她。杏官本也感觉非常寂寞，老亲家同在一起倒可以解除烦闷。她把城里的房子连同玉官的都交给了教会管理，所得的租金也充做学校经费，那锦鲤小学简直就是她们办的。

地方渐次平静，村里也恢复了像从前一般的景况，只是短了一个陈廉。一想起他，玉官也是要对杏官说的，可是他现在在南洋什么地方，她也不知道。她只记着当时他是往婆罗洲去的，就是说出来也未必有用。在朝云初散或晚烟才浓的时候，她有时会到社外的大王庙那被她常坐的树根上少坐，忆想当年与陈廉谈话的情景。衰年人的心境仍如少年，一点也没改变，仍然可以在回忆中感到愉悦。

锦鲤几个乡人偶然谈起玉官的工作，其中有人想起她在那里的年数不少，在变乱的时候，她又护卫了许多妇女，便要凑份子给她做生日，借此感谢她。这意思不到几天，连邻乡都知道了。教会看见大家那么诚意，不便不理会。于是也发起给她举行一个服务满四十年的纪念会，村庄的人本是爱热闹的，一听要给玉官做寿，开纪念会，大家都很兴奋，在很短的期间已凑合了好几百元。玉官这时是无心无意地，反劝大家不要为她破费精神和金钱。她说，她的工作是应当做的，从前她的错误就是在贪求报酬，而所得的只是失望和苦恼。她现在才知道不求报酬的工作，才是有价值的，大众若是得着利益就是她的荣耀了。话虽如此说，大家都不听她的，一时把全个村庄布置起来。

传道先生对大众说既然有那么些钱，可以预备一件比较永久留念的东西。有些人提议在社外给她立一座碑，有些说牌坊比较堂皇，玉官自己的意思是要用来发展学校。杏官知道她近年对于名誉也不介意，没十分怂恿她。她只写信给建德，说他母亲在乡间如何受人爱戴，要给一点东西来纪念她。建德接信以后，立刻寄五千元，还说到时候他必与安妮回来参加那盛典。

玉官知道建德要回来，心里的愉快比受那五千元还要多万万倍，纪念大会在分头进行着。大众商议的结果，是用二千元在社外建筑一道桥，这因为跨在溪上的原来只有一道木桥，村人早应募缘改建，又因大王庙口是玉官常到那里徘

徊的地方，还有对岸的树林，政府已拨给学校经营，所以桥是必要修筑的。

动了四五个月的工程，桥已修好了。大王庙也修得焕然一新，村人把它改做公所，虽然神像还是供着，却已没有供香火的庙祝，桥是丈五宽，三丈长，里面是水泥石子的混凝体，表面是用花岗石堆砌起来的。过了桥，一条大道直穿入树林里头，更显出风景比前优秀得多。

纪念会的日期就要到了，建德果然同安妮一起回来，玉官是喜欢得心跳不堪。她知道又是病发了，但不愿告诉人。安妮算是给她很大的面子，所以肯来赴会。当时也与杏官见过面，安妮却很傲慢，好像不大爱理那村婆子似的。她住了一两天就催建德回南京去，最大的原因，大概是在水厕的缺乏。

建德在乡人的眼光中已是个大得很的京官，因为太太说要早日回京，便不得不提早举行这个纪念典礼。玉官在那天因为喜欢过度，倒是晕过几次，杏官见这情形不便教她到教堂去，只由她歇着。行过礼以后，建德领着大众行献桥礼。大众拟了许多名字，最后决定名为“玉泽桥”。当时的鼓乐炮仗，喧闹得难以形容，加以演了好几台戏，更使乡人感觉这典礼的严重。

第二天，建德要同安妮回到城里，来与玉官告辞。杏官在身边，很羡慕这对夫妇，不觉想起她的亡女，直向建德流泪。玉官待要把真情说出来时，又怕安妮不承认破口骂人，反讨没趣。她又想纵然安妮承认了，她也未必能与他们住在一起。她也含着眼泪送他们过了那新成的玉泽桥。

回到学校里，左思右想，又后悔没当着安妮说明情由。等到杏官来，她便笑着问她假如现在她能找着她的丈夫或她的丢了的女儿，她愿意先见谁，杏官不介意地回答说那是做梦。如果她能见到女儿一面，她已很满足，至于丈夫恐怕是绝无希望的了。说过许多话，玉官忽对杏官说，她要到城里去送送儿子和儿媳妇上船去，杏官因为她精神像很疲乏，不很放心，争执了半天，她才教杏官陪着她去。

她们二人赶到城里，建德与安妮已经到口岸去了。幸而船期未到，玉官与杏官还可以赶到。她们到教会打听，知道建德二人住在洋牧师家里。见面时，安妮非常感动。她才起头觉得玉官爱她的儿子建德是很可钦佩的，玉官对他们说她的病是一天一天地加重了，这次相见，又不知什么时候再有机会，希望他们有工夫回来，说得建德也哭起来了，他允许一年要回来探望她一次。

玉官在那晚上回到杏官的药局，对杏官说她还有一件未了的事要赶着去办完。杏官不了解她的意思，问了几遍，她才把要到婆罗洲找陈廉的话说出来。她说，自从她当了洋教士的女佣以来，一切的一切都是受着杏官的恩惠。原先她还没理会到这层，自从南京回来以后，日日思维，越觉得此恩非报不可。杏官既知道陈廉的下落，心里自然高兴万分，但愿她自己去。玉官从怀里取出船票来，说她日间已打听到明天有船往南洋去，立即买了一个舱位，只有她知道怎样去找，希望杏官在家里照顾天锡，料理学校，她也可以借此吸吸海风，养养病。

第二天一早，杏官跑去告诉建德说他母亲要到南洋去休

息休息，当天就要动身。他也不以为然，说他母亲的心脏病，怕受不了海浪的颠簸，还是劝她莫去为是。来到药局，玉官已上了船，于是又同杏官和安妮到船上去。建德见她在三等舱里，掖在一班华工当中，直劝她说，如果要走，可以改到头等舱去，何必省到这步田地。她说在三等舱里有伴，可以谈话，同时她平日所见的也都是这类的人，所以不觉得有什么难过之处。安妮是站都站不住，探一探头便到头等舱的起坐间去了。杏官看看她的行李非常简单，只有一个铺盖和一个小提箱。她笑问玉官说，那小的箱子装些什么？玉官也笑着回答说那还是几十年随身带着的老古董：一本白话《圣经》，一本《天路历程》，一本看不懂的《易经》。玉官劝他们不必为她担忧，她知道一切都无妨碍，终要平安和圆满地回来。她指着建德回头来对杏官说他还是她的女婿，希望她不要觉得生疏起来。她此行必要把事情办妥才回来，请她回锦鲤静候消息。又复劝勉了建德一番，船上催客的锣才响起来。

杏官们上了舢板，还见玉官含泪在舷边用手帕向着他们摇幌，几根灰白的头发，也随着海风飘扬。到了岸边，船已鼓着轮，向海外开去。他们直望到船影越过港外的灯台，才各含着眼泪回去。

危巢坠简

一、给少华

近来青年人新兴了一种崇拜英雄的习气，表现的方法是跋涉千百里去向他们献剑献旗。我觉得这种举动不但是孩子气，而且是毫无意义。我们的领袖镇日在戎马倥偬、羽檄纷沓里过生活，论理就不应当为献给他们一把废铁镀银的、中看不中用的剑，或一面铜线盘字的幡不像幡、旗不像旗的东西，来耽误他们宝贵的时间。一个青年国民固然要崇敬他的领袖，但也不必当他们是菩萨，非去朝山进香不可。表示他的诚敬的不是剑，也不是旗，乃是把他全副身心献给国家。要达到这个目的，必要先知道怎样崇敬自己。不会崇敬自己的，决不能真心崇拜他人。崇敬自己不是骄慢的表现，乃是觉得自己也有成为一个有为有用的人物的可能与希望，时时刻刻地、兢兢业业地鼓励自己，使他不会丢失掉这可能与希望。

在这里，有个青年团体最近又举代表去献剑，可是一到

越南，交通已经断绝了。剑当然还存在他们的行囊里，而大众所捐的路费，据说已在异国的舞娘身上花完了。这样的青年，你说配去献什么？害中国的，就是这类不知自爱的人们哪。可怜，可怜！

二、给樾人

每日都听见你在说某某是民族英雄，某某也有资格做民族英雄，好像这是一个官衔，凡曾与外人打过一两场仗，或有过一二分勋劳的都有资格受这个徽号。我想你对于“民族英雄”的观念是错误的。曾被人一度称为民族英雄的某某，现在在此地拥着做“英雄”的时期所榨取于民众和兵士的钱财，做了资本家，开了一间工厂，驱使着许多为他的享乐而流汗的工奴。曾自诩为民族英雄的某某，在此地吸鸦片，赌轮盘，玩舞女和做种种堕落的勾当。此外，在你所推许的人物中间，还有许多是平时趾高气扬、临事一筹莫展的“民族英雄”。所以说，苍蝇也具有蜜蜂的模样，不仔细分辨不成。

魏冰叔先生说：“以天地生民为心，而济以刚明通达沉深之才，方算得第一流人物。”凡是够得上做英雄的，必是第一流人物。试问亘古以来这第一流人物究竟有多少？我以为近几百年来差可配得被称为民族英雄的，只有郑成功一个人。他于刚明敏达四德具备，只惜沉深之才差一点。他的早死，或者是这个原因。其他人物最多只够得上被称为“烈士”“伟人”“名人”罢了。《文子》《微明篇》所列的二十五等人中，连上上等的神人还够不上做民族英雄，何况其余的？我希望你先把做成英雄的条件认识明白，然后分析民族对他的需要和他对于民族所成就的勋绩，才将这“民族英雄”的徽号赠给他。

三、覆成仁

来信说在变乱的世界里，人是会变畜生的。这话我可以给你一个事实的证明。小汕在乡下种地的那个哥哥，在三个月前已经变了马啦。你听见这新闻也许会骂我荒唐，以为在科学昌明的时代还有这样的怪事，但我请你忍耐看下去就明白了。

岭东的沦陷区里，许多农民都缺乏粮食，是你所知道的。即如没沦陷的地带也一样地闹起米荒来。当局整天说办平粜，向南洋华侨捐款，说起来，米也有，钱也充足，而实际上还不能解决这严重的问题，不晓得真是运输不便呢，还是另有原由呢？一般率直的农民受饥饿的迫胁总是向阻力最小、资粮最易得的地方奔投。小汕的哥哥也带了充足的盘缠，随着大众去到韩江下游的一个沦陷口岸，在一家小旅馆投宿，房钱是一天一毛，便宜得非常。可是第二天早晨，他和同行的旅客都失了踪！旅馆主人一早就提了些包袱到当铺去。回店之后，他又把自己幽闭在账房里数什么军用票。店后面，一股一股的卤肉香喷放出来。原来那里开着一家卤味铺，卖的很香的卤肉、灌肠、熏鱼之类。肉是三毛一斤，说是从营盘批出来的老马，所以便宜得特别。这样便宜的食品不久就被吃过真正马肉的顾客发现了它的气味与肉里都有点不对路，

大家才同调地怀疑说："大概是来路的马罢。"可不是！小汕的哥哥也到了这类的马群里去了！变乱的世界，人真是会变畜生的。

这里，我不由得有更深的感想。那使同伴在物质上变牛变马，是由于不知爱人如己，虽然可恨可怜，还不如那使自己在精神上变猪变狗的人们。他们是不知爱己如人，是最可伤可悲的。如果这样的畜人比那些被食的人畜多，那还有什么希望呢？

铁鱼的鳃

那天下午警报的解除信号已经响过了。华南一个大城市的一条热闹马路上排满了两行人，都在肃立着，望着那预备保卫国土的壮丁队游行。他们队里，说来很奇怪，没有一个是扛枪的，戴的是平常的竹笠，穿的是灰色衣服，不像兵士，也不像农人。巡行自然是为耀武扬威给自家人看，其他有什么目的，就不得而知了。

大队过去之后，路边闪出一个老头，头发蓬松得像戴着一顶皮帽子，穿的虽然是西服，可是缝补得走了样了。他手里抱着一卷东西，匆忙地越过巷口，不提防撞到一个人。

“雷先生，这么忙！”

老头抬头，认得是他的一个不很熟悉的朋友。事实上雷先生并没有至交，这位朋友也是方才被游行队阻挠一会，赶着要回家去的。雷见他打招呼，不由得站住对他说：“唔，原来是黄先生，黄先生一向少见了，你也是从避弹室出来的罢？他们演习抗战，我们这班没用的人，可跟着在演习逃难哪！”

“可不是！”黄笑着回答他。

两人不由得站住，谈了些闲话。直到黄问起他手里抱着的是什么东西，他才说：“这是我的心血所在，说来话长，你如有兴致，可以请到舍下，我打开给你看看，看完还要请教。”

黄早知道他是一个最早被派到外国学制大炮的官学生，回国以后，国内没有铸炮的兵工厂，以致他一辈子坎坷不得意。英文、算学教员当过一阵，工厂也管理过好些年，最后在离那大城市不远的一个割让岛上的海军船坞做一份小小的职工，但也早已辞掉不干了。他知道这老人家的兴趣是在兵器学上，心里想看他手里所抱的，一定又是理想中的什么武器底图样了。他微笑向着雷，顺口地说：“雷先生，我猜又是什么‘死光镜’‘飞机箭’一类的利器图样罢？”他说好像有点不相信，因为从来他所画的图样，献给军事当局，就没有一样被采用过。虽然说他太过理想或说他不成的人未必全对，他到底是没有成绩拿出来给人看过。

雷回答黄说：“不是，不是，这个比那些都要紧。我想你是不会感到什么兴趣的。再见罢。”说着，一面就迈他的步。

黄倒被他的话引起兴趣来了。他跟着雷，一面说：“有新发明，当然要先睹为快的，这里离舍下不远，不如先到舍下一谈罢。”

“不敢打搅，你只看这蓝图是没有趣味的。我已经做了一个小模型，请到舍下，我实验给你看。”

黄索性不再问到底是什么，就信步随着他走。二人嘿嘿地并肩而行，不一会已经到了家。老头子走得有点喘，让客人先进屋里去，自己随着把手里的纸卷放在桌上，坐在一边。

黄是头一次到他家，看见四壁挂的蓝图，各色各样，说不清是什么。厅后面一张小小的工作桌子，锯、钳、螺丝旋一类的工具安排得很有条理。架上放着几只小木箱。

“这就是我最近想出来的一只潜艇的模型。”雷顺着黄先生的视线到架边把一个长度约有三尺的木箱拿下来，打开取出一条“铁鱼”来。他接着说：“我已经想了好几年了，我这潜艇特点是在它像一条鱼，有能呼吸的鳃。”

他领黄到屋后的天井，那里有他用铅版自制的一个大盆，长约八尺，外面用木板护着，一看就知道是用三个大洋货箱改造的，盆里盛着四尺多深的水。他在没把铁鱼放进水里之前，把“鱼”的上盖揭开，将内部的机构给黄说明了。他说，他的“鱼”的空气供给法与现在所用的机构不同。他的铁鱼可以取得氧气，像真鱼在水里呼吸一般，所以在水里的时间可以很长，甚至几天不浮上水面都可以。说着他又把方才的蓝图打开，一张一张地指示出来。他说，他一听见警报，什么都不拿，就拿着那卷蓝图出外去躲避。对于其他的长处，他又说：“我这鱼有许多‘游目’，无论沉下多么深，平常的折光探视镜所办不到的，只要放几个‘游目’使它们浮在水面，靠着电流的传达，可以把水面与空中的情形投影到艇里的镜板上。浮在水面的‘游目’体积很小，形状也可以随意改装，虽然低飞的飞机也不容易发见它们。还有它的鱼雷放射管是在艇外，放射的时候艇身不必移动，便可以求到任何方向，也没有像旧式潜艇在放射鱼雷时会发生可能的危险的情形。还有艇里的水手，个个有一个人造鳃，万一艇身失事，人人都可以迅速地从方便门逃出，浮到水面。”

他一面说，一面揭开模型上一个蜂房式的转盘门，说明水手可以怎样逃生，但黄已经有点不耐烦了。他说："你的专门话，请少说罢，说了我也不大懂，不如先把它放下水里试试，再讲道理，如何？"

"成，成。"雷回答着，一面把小发电机拨动，把上盖盖严密了，放在水里。果然沉下许久，放了一个小鱼雷再浮上来。他接着说："这个还不能解明铁鳃的工作，你到屋里，我再把一个模型给你看。"

他顺手把小潜艇托进来放在桌上，又领黄到架的另一边，从一个小木箱取出一副铁鳃的模型。那模型像一个人家养鱼的玻璃箱，中间隔了两片玻璃板，很巧妙的小机构就夹在当中。他在一边注水，把电线接在插销上。有水的那一面的玻璃板有许多细致的长缝，水可以沁进去，不久，果然玻璃板中间的小机构与唧筒发动起来了。没水的这一面，代表艇内的一部，有几个像唧筒的东西，连着板上的许多管子。他告诉黄先生说，那模型就是一个人造鳃，从水里抽出氧气，同时还可以把炭气排泄出来。他说，艇里还有调节机，能把空气调和到人可呼吸自如的程度。关于水的压力问题，他说，战斗用的艇是不会潜到深海里去的。他也在研究着怎样做一只可以探测深海的潜艇，不过还没有什么把握。

黄听了一套一套他所不大懂的话，也不愿意发问，只由他自己说得天花乱坠，一直等到他把蓝图卷好，把所有的小模型放回原地，再坐下想与他谈些别的。

但雷的兴趣还是在他的铁鳃，他不歇地说他的发明怎样有用，和怎样可以增强中国海军的军备。

“你应当把你的发明献给军事当局，也许他们中间有人会注意到这事，给你一个机会到船坞去建造一只出来试试。”黄说着就站起来。

雷知道他要走，便阻止他说：“黄先生忙什么？今晚大家到茶室去吃一点东西，容我做东道。”

黄知道他很穷，不愿意使他破费，便又坐下说：“不，不，多谢，我还有一点别的事要办，在家多谈一会罢。”

他们继续方才的谈话，从原理谈到建造的问题。

雷对黄说他怎样从制炮一直到船坞工作，都没得机会发展他的才学。他说，别人是所学非所用，像他简直是学无所用了。

“海军船坞于你这样的发明应当注意的，为什么他们让你走呢？”

“你要记得那是别人的船坞呀，先生。我老实说，我对于潜艇的兴趣也是在那船坞工作的期间生起来的。我在从船坞工作之前，是在制袜工厂当经理。后来那工厂倒闭了，正巧那里的海军船坞要一个机器工人，我就以熟练工人的资格被取上了。我当然不敢说我是受过专门教育的，因为他们要的只是熟练工人。”

“也许你说出你的资格，他们更要给你相当的地位。”

雷摇头说：“不，不，他们一定会不要我，我在任何时间所需的只是吃。受三十元‘西纸’的工资，总比不着边际的希望来得稳当。他们不久发现我很能修理大炮和电机，常常派我到战舰上与潜艇里工作，自然我所学的，经过几十年间已经不适用了，但在船坞里受了大工程师的指挥，倒增益了

不少的新知识。我对于一切都不敢用专门名词来与那班外国工程师谈话，怕他们怀疑我。他们有时也觉得我说的不是当地的‘咸水英语’，常问我在那里学的，我说我是英属美洲的华侨，就把他们瞒过了。”

“你为什么要辞工呢？”

“说来，理由很简单。因为我研究潜艇，每到艇里工作的时候，和水手们谈话，探问他们的经验与困难。有一次，教一位军官注意了，从此不派我到潜艇里去工作。他们已经怀疑我是奸细。好在我机警，预先把我自己画的图样藏到别处去，不然万一有人到我的住所检查，那就麻烦了，我想，我也没有把我自己画的图样献给他们的理由，自己民族的利益得放在头里，于是辞了工，离开那船坞。”

黄问：“照理想，你应当到中国的造船厂去。”

雷急急地摇头说：“中国的造船厂？不成，有些造船厂都是个同乡会所，你不知道吗？我所知道的一所造船厂，凡要踏进那厂的大门的，非得同当权的有点直接或间接的血统或裙带关系，不能得到相当的地位。纵然能进去，我提出来的计划，如能请得一笔试验费，也许到实际的工作上已剩下不多了。没有成绩不但是惹人笑话，也许还要派上个罪名。这样，谁受得了呢？”

黄说：“我看你的发明如果能实现，却是很重要的一件事。国里现在成立了不少高深学术的研究院，你何不也教他们注意一下你的理论，试验试验你的模型？”

“又来了！你想我是七十岁左右的人，还有爱出风头的心思吗？许多自号为发明家的，今日招待报馆记者，明日到学校演讲，说得自己不晓得多么有本领，爱迪生和安因斯坦都不如他，把人听腻了。主持研究院的多半是年轻的八分学者，对于事物不肯虚心，很轻易地给下断语，而且他们好像还有‘帮’的组织，像青、红帮似地，不同帮的也别妄生玄想。我平素最不喜欢与这班学帮中人来往，他们中间也没人知道我的存在。我又何必把成绩送去给他们审查，费了他们的精神来批评我几句，我又觉得过意不去，也犯不上这样做。”

黄看看时表，随即站起来，说："你老哥把世情看得太透彻，看来你的发明是没有实现的机会了。”

“我也知道，但有什么法子呢？这事个人也帮不了忙，不但要用钱很多，而且军用的东西又是不能随便制造的。我只希望我能活到国家感觉需要而信得过我的那一天来到。”

雷说着，黄已踏出厅门。他说："再见罢，我也希望你有那一天。”

这位发明家的性格是很板直的，不大认识他的，常会误以为他是个犯神经病的，事实上已有人叫他做“憨雷”。他家里没有什么人，只有一个在马尼剌当教员的守寡儿媳妇和一个在那里念书的孙子。自从十几年前辞掉船坞的工作之后，每月的费用是儿媳妇供给。因为他自己要一个小小的工作室，所以经济的力量不能容他住在那割让岛上。他虽是七十三四岁的人，身体倒还康健，除掉做轮子、安管子、打铜、锉铁之外，没有别的嗜好，烟不抽，茶也不常喝。因为生存在儿媳妇的孝心上，使他每每想着当时不该辞掉船坞的职务。假若再做过一年，他就可以得着一份长粮，最少也比吃儿媳妇的好。不过他并不十分懊悔，因为他辞工的时候正在那里大

罢工的不久以前，爱国思想膨胀得到极高度，所以觉得到中国别处去等机会是很有意义的。他有很多造船工程的书籍，常常想把它们卖掉，可是没人要。他的太太早过世了，家里只有一个老佣妇来喜服侍他。那老婆子也是他的妻子的随嫁婢，后来嫁出去，丈夫死了，无以为生，于是回来做工。她虽不受工资，在事实上是个管家，雷所用的钱都是从她手里要。这样相依为活已经过了二十多年了。

黄去了以后，来喜把饭端出来，与他一同吃。吃着，他对来喜说："这两天风声很不好，穿屐的也许要进来。我们得检点一下，万一变乱临头，也不至于手忙脚乱。"

来喜说："不说是没什么要紧了吗？一般官眷都还没走，大概不致于有什么大乱罢。"

"官眷走动了没有，我们怎么会知道呢？告示与新闻所说的是绝对靠不住的，一般人是太过信任印刷品了。我告诉你罢，现在当局的，许多是无勇无谋、贪权好利的一流人物，不做石敬瑭献十六州，已经可以被人称为爱国了。你念摸鱼书和看残唐五代的戏，当然记得石敬瑭怎样献地给人。"

"是，记得。"来喜点头回答，"不过献了十六州，石敬瑭还是做了皇帝！"

老头子急了，他说："真的，你就不懂什么叫作历史！不用多说了，明天把东西归聚一下，等我写信给少奶奶，说我们也许得望广西走。"

吃过晚饭，他就从桌上把那潜艇的模型放在箱里，又忙着把别的小零件收拾起来。正在忙着的时候，来喜进来说："姑爷，少奶奶这个月的家用还没寄到，假如三两天之内要起程，恐怕盘缠会不够吧？”

“我们还剩多少？”

“不到五十元。”

“那够了。此地到梧州，用不到三十元。”

时间不容人预算，不到三天，河堤的马路上已经发见侵略者的战车了。市民全然像在梦中被惊醒，个个都来不及收拾东西，见了船就下去。火头到处起来，铁路上没人开车，弄得雷先生与来喜各抱着一点东西急急到河边胡乱跳进一只船，那船并不是往梧州去的，沿途上船的人们越来越多，走不到半天，船就沉下去了。好在水并不深，许多人都坐了小艇往岸上逃生，可是来喜再也不能浮上来了。她是由于空中的扫射丧的命或是做了龙宫的客人，都不得而知。

雷身边只剩十几元，辗转到了从前曾在那工作过的岛上。沿途种种的艰困，笔墨难以描写。他是一个性格刚硬的人，那岛市是多年没到过的，从前的工人朋友，就使找着了，也不见得能帮助他多少。不说梧州去不了，连客栈他都住不起。他只好随着一班难民在西市的一条街边打地铺。在他身边睡的是一个中年妇人带着两个孩子，也是从那刚沦陷的大城一同逃出来的。

在几天的时间，他已经和一个小饭摊的主人认识，就写信到马尼剌去告诉他儿媳妇他所遭遇的事情，叫她快想方法寄一笔钱来，由小饭摊转交。

他与旁边的那个中年妇人也成立了一种互助的行动。妇人因为行李比较多些，孩子又小，走动不但不方便，而且地盘随时有被人占据的可能，所以他们互相照顾。雷老头每天

上街吃饭之后，必要给她带些吃的回来。她若去洗衣服，他就坐着看守东西。

一天，无意中在大街遇见黄，各人都诉了一番痛苦。

“现在你住在什么地方？”黄这样问他。

“我老实说，住在西市的街边。”

“那还了得！”

“有什么法子呢？”

“搬到我那里去罢。”

“大家同是难民，我不应当无缘无故地教你多担负。”

黄很诚恳地说：“多两个人也不会破费得到什么地步，我跟着你去搬罢。”说着就要叫车。雷阻止他说：“多谢，多谢盛意。我现在人口众多，若都搬了去，于府上一定大大地不方便。”

“你不是只有一个佣人吗？”

“我那来喜不见了，现在是另一个带着两个孩子的妇人，是在路上遇见的。我们彼此互助，忍不得，把她安顿好就离开她。”

“那还不容易吗？想法子把她送到难民营就是了。听说难民营的组织，现在正加紧进行着咧。”

他知道黄也不是很富裕的，大概是听见他睡在街边，不能不说一两句友谊的话。但是黄却很诚恳，非要他去住不可，连说：“不像话，不像话！年纪这么大，不说你媳妇知道了难过，就是朋友也过意不去。”

他一定不肯教黄到他的露天客栈去，只推到难民营组织好，把那妇人送进去之后再说。黄硬把他拉到一个小茶馆去。

一说起他的发明，老头子就告诉他那潜艇模型已随着来喜丧失了。他身边只剩下一大卷蓝图和那一座铁鳃的模型，其余的东西都没有了。他逃难的时候，那蓝图和铁鳃的模型是归他拿，图是卷在小被褥里头，他两手只能拿两件东西。在路上还有人笑他逃难逃昏了，什么都不带，带了一个小木箱。

“最低限度，你把重要的物件先存在我那里罢。”黄说。

“不必了罢，住家孩子多，万一把那模型打破了，我永远也不能再做一个了。”

“那倒不至于。我为你把它锁在箱里，岂不就成了吗？你老哥此后的行止，打算怎样呢？”

“我还是想到广西去，只等儿媳妇寄些路费来，快则一个月，最慢也不过两个月，总可以想法子从广州湾或别的比较安全的路去到罢。”

“我去把你那些重要东西带走罢。”黄还是催着他。

“你现在住什么地方？”

“我住在对面海的一个亲戚家里。我们回头一同去。”

雷听见他也是住在别人家里，就断然回答说：“那就不必了，我想把些少东西放在自己身边，也不至于很累赘，反正几个星期的时间，一切都会就绪的。”

“但是你总得领我去看看你住的地方，下次可以找你。”

雷被劝不过，只得同他出了茶馆，到西市来。他们经过那小饭摊，主人就嚷着：“雷先生，雷先生，信到了，信到了。我见你不在，教邮差带回去，他说明天再送来。”

雷听了几乎喜欢得跳起来，他对饭摊主人说了一声“多烦了”，回过脸来对黄说：“我家儿媳妇寄钱来了。我想这难

关总可以过得去了。”

黄也庆贺他几句，不觉到了他所住的街边。他对黄说：“对不住，我的客厅就是你所站的地方，你现在知道了。此地不能久谈，请便罢。明天取钱之后，去拜望你，你的住址请开一个给我。”

黄只得从口袋里掏出一张名片，写上地址交给他，说声“明天在舍下恭候”，就走了。

那晚上他好容易盼到天亮，第二天一早就到小饭摊去候着。果然邮差来到，取了他一张收据把信递给他。他拆开信一看，知道他儿媳妇给他汇了一笔到马尼剌的船费，还有办护照及其他需用的费用，都教他到汇通公司去取。他不愿到马尼剌去，不过总得先把需用的钱拿出来再说。到了汇通公司，管事的告诉他得先去照像办护照。他说，是他儿媳妇弄错了，他并不要到马尼剌去，要管事的把钱先交给他；管事的不答允，非要先打电报去问清楚不可。两方争持，弄得毫无结果，自然钱在人家手里，雷也无可如何，只得由他打电报去问。

从汇通公司出来，他就践约去找黄先生，把方才的事告诉他，黄也赞成他到马尼剌去。但他说，他的发明是他对国家的贡献，虽然目前大规模的潜艇用不着，将来总有一天要大量地应用；若不用来战斗，至少也可以促成海下航运的可能，使侵略者的封锁失掉效力。他好像以为建造的问题是第二步，只要当局采纳他的，在河里建造小型的潜航艇试试，若能成功，心愿就满足了。材料的来源，他好像也没深深地考虑过。他想，若是可能，在外国先定造一只普通的潜艇，回来再修改一下，安上他所发明的鳃、游目等，就可以了。

黄知道他有点憨气，也不再去劝他。谈了一回，他就告辞走了。

过一两天，他又到汇通公司去，管事人把应付的钱交给他，说：马尼剌回电来说，随他的意思办。他说到内地不需要很多钱，只收了五百元，其余都教汇回去。出了公司，到中国旅行社去打听，知道明天就有到广州湾去的船。立刻又去告诉黄先生，两人同回到西市去检行李。在卷被褥的时候，他才发现他的蓝图，有许多被撕碎了。心里又气又惊，一问才知道那妇人好几天以来，就用那些纸来给孩子们擦脏。他赶紧打开一看，还好，最里面的那几张铁鳃的图样，仍然好好的，只是外头几张比较不重要的总图被毁了。小木箱里的铁鳃模型还是完好，教他虽然不高兴，可也放心得过。

他对妇人说，他明天就要下船，因为许多事还要办，不得不把行李寄在客栈里，给她五十元，又介绍黄先生给她，说钱是给她做本钱，经营一点小买卖；若是办不了，可以请黄先生把她母子送到难民营去。妇人受了他的钱，直向他解释说，她以为那卷在被褥里的都是废纸，很对不住他。她感激到流泪，眼望着他同黄先生，带着那卷剩下的蓝图与那一小箱的模型走了。

黄同他下船，他劝黄切不可久安于逃难生活。他说越逃，灾难越发随在后头；若回转过去，站住了，什么都可以抵挡得住。他觉得从演习逃难到实行逃难的无价值，现在就要从预备救难进到临场救难的工作，希望不久，黄也可以去。

船离港之后，黄直盼着得到他到广西的消息。过了好些

日子，他才从一个赤坎来的人听说，有个老头子搭上两期的船，到埠下船时，失手把一个小木箱掉下海里去，他急起来，也跳下去了。黄不觉滴了几行泪，想着那铁鱼的鳃，也许是不应当发明得太早，所以要潜在水底。

一九四一年二月